高等院校"十一五"规划教材·财经专业系列

会计信息系统

主　编　汪诗怀

副主编　吴珍彩　高太平

U0134140

哈尔滨工业大学出版社

内 容 提 要

本书是高等学校"十一五"规划教材。该书不仅阐述了在 IT 环境下会计信息系统的目标、内容、方法、实施步骤等,而且介绍了企业环境的变化及信息技术对会计工作、会计信息系统的影响以及从业人员如何面对机遇和挑战。

本书可作为高等学校会计学、财务管理专业及经济、计算机应用类专业教材,也可作为相关人员的参考用书。

图书在版编目(CIP)数据

会计信息系统/汪诗怀主编.—哈尔滨:哈尔滨工业大学出版社,2007.8

ISBN 978 - 7 - 5603 - 2275 - 9

Ⅰ.会… Ⅱ.汪… Ⅲ.会计信息系统-中国-高等院校-教材 Ⅳ.F232

中国版本图书馆 CIP 数据核字(2007)第 086536 号

组稿 王欢滨 策划 田新华

责任编辑 刘瑞峰
封面设计 卞秉利
出版发行 哈尔滨工业大学出版社
社　　址 哈尔滨市南岗区复华四道街 10 号 邮编 150006
传　　真 0451 - 86414749
网　　址 http://hitpress.hit.edu.cn
印　　刷 黑龙江省地质测绘印制中心印刷厂
开　　本 880mm×1230mm 1/32 印张 12 字数 345 千字
版　　次 2007 年 8 月第 1 版 2007 年 8 月第 1 次印刷
书　　号 ISBN 978 - 7 - 5603 - 2275 - 9
印　　数 1~3 000 册
定　　价 25.80 元

高等院校"十一五"规划教材
财经专业系列

编委会

◎ 出版说明

　　为适应我国高等院校财经类和管理类专业改革与发展的需要,高等院校"十一五"规划教材·财经专业系列编委会组织数十所院校,历时一年多的时间编写了这套规划教材。

　　进入 21 世纪,特别是我国加入 WTO 组织以来,经济社会的发展正呈现出全球化、多元化发展态势。一系列的新变化、新情况和新问题,不仅使我国的经济改革面临新的挑战与机遇,也给我国的高等教育改革与发展带来新的需求。

　　本套规划教材依据财政部新颁布的《企业会计准则》、《企业会计准则指南》、《企业财务通则》、《行政事业单位工资和津贴补贴有关会计核算办法》等规定,国家税务总局新公布的税收法律、法规及实施细则,参考了最新的《企业所得税法》、《企业破产法》、《合伙企业法》、《公司法》、《证券法》等法律法规和最新国际商事惯例、立法成果以及国内外有关商事活动的法律,跟踪了经济管理等相关领域的最新研究成果。

　　本套规划教材围绕教与学特点,强调专业知识和应用能力的结合,大都附有新鲜并具有代表性的案例及分析提示,每本书在章后还附有本章小结、思考题(练习题)。

　　本套规划教材选自高等院校财经专业(经济学类、工商管理类)核心课程。第一批 12 本书目是基础会计学、财务会计学、财务管理学、管理会计学、新编预算会计、会计信息系统、会计信息系统实务、管理学、统计学、税法、经济法、国际商法。

应该说,本套规划教材的编写,体现了我们的编写宗旨和特色要求,即规范性、系统性、应用性,密切结合教与学的改革与发展。

哈尔滨工业大学是国家"985工程"重点建设的9所大学之一,经过87年的建设,现已发展成为一所理工为主,理、工、管、文、经、法结合,在国际上享有一定声誉的研究型全国著名重点大学。编委会此次与哈尔滨工业大学出版社通力合作,力争推出一套能适应我国高等院校财经专业教育教学改革需要的高质量系列教材。

由于编写时间仓促以及我们的水平所限,书中疏漏和不妥之处在所难免,敬请读者批评指正,以便修订时进行修改。

高等院校"十一五"规划教材

财经专业系列编委会

2007年5月

◎ 前言

为了适应我国高等院校财经类和管理类专业改革与发展的需要,高院学校"十一五"规划教材·财经专业系列编委会组织数十所院校,历时一年多的时间编写了这套规划教材。

《会计信息系统》是本套系列教材中的一本。《会计信息系统》依据教学的特点并结合实践过程中单位会计信息化应用情况,强调应用能力和专业知识的结合。本教材特点如下:首先,本教材内容丰富,体系结构新颖,不仅阐述了在 IT 环境下会计信息系统的建立目标、内容、方法及实施步骤等,而且重点介绍了企业竞争环境的变化、信息技术对会计工作、会计信息系统的影响,以及会计人员如何面对机遇和挑战。其次,本教材系统地讲述了 EXCEL 环境下会计信息系统的构建过程,学生非常容易接受和掌握,从而加深对会计信息系统理论的理解。

本书可作为高等院校会计学、财务管理专业以及其他经济、计算机应用类专业开设会计信息系统课程的教材,也可作会计实际工作者、会计信息系统开发人员在职学习或参考用书。

本书由汪诗怀担任主编,负责拟定全书编写提纲,对全书进行修改和定稿。吴珍彩、高太平担任副主编。

各章分工如下:第一章、第二章由王敏负责编写;第三章由崔杰负责编写;第四章、第七章由高太平负责编写;第五章、第六章由吴珍彩负责编写;第八章、第九章由郭新芳负责编写;第十章由高珊负责编写;第十一章、第十二章由汪诗怀负责编写。本书在编写过程中,参考、借鉴了国内外专家学者的专著和教材,对此,我们表示衷心的感谢。

由于编写时间仓促以及我们的水平所限,书中疏漏和不妥之处在所难免,敬请读者批评指正。

编　者

2007 年 5 月

目　录

第一章　会计信息系统概述

第一节　信息系统基本概念

一、数据与信息

数据、信息等词汇由来已久,在过去很长一段时间里,人们并不能明确区分数据、信息的概念。随着社会的发展,对其认识逐步深入,特别是提出"知识经济"后,人们开始重新认识数据、信息的本质。

(一)数据

数据是反映客观事物性质、形态、结构和特征的符号,它能对客观事物的属性进行描述。如文字、数字、图表、声音、动画等。数据表示的是客观事实,是一种真实存在。例如:"200平方米"、"红色"、"300元"、"50%"等都是数据,但这些数据除了符号的意义外,并不表示任何内容。

会计数据是用来描述经济业务属性的数据,从不同来源、渠道取得的各种原始资料、原始凭证、记账凭证等载体上记载的数据,称之为会计数据。

(二)信息

信息是经过加工的、具有一定含义的、对决策有价值的数据。由此也可看出,信息是对数据进行加工处理的结果。

由此可见,数据和信息是密不可分的,如果将数据看作原料,那么信息就是通过信息系统加工数据得到的产品,而且在信息系统的帮助下,还可利用信息技术对信息进行进一步加工处理,得到不同抽象层次的信息来辅助完成不同层次的决策。信息必然是数据,但数据未必是信息,信息仅是数据的一个子集。

会计信息是反映企业财务状况、经营成果、现金流量的信息,是对会计数据按照一定的要求进行加工、计算、分类、汇总而形成的有用信息。如果说财务部门从外部单位或企业内部取得的原始凭证是会计数据的载体,那么,经过会计人员分类、汇总、登记的总账、明细账,以及在此基础上编制的财务报表、财务计划等,则是会计信息的主要表现形式,企业利用这些会计信息进行管理决策。

二、系统

(一)系统的概念和特征

系统是由一些相互联系、相互作用的若干要素,为实现某一目标而组成的具有一定功能的有机整体。

室内恒温系统是一个简单系统的实例,它由温度监控器、温度调节器组成,该系统目标温度是保持室温25度。当温度监控器接收的输入信息显示室内温度高于或低于规定的温度时,便通知温度调节器工作,输出冷气或热气,以保持室内恒温。国民经济系统是一个由工业、农业、商业、交通运输业、文教卫生业等组成的庞大系统,其目标是保证国民经济的协调发展,满足人民日益增长的物质文化需要。

一般而言,系统具有以下几方面特征:

1.整体性。一个系统由两个或两个以上的要素组成,所有要素的集合构成了一个有机整体。

2.目的性。任何一个系统的发生和发展都具有很强的目的性,这种目的性在某些系统中又体现出多重性。目的是一个系统的主导,它决定着系统要素的组成和结构。

3.关联性。一个系统中各要素间存在着密切的联系,这种联系决定了整个系统的机制。

4.层次性。一个系统必然被包含在一个更大的系统内,这个更大的系统常被称之为"环境";一个系统内部的要素本身也可能是一个个小的系统,被称之为"子系统"。

(二)系统的分类

系统可以根据其自动化程度的不同分为人工系统、自动系统和基于计算机的系统。

1.人工系统。一个系统其大部分工作都是由人工完成的,该系统即被称之为人工系统,如手工会计核算系统。

2.自动系统。一个系统大部分工作是由机器自动完成的,该系统被称为自动系统,如数控机床系统。

3.基于计算机的系统。一个系统大部分工作是由计算机自动完成的,该系统被称为是基于计算机的系统,如计算机会计信息系统。

三、信息系统

(一)信息系统的概念

信息系统(informationsystems)以数据作为主要处理对象,其主要目的是为信息系统使用者提供所需要的信息。它主要实现数据的收集、存储,并依据特定的规则对数据进行加工处理,然后输出满足特定目的的相关信息。一般而言,任何信息系统都有着明确的目的,由输入、处理和输出三个部分组成。

(二)信息系统的基本功能

信息系统的功能可以归纳为以下五个方面:

1.数据的收集和输入。数据的收集和输入功能是指将待处理的原始数据集中起来,转化为信息系统所需要的形式,输入到系统中。在衡量一个信息系统的性能时,有些内容是十分重要的,即它收集数据的手段是否完善;准确性和及时性如何;具有哪些校验功能;输入手段是否方便易用;数据收集和输入的组织是否严密等。

2.信息的存储。数据进入信息系统后,经过加工或整理,得到了对管理者有用的信息。信息系统负责把信息按照一定的方法存储、保管起来。

3.信息的传输。为了让使用者方便地使用信息,信息系统必须迅速准确地将信息传送到各个使用部门。

4.信息的加工。信息系统对进入系统的数据进行加工处理,包括查询、计算、归并等。

5.信息的检索和分析。信息的检索和分析功能是按照使用者的需求查询信息,利用一些模型和方法,如预测模型、决策模型、模拟模型、知识推理模型等,生成针对性较强的、满足用户需求的决策信息。

第二节　会计信息系统

一、会计信息系统的发展

科学技术的发展给会计处理方法、手段和技术带来了深刻的影响,会计数据处理技术的发展经历了手工方式、机械化方式和电子计算机化方式三个阶段。

(一)手工会计信息系统阶段

在手工会计信息系统阶段,会计人员以纸、笔、算盘等工具完成会计核算中数据的记录、计算、分类、汇总、记账、结账、编制报表、计算成本等会计业务。本阶段历史漫长,直到今天,仍有一些企业运用手工处理方式。

(二)机械会计信息系统阶段

在机械化会计信息系统阶段,会计人员借助穿孔机、卡片分类机、机械式计算机和制表机等机器,由它们组成一个系统,完成大部分会计核算工作。机械化方式使用历史较短,应用面较小,我国几乎未经历这一阶段。

(三)基于计算机的会计信息系统阶段

将电子计算机技术引入会计数据处理中,使会计数据处理发生了质的变化。它不仅使会计核算工作走向自动化,而且能准确、高效地完成核算任务,方便地提供管理和决策信息,使会计工作真正走向事前预测,事中控制、监督和事后分析、决策的境界。

基于计算机的会计信息系统发展又可以分为以下几个阶段:

1.EDP(电子数据处理)阶段。本阶段也称为面向事务处理阶段,是会计信息系统的初级阶段。当时,以计算机为代表的信息技术处于初级阶段,会计信息系统的主要目标是用计算机替代手工操作,实现会计核算工作的自动化或半自动化,以提高会计工作效率为主。当时的会计信息系统实际上是会计数据处理系统,其主要特点有:(1)会计信息系统中的会计软件以模拟手工核算为主,且各项业务的数据处理大都是独立进行,没有形成整体的会计信息系统。(2)会计信息系统主要用于工资计算、账务处理、订单处理、固定资产核算等工作。

2.会计管理信息系统阶段。本阶段也称为面向会计管理阶段。此时,计算机技术有了突飞猛进的发展,特别是数据库技术、网络技术在会计信息系统中得到了广泛的应用。会计信息系统的主要目标是:综合处理发生在业务环境中的各种会计信息并为组织管理部门提供有关管理和决策的辅助信息。会计信息系统的功能不断完善,包括了账务处理、应收应付、成本核算、存货管理、销售管理、管理会计等诸多子系统。

3.基于互联网会计信息系统阶段。20世纪末,互联网在全球IT领域掀起了第二次产业浪潮,其发展一日千里。Intranet是组织内部网络,将网络技术应用于组织内部;Extranet是组织间网络,将网络及组织网络技术应用于组织间。国际互联网将散布在全球各地的计算机和网络相互连接从而形成了全球最大的网络系统。同时,基于网络资源共享的电子商务,正在全球各地刮起一阵旋风,它不仅打破了国界、距离与时间的限制,而且改变了组织经营模式和自下而上方式,使经营、管理和服务变得即时而迅速。为了使我国财会工作能够适应新的网络环境的需求,国内会计理论界、会计实务界以及会计软件公司都做出了积极的反应,特别是会计软件公司纷纷行动起来,相继研制和推出了互联网或电子商务时代的会计信息系统,简称为基于互联网会计信息系统。

二、电算化会计信息系统的基本构成

电算化会计信息系统是一个面向价值信息和基于会计管理活动的系统,是在计算机和网络环境下采用现代信息处理技术,对会计信息进行采集、存储、处理和传递,完成会计核算、监督、管理和辅助决策的系统。

电算化会计信息系统是一个人机结合的系统,它不但需要机器的支持,而且更需要人的操作和使用,所以从系统的组成来看,电算化会计信息系统由硬件、软件、人员、数据和规程组成。

（一）硬件。硬件是系统中所有固定装置的总称。它是系统工作的物质基础,硬件设备一般包括数据输入设备、数据处理设备、存储设备和输出设备。这也是计算机硬件系统的组成部分。

数据输入设备是指能够把会计数据输入到计算机中的设备,目前常见的有:键盘、鼠标、光笔、扫描仪及光学阅读器等。数据处理设备是指按一定的要求对数据进行加工、计算、分类、汇总、存储、转换及检索的处理设备,这由计算机主机的功能来实现。数据存储设备是指用于存放数据的设备,目前常见的有磁盘、U盘、光盘及驱动设备等。数据输出设备是指从存储设备中取出数据按照一定的方式和格式进行输出的设备,如显示器、打印机及绘图机等设备。此外还有通讯设备、机房设备等。

（二）软件。电算化会计信息系统的软件包括:系统软件、会计软件和工具软件。

系统软件主要包括操作系统,如 DOS、Windows 及网络操作系统、语言加工系统及数据库管理系统等;

会计软件是专门用于会计核算和会计管理的软件。目前会计软件非常多,如用友、金蝶、新中大、安易、浪潮国强、速达、管家婆等软件。

工具软件主要是维护会计信息系统的工具,如磁盘管理工具、网络管理工具和杀毒工具软件等。

（三）人员。电算化会计信息系统的人员一般指直接从事系统研制开发、使用和维护的人员。这些人员一般可分为两类,一类为系统开发人员,包括系统分析员、系统设计员、系统编程及测试人员;另一类为系统的使用人员,包括系统管理人员、系统维护人员、系统操作员、数据录入人员、数据审核人员、档案管理员、专职会计人员和专职分析人员等。

（四）数据。电算化会计信息系统的主要任务是向内部和外部提供会计信息。这些信息都是按照一定的结构存放在计算机存储设备中,组成会计信息系统数据库,供电算化会计信息系统处理、查询和输出。

由于会计信息涉及面广、量大,因此,其数据库系统的结构也十分复杂。电算化会计信息系统所处理的数据主要是经济业务数据,处理经济业务数据是财会部门的传统职责。任何使企业财务状况发生变化的事件或过程都可以说是经济业务,这些业务是通过数据来反映的,经济业务包括外部业务、内部业务和转账业务。外部业务是企业与外部之间发生的业务,如购买原材料和销售产品。内部业务指企业资金在企业内部的转移流动,如领料、发放工资、产品入库等。转账业务指根据会计工作需要而进行的转账工作。

(五)规程。规程指有关会计信息化的各种法令、条例及规章制度。主要包括两大类:一是政府的法令、条例;二是系统运转的各项规定,如数据准备说明书、计算机会计核算系统操作使用说明书、机房管理制度及会计内部控制制度等。

三、会计信息系统的功能结构

会计信息系统是随着信息技术革命和会计学科的发展逐步发展和完善的。目前,会计信息系统已经从核算型发展成为管理型,它涵盖供、产、销、人、财、物以及决策分析等企业经济活动的各个领域,功能不断完善,子系统不断扩展,基本满足了各行业会计核算和管理的需要。因此,会计信息系统也被称为财务及企业管理信息系统。

由于企业性质、行业特点以及会计核算和管理的需求不同,会计信息系统所包含的内容不尽相同,其子系统的划分也不尽相同。一般认为,会计信息系统由3大子系统组成,即财务系统、购销存系统、管理与决策系统。每个系统又进一步分解为若干子系统。

会计信息系统的基本功能结构如图1.1所示。

(一)财务系统

财务系统主要包括账务处理子系统、工资子系统、固定资产子系统、应收子系统、应付子系统、成本子系统、报表子系统、资金管理子系统等。

1.账务处理子系统

账务处理子系统是以凭证为原始数据,通过凭证输入和处理,完成记账和结账、银行对账、账簿查询及打印输出,以及系统服务和数据管理等工作。近年来,随着用户对会计信息系统的需求不断提高和软件

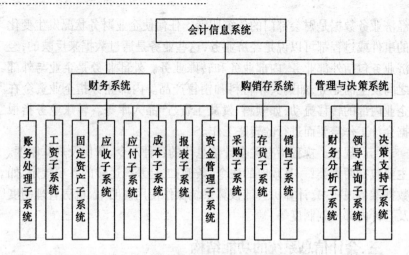

图 1.1　会计信息基本功能结构

开发公司对账务处理子系统的不断完善,目前许多商品化账务处理子系统还增加了个人往来款核算和管理、部门核算和管理、项目核算和管理及现金银行管理等功能。

2.工资子系统

工资子系统是以职工个人的原始工资数据为基础,完成职工工资的计算、工资费用的汇总和分配、计算个人所得税,查询、统计和打印各种工资表,自动编制工资费用分配转账凭证传递给账务处理等功能。通过工资子系统可以实现对企业人力资源的部分管理。

3.固定资产子系统

固定资产子系统主要是对设备进行管理,即存储和管理固定资产卡片,灵活地进行增加、删除、修改、查询、打印、统计与汇总;进行固定资产的变动核算,输入固定资产增减变动或项目内容变化的原始凭证后,自动登记固定资产明细账,更新固定资产卡片;完成计提折旧和分配,产生"折旧计提及分配明细表"、"固定资产综合指标统计表"等;费用分配转账凭证可自动转入账务处理等子系统,可灵活地查询、统计和打印各种账表。

4.应收子系统

应收子系统完成对各种应收账款的登记、核销工作;动态反映各客户信息及应收账款信息;进行账龄分析和坏账估计;提供详细的客户和产品的统计分析,帮助财会人员有效地管理应收款。

5.应付子系统

应付子系统完成对各种应付账款的登记、核销以及应付账款的分析预测工作;及时分析各种流动负债的数额及偿还流动负债所需的资金;提供详细的客户和产品的统计分析,帮助财会人员有效地管理应付款。

6.成本子系统

成本子系统是根据成本核算的要求,通过用户对成本核算对象的定义,对成本核算方法的选择,以及对各种费用分配方法的选择,自动对从其他系统传递的数据或用户手工录入的数据汇总计算,输出用户需要的成本核算结果或其他统计资料。

随着企业成本管理意识的增强,目前,很多商品化成本子系统还增加了成本分析和成本预测功能,以满足会计核算的事前预测、事中控制和事后分析的需要。成本分析功能可以对分批核算的产品进行追踪分析,计算部门的内部利润,与历史数据对比分析,分析计划成本与实际成本的差异。成本预测功能运用移动平均、年度平均增长率,对部门总成本和任意产量的产品成本进行预测,满足企业经营决策的需要。

7.报表子系统

报表处理子系统主要根据会计核算数据(如账务处理子系统产生的总账及明细账等数据)完成各种会计报表的编制与汇总工作;生成各种内部报表、外部报表及汇总报表;根据报表数据生成各种分析表和分析图等。

随着网络技术的发展,报表子系统能够利用现代网络通信技术,为行业型、集团型用户解决远程报表的汇总、数据传输、检索查询和分析处理等功能,既可用于主管单位又可用于基层单位,支持多级单位逐级上报、汇总的应用。

8.资金管理子系统

随着市场经济的不断发展,资金管理越来越受到企业采购管理者的重视,为了满足资金管理的需求,目前有些商品化软件提供了资金管理子系统。通过资金管理子系统可以实现工业企业或商业企业、事业单位等对资金管理的需求,以银行提供的单据及企业内部单据、凭证等为依据,记录资金业务以及其他涉及资金管理方面的业务;处理对内、对外的收款、付款、转账等业务;提供逐笔计息管理功能,实现每笔资金的管理;提供积数计息管理功能,实现往来存贷资金的管理;提供各单据的动态查询情况以及各类统计分析报表。

(二)购销存系统

对工业企业而言,购销存系统包括采购子系统、存货子系统、销售子系统。对商业企业而言,有符合商业特点的商业进销存系统。

1.采购子系统

采购子系统根据企业采购业务管理和采购成本核算的实际需要,制订采购计划,对采购订单、采购到货以及入库状况进行全程管理,为采购部门和财务部门提供准确及时的信息,辅助管理决策。有很多商品化会计软件将采购子系统和应付子系统合并为一个子系统——采购与应付子系统,以便更好地实现采购与应付业务的无缝连接。

2.存货子系统

存货子系统主要针对企业存货的收发存业务进行核算,掌握存货的耗用情况,及时准确地把各类存货成本归集到各成本项目和成本对象上,为企业的成本核算提供基础数据;动态反映存货资金的增减变动,提供存货资金周转和占用的分析,为降低库存、减少资金积压、加速资金周转提供决策依据。

3.销售子系统

销售子系统以销售业务为主线,兼顾辅助业务管理,实现销售业务管理与核算一体化。销售子系统一般和存货中的产成品核算相联系,实现对销售收入、销售成本、销售费用、销售税金、销售利润的核算;生成产成品收发结存汇总表等表格;生成产品销售明细账等账簿;自动编制机制凭证供账务处理子系统使用。有很多商品化会计软件将销售子系统和应收子系统合并为一个子系统——销售与应收子系统,以便更好地实现销售与应收的无缝连接。

(三)管理与决策系统

随着会计管理理论的不断发展和会计管理理论在企业会计实务中的不断应用,人们越来越意识到会计管理的重要性,对会计信息系统提出了更高的要求,它不仅能够满足会计核算的需要,还应该满足会计管理的需要,即在经济活动的全过程进行事前预测、事中控制、事后分析,为企业管理和决策提供支持。目前管理分析系统一般包括财务分析、流动资金管理、投资决策、筹资决策、利润分析和销售预测、财务计划、领导查询、决策支持等子系统。

目前,我国商品化管理分析系统并不完善,很多子系统的开发还未进行,有些正处于开发阶段。因此,下面简单介绍几个已经使用的基本子系统的功能。

1.财务分析子系统

财务分析子系统的功能是从会计数据库中提取数据,运用各种专门的分析方法对财务数据做进一步的加工,生成各种分析和评价企业财务状况和经营成果的信息;编制预算和计划,并考核预算计划的执行情况。

2.领导查询子系统

领导查询子系统是企业管理人员科学、实用、有效地进行企业管理和决策的一个重要帮手。它可以从各子系统中提取数据,并将数据进一步加工、整理、分析和研究,按照领导的要求提取有用信息(如资金快报、现金流量表、费用分析表、计划执行情况报告、信息统计表、部门收支分析表等),并以最直观的表格和图形显示。在网络计算机会计信息系统中,领导还可以在自己办公室的计算机中及时、全面了解企业的财务状况和经营成果。

3.决策支持子系统

决策支持子系统利用现代计算机、通信技术和决策分析方法,通过建立数据库和决策模型,利用模型向企业的决策者提供及时、可靠的财务、业务等信息,帮助决策者对未来经营方向和目标进行量化分析和论证,从而对企业生产经营活动做出科学的决策。

以上讨论了会计信息系统的总体结构。然而,不同的单位由于其所处的行业不同,会计核算和管理需求不同,因此,其会计信息系统的总体结构和应用方案也不尽相同。在建立会计信息系统时应该根据行业的特点和企业的规模,具体考虑其会计信息系统结构和应用方案。

四、会计信息系统中各子系统之间的相互联系

在会计信息系统中,会计的整体功能通过各个子系统的局部加以实现,各业务子系统中的数据之间都有着密切的联系。电算化各子系统之间的相互联系主要表现为数据传递关系。数据的接收有如下三种情况:

1.单向接收型:只接收来自其他子系统的数据,不向外传递数据,如:报表子系统、财务分析与领导查询子系统就属于此类。

2.单向发送型:只向其他子系统传递数据,而不接受数据,如工资、固定资产子系统、应收应付子系统以及购销存子系统等。

3.双向联系型:该类型的子系统既向其他子系统传递数据,又接收来自其他子系统的数据,如账务处理子系统、成本子系统等。

数据的传递方法有三种:

1.集中传递式:通过专门的自动转账系统来传递。相应地,在这种形式下还需要专门建立一个自动转账子系统,它一般具有转账模式的定义、费用汇总模式定义、根据转账模式从子系统中提取数据并生成汇总转账数据(如转账凭证)、自动将转账数据发送到其他子系统以及转账数据的查询、打印等功能,如图1.2所示。

2.账务处理中心式:各业务子系统首先对原始凭证汇总、处理后,编制出记账凭证直接传递到账务处理子系统,账务处理子系统对涉及到成本、费用的凭证进行汇总后,传递到成本子系统。采用这种方式,相应地要求有关科目按产品设立明细科目,以便可以方便地汇集直接费用,如图1.3所示。

3.直接传递式:各业务子系统首先对原始凭证汇总、处理后,编制出记账凭证传递到账务处理子系统进行账务处理;同时,工资、固定资产、存货等业务子系统以及账务处理子系统要将各种直接、间接的费用按一定标准汇总后传递到成本子系统进行成本计算,如图1.4所示。

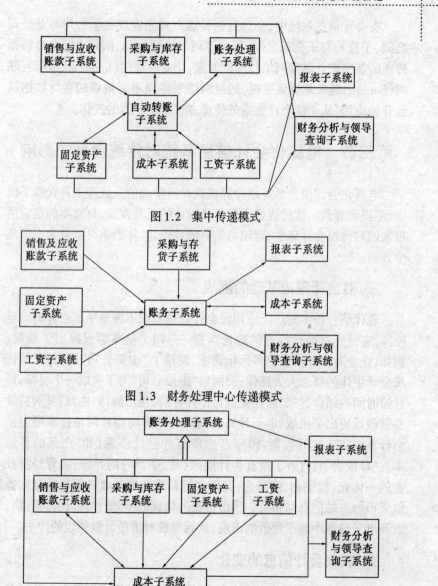

图 1.2   集中传递模式

图 1.3   财务处理中心传递模式

图 1.4   直接数据传递模式

在会计信息系统中,会计数据传递方式还表现在子公司与总公司之间、子公司与子公司之间、国内不同的地域之间、国际之间会计数据传递的新突破。随着网络技术的发展,企业内部网(Intranet)、国际互联网(Internet)越来越受到重视,通过网络来传递不同地域的会计数据已经开始应用,从而使会计数据的传递方式发生了质的变化。

第三节　电算化会计信息系统对传统会计的影响

电算化会计信息系统以计算机这种新型的信息处理工具置换了纸张、笔墨和算盘。这种置换不仅仅是简单的工具改变,更重要的是它所带来的对传统会计理念、理论与实务的冲击,具体影响可以分为以下几个方面。

一、对会计理论基础的挑战

现代信息技术的广泛应用使会计信息系统不再是手工会计的简单模拟,它首先对会计核算的理论前提——四个基本假设提出了质疑。例如,企业对会计信息的多元化需求,网络上"虚拟公司"的出现,使传统会计主体的概念大大延伸;而网络"虚拟公司"为了完成一个目标,可在短时间内结合起来,而在完成目标任务后,便可解体,由此,又对持续经营假设提出了挑战;电子计算机强大的计算功能和网络技术可以使会计系统实现实时控制,瞬间产生所需的会计信息(如"产品的日成本"、"日报表"),打破了原有会计期间(月、季、年)的界限;随着经济社会的一体化、数字化、网络化,又使会计系统能够兼收并蓄地采集和提供货币形态的信息与相关非货币形态的信息(如环境治理、岗位培训),以及电子商务中电子货币的出现,从而形成对货币计量假设的冲击。

二、收集会计信息的变化

会计是企业经济活动的综合反映,会计系统的信息源自企业的各个生产经营部门和职能部门。电算系统和手工系统收集会计信息均以"审核和编制会计凭证"为起点,但在电算化方式下,系统收集会计信息与手工方式相比至少有两种变化,(1)收集信息方式不同,一般有三种方式,其一,手工编制的零星业务的人工凭证;其二,其他业务子系统(如生产部门、人事部门)对业务(入库单、工资表)处理后,自动编制的机制凭证;其三,账务处理子系统定期(月、年)对固定业务(如计提折旧、结转损益)产生的机制凭证。(2)收集信息内容不同,由于电算化会计系统可以通过对各个部门的信息接口转换和接收信息,以及现代化工具(如扫描仪、电子笔、传感器、脉冲信号式数据采集装置)的应用,使系统收集信息的深度和广度的增加成为可能,其内容包括货币形态的与非货币形态的信息,历史的、或有的与未来的信息。电算系统这种收集会计信息方式与内容的变化为发挥电子技术的潜能,增强系统功能奠定了基础。

三、账簿体系的变化

电算方式下,会计账簿体系也发生了显著变化:(1)账簿组织过程的不同,电算化后,账簿只不过是根据记账凭证数据库按会计科目进行归类、统计的中间结果。采用用户"点菜"的方式,只要给出一个会计科目,计算机随时就可将涉及该科目的所有业务全部筛选出来,形成所需的各种账簿,如日记账、总分类账或明细分类账;(2)账簿外观形式的不同,电算系统中的账簿突破了传统会计的分类界限,只要需要,任何一个会计科目(如应收账款)均可以生成日记账、三栏账或多栏账。另外,由于打印机的限制,不能打印订本式账簿,因而财政部在有关电算会计制度中规定,所有账页均可采用活页式。

四、会计核算形式的变化

在手工条件下,对会计信息的分类整理是通过将记账凭证的数据按会计科目转抄到日记账、明细分类账以及总分类账的形式来实现的。因此,围绕着如何减少登账,尤其是登记总账的工作量而产生了各种不同的会计核算形式。

在电算化条件下,会计系统可以根据需要从数据库文件中随机轻易地提取所需要的数据生成账簿,因而,传统会计为减少登账工作量而煞费苦心建立的各种会计核算形式已失去意义。

五、记账规则的变化

由于电算化会计系统可以通过计算机随机存入或提取任何会计信息,因而从根本上消除了信息处理过程中诸多分类与再分类的技术环节,利用同一基础数据便可实现信息的多元重组。也就是说,在手工条件下的所谓日记账、总账、明细账、辅助账的配置已失去其存在的意义,并且,与之相适应的根据记账凭证汇总表登记总账、平行登记、错账更正(划线更正法、红字更正法)、结账、对账、试算平衡等记账规则(技术方法)也同样失去其原有的作用。

六、企业内部控制的变化

电算化会计信息系统是一个开放的系统,不同的会计信息使用者将根据授权调阅会计信息,如何建立严密的内部控制制度、保证会计信息的安全与完整,是信息技术环境下会计信息系统面临的一大难题。

实施会计信息化后,计算机信息处理的集中性、自动性,使传统职权的控制作用近于消失,原手工会计信息系统中所使用的靠账簿之间的互相核对来实现的差错纠正控制已经不复存在,计算机电磁介质也不同于纸质介质,它能不留痕迹进行修改和删除。此外,计算机在硬件和软件结构、环境要求、文档保存等方面的特点决定了会计信息系统的内部控制必然具有新的内容。控制范围已经从财务部门转变为财务部门和计算机处理部门;控制方法也从单纯的手工控制转化为组织控制、制度控制和程序控制相结合的全面内部控制。

七、财务报告的变化

信息技术不仅能够快速传递大量的信息,而且也为用户提供了直接利用信息的技术手段。随着信息使用者对信息的需求扩大,会计人员一方面要在报表中提供综合信息,另一方面还要提供一些非财务报表信息,如某些管理咨询信息或财务报告分析信息、财务预测信息以及有关企业未来经营成败的因素、企业在近期所面临的营业或行业风险等等。所有这一切都使传统财务报告受到了严峻的挑战,"在线财务报告"作为信息技术条件下的报告模式,其产生、发展都与信息技术的发展密不可分。

所谓在线财务报告,是指企业在国际互联网上设置站点,向信息使用者提供定期更新的财务报告。其特点是利用国际互联网作为传播媒体,采用"超文本"的形式,具有很强的交互性,可根据不同用户的要求提供更加个性化的财务报告。在线财务报告与传统财务报告有着显著的区别:

1.改变了传统的财务报告结构和阅读方式。传统财务报告的各个组成部分之间是一种有顺序的线性结构,而在线财务报告的各个组成部分之间由于建立了"信息链接",呈现出一种相互交叉的网状结构,具有信息量大、个性化强的特点。报告结构的差异进而改变了报告使用者阅读报告的方式,由被动阅读转变为主动阅读。会计报表使用者可以借助"信息链接"主动而迅速地搜寻信息,从而实现按照自己的思路主动地获取所需要的信息。由于"信息链接"的建立并不局限于财务信息本身,其范围可以覆盖所有与企业经营有关的方面,包括非货币化信息。所以在线报告的出现突破了财务报告只提供货币化信息的局限,扩展了信息披露的内容,同时也打破了财务报告与其他企业经营报告之间的界限,使它们成为彼此不可分割的一个整体。

2.能够提供按需财务报告。按需财务报告模式是一种充分个性化的报告模式,它充分考虑了信息用户的需求差异,按不同用户个体的不同需求提供信息。传统财务报告由于受客观条件的限制,其格式基本统一,很少考虑不同财务报告使用者的需求。信息技术的发展,使会计信息数据库化,会计人员可以从中提取不同明细程度的数据,从而为会计报表使用者提供不同格式、不同反映形式的个性化财务报告。

八、会计职能的变化

目前,随着我国经济体制改革的深化,面对即将来临的全球化知识经济的浪潮,会计工作不得不加快由传统的事后核算向事中控制、事前预测决策方向的迈进步伐,这意味着会计职能由核算型向管理型的重心转移。由此,要求会计信息系统必须放大功能,而电算化会计信息系统所表现出来的集中性、自动性和多样性的技术特性,为会计职能由核算型向管理型的重心转移提供了坚实的技术基础,并且在会计这种战略性转移的过程中不断推陈出新。例如,建立"会计决策支持系统"、"智能型会计专家系统",从而推动会计职能向更深的层次延伸。

九、对会计人员要求的变化

在信息技术环境下,企业会计人员的素质、所扮演的角色、工作重点和工作价值将发生巨大的变革。首先,信息技术的应用彻底改变了会计工作的处理工具和手段。由于大量的会计核算工作实现自动化,会计人员的工作重点将从事中记账算账、事后报账转向事先预测、规划,事中控制、监督,事后分析、决策的一种全新的管理模式。其次,在信息技术环境下,会计人员不仅要承担企业内部管理员的职责,随着外部客户对会计信息需求的增长,会计人员应及时向外传递会计信息,为供应商、债权人、投资者、政府管理部门等提供职业化的咨询服务。此外,在信息技术环境下,会计人员不再仅仅是客观地制造和反映会计信息,而且应使会计信息增值和创造更高的效能。会计人员的作用更多地体现在通过财务控制分析参与企业综合管理和提供专业决策。最后,目前会计人员所从事的会计核算和财务分析等常规的、结构化较强的工作,将由基于信息技术的信息系统完成,而会计人员将更多地从事那些非结构化的、非常规的会计业务以及完成对信息系统及其资源的评价工作。因此,未来的会计人员不仅要具有管理和决策方面的知识,还应具有利用信息技术完成对信息系统及其资源的分析和评价的能力。

第四节 会计信息系统与企业管理信息系统

一、企业管理信息系统

企业管理信息系统是在 20 世纪 80 年代出现的新学科,它的概念至今没有完全统一的定义。在诸多的解释中,比较全面地概括了其功能和特点的定义是:管理信息系统是一个以人为主导,利用计算机硬件、软件、网络通信设备等进行管理信息收集、传递、存储、加工、维护和使用的系统。管理信息系统能实测企业的各种运行情况,利用过去的数据预测未来,从全局出发辅助企业进行决策,利用信息控制企业的行为,帮助企业提高效率和效益,实现企业的战略优势。

通俗地说,管理信息系统是依靠人、计算机掌控企业的方方面面,高效、快速完成企业管理工作的系统。管理信息系统一般包括:人力资源管理系统、制造管理系统、会计信息系统等,如图 1.5 所示。

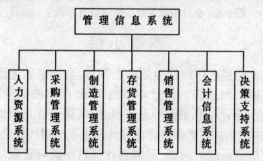

图 1.5 管理信息系统的组成

二、会计信息系统在企业管理信息系统中的地位

会计信息系统是企业管理信息系统中一个重要的子系统。会计信息是企业生产、管理决策中使用最多的信息,在现代企业决策中处于中心和主导地位。会计信息系统是企业信息系统中占有重要地位的一个子系统,它好比是整个企业的"中枢神经"系统,不断从外界接受新信息进行处理,再输出各类相关、有用的信息,以价值形式反映和监督企业

整个生产经营活动过程,帮助企业管理者做出各种决策。因而,会计信息系统处于企业管理信息系统的中心,是信息的加工中心,在整个管理信息系统中具有举足轻重的地位。

会计信息系统在管理信息系统中的地位如图1.6所示。

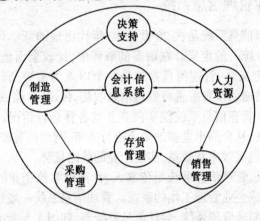

图1.6　会计信息系统在管理信息系统中的地位

本 章 小 结

信息技术已经应用到社会的各个领域,会计信息化已经成为会计实现现代化的必然选择。通过本章的学习,能够使学员了解数据、信息、信息系统、会计信息系统等基本概念,掌握电算化会计信息系统的基本组成和功能结构,掌握电算化会计信息系统对传统会计的影响,熟悉企业管理信息系统的构成,理解会计信息系统与管理信息系统的关系,使学员对会计信息系统有一个整体上的认识,为以后章节的学习打下基础。

思 考 题

1.什么是会计信息系统? 它的组成要素有哪些?

2.会计信息系统一般有哪几个功能模块? 每一模块的功能是什么?

3.信息技术对会计信息系统有哪些影响?

4.会计信息系统与管理信息系统有何关系?

第二章 会计信息系统的开发方法

第一节 信息系统开发方法概述

一、软件危机和软件工程

(一)软件危机

在20世纪70年代以前,人们曾把程序设计视为一种发挥个人创造才能的技术领域。当时一般认为,程序只要能在计算机上运行并能得出正确的结果,其算法可以不受任何约束。在这种思想指导下,认为写程序应重在技巧应用,而不管它是否能被别人看懂。然而,随着计算机应用的不断扩展,软件的数量急剧膨胀,软件的需求日益复杂,维护的难度越来越高,开发的成本日益增长,失败的软件项目屡见不鲜,出现了"软件危机"(softwarecrisis)。

产生软件危机的原因很多。从客观上说,软件本身的特点使得软件开发工作日益困难。早期的软件规模较小,程序编写简单,工作难度不大。但从20世纪60年代末期开始,随着计算机硬件的不断发展和深入,也对软件系统提出了更高的要求,要求开发高质量、复杂的、大型的软件系统,开发工作变得日益困难。从主观上说,开发方法不正确也导致了软件危机。原先的软件开发忽视需求分析,认为软件开发就是编写程序而已,轻视软件维护工作。

(二)软件工程的含义

软件开发人员发现,很多工程项目虽然十分复杂,但却取得了成功。于是,人们开始对工程项目管理的研究,并从中得到了有益的启示。20世纪60年代末,有学者提出,提高软件生产效率的途径是软件开发"工程化",即借鉴建筑工程、机械工程中一些行之有效的方法和技术来指导和管理软件开发,变软件产品的"无形"为"有形"。具体做法是用适当的工具表达用户需求模型,即先抽象出逻辑概念模型,经过用户确认后再转化为具体的物理模型,最后再编写程序并测试等。有了正确的理论指导,许多软件开发技术和表达工具应运而生,软件工程学这门新学科的理论和技术逐步形成。

1968年,北大西洋公约组织(NATO)的计算机科学家在德国召开国际学术会议,第一次提出了"软件工程"(softwareengineering)这个词。软件工程是一门研究如何用系统化、规范化、数量化等工程原则和方法去进行软件开发和维护的学科,它包括两方面内容:软件开发技术和软件项目管理。其中,软件开发技术包括软件开发方法学、软件工具和软件工程环境,软件项目管理包括软件度量、项目估算、进度控制、人员组织、配置管理、项目计划等。

(三)软件工程的原理

自1968年提出"软件工程"这一术语以来,研究软件工程的专家、学者们陆续提出了100多条关于软件工程的准则或信条。美国著名的软件工程专家Boehm综合这些专家的意见,并总结了TRW公司多年开发软件的经验,于1983年提出了软件工程的七条基本原理:(1)用分阶段的生命周期计划严格管理;(2)坚持进行阶段评审;(3)实行严格的产品控制;(4)采用先进的程序设计技术;(5)结果应能清楚地审查;(6)开发小组的人员应少而精;(7)承认不断改进软件工程实践的必要性。

二、生命周期法

生命周期法采用结构化系统分析和设计的思想,是迄今为止开发方法中最传统、应用最广的一种开发方法。其突出优点是强调系统开发过程的整体性和全局性,避免了开发过程中的混乱状态。

(一)生命周期法的阶段划分

信息系统的生命周期是指系统从其提出、调查、分析、设计、实施和有效使用,直到其被淘汰或取代的整个期间。生命周期法是指按系统生命周期的各个阶段划分任务,按一定的规则和步骤有效地进行系统开发的方法。按照结构化的系统开发思想,生命周期法将整个信息系统的开发过程划分成若干个首尾相接、相对独立的几个阶段：系统规划、系统分析、系统设计、系统实施、系统的运行和维护等。如图 2.1 所示。

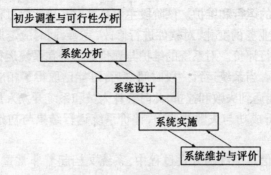

图 2.1　信息系统的开发过程

1.初步调查与可行性分析。该阶段的主要目的是弄清组织的要求是什么？首先，根据用户的系统开发请求，对企业的环境、目标、现行系统的状况进行初步调查；其次，依据企业目标和发展战略，确定信息系统的发展战略，对建设新系统的需求做出分析和预测，明确所受到的各种约束条件，研究建设新系统的必要性和可能性；最后，进行可行性分析，写出可行性报告，可行性分析报告经审议通过后，将新系统建设方案及实施计划编成系统规划报告。

2.系统分析阶段。根据系统规划报告中所确定的范围，对现行系统进行详细调查，描述现行系统的业务流程、数据流程、功能与数据之间的关系，确定新系统的基本目标和逻辑功能，即提出新系统逻辑模型，并把最后成果形成书面材料——系统分析报告。

3.系统设计阶段。根据新系统的逻辑模型，具体设计实现逻辑模型的技术方案，即确定系统的物理模型。一般分两大部分，即总体设计和详细设计，总体设计是系统总体功能模块的设计和系统配置设计；详细设计是进行代码设计、数据字典及数据库/文件设计、输入设计、输出设计及系统的安全保密设计等，最后得到系统设计说明书。

4.系统实施阶段。根据系统设计说明书，将设计的系统付诸于实施。该阶段是实现系统设计阶段所完成的新系统物理模型，涉及编写与调试程序、系统测试、系统安装调试、系统试运行、编写操作和使用手册、培训用户等。编写、调试程序和系统测试的工作技术性强、工作量大,周期可能会比较长。

5.系统的运行和维护。该阶段主要是针对系统运行过程中发现的问题或会计业务的变化,对软件进行修改、完善,同时应定期对系统的运行情况进行评价。对系统的维护与评价通常是在系统运行一段时间之后进行的。当系统运行一段时间之后,可能已取得了相应的经验与效益,也可能遇到失败和挫折,此时会计人员和系统开发人员应及时总结经验,分析成功与失败的原因,评价系统运行结果与初始规划的差异。

在会计信息系统的开发过程中,系统文档起着非常重要的作用。系统文档是会计信息系统的计划、设计和实现过程中的工作记录。在系统开发的各个阶段,应产生相应的系统文档。系统文档既是一个阶段的工作成果,也是下一阶段的工作依据。系统文档由有关文件、图表、规范说明及其他材料构成。系统文档的作用主要体现在:提高系统开发过程的能见度,以便项目管理人员在系统开发各阶段进行进度控制和质量管理;提高开发效率,尽早发现错误和不一致性,减少返工;作为一定阶段的工作成果和结束标志;记录开发过程中的有关技术信息,便于以后的系统开发、使用和维护。

(二)生命周期的特点

1.面向用户的观点

系统开发是直接为用户服务的,因此,在开发的全过程中要有用户的观点,一切从用户利益出发。应尽量吸收用户单位的相关人员参与开发的全过程,加强与用户的联系,统一认识,加速工作进度,提高系统质量,减少系统开发的盲目性。

2.自顶向下的分析与自底向上的系统实施

按照系统的观点,任何事情都是互相联系的整体。因此,在系统分析与设计时要站在整体的角度,自顶向下地进行。但在系统实施时,先对最底层的模块编程,然后一个模块、几个模块地调试,最后自底向上逐步构建整个系统。

3.严格按阶段进行

整个会计信息系统开发过程划分为若干个工作阶段,每个阶段都有明确的任务和目标,各个阶段又可分为若干工作和步骤,逐一完成任务,从而实现预期目标。这种有条不紊地开发方法,便于计划和控制,基础扎实,不易返工。

4.加强调查研究和系统分析

为了使系统更加满足用户要求,要对现行系统进行详细的调查研究,尽可能弄清现行系统业务处理的每一个细节,做好总体规划和系统分析,从而描述出符合用户实际需求的新系统逻辑模型。

5.先逻辑设计后物理设计

在进行充分的系统调查和分析论证的基础上,弄清用户要"做什么",并将其抽象为系统的逻辑模型,然后进入系统的物理设计与实施阶段,解决"怎么做"的问题。这种做法符合人们认识事物的规律,从而保证系统开发工作的质量和效率。

6.工作文档资料规范化和标准化

根据系统工程的思想,管理信息系统的各个阶段性成果必须文档化,只有这样才能更好地实现用户与系统开发人员的交流,才能确保各个阶段的无缝连接。因此必须充分重视文档资料的规范化、标准化工作,充分发挥文档资料的作用,为提高系统的适应性提供可靠保证。

(三)生命周期法的优缺点

生命周期法强调将系统开发项目划分为不同的阶段,每个阶段都有明确的起始和结束进度安排,对系统开发周期的各个阶段进行管理控制。这种分阶段的特点,使得各个阶段的任务相对独立,降低了系统开发的复杂性,便于不同人员的分工合作,有利于施工。另外,每个阶段都对该阶段的成果进行严格的审批,这就使开发工程有条不紊,保证了软件的质量,特别是提高了软件的可维护性。实践证明,生命周期法大大提高了软件开发的成功率。

生命周期法的一个主要缺点是开发过程过于繁琐,周期过长,因为开发顺序是线性的,各个阶段的工作不能同时进行。在系统开发未结束前,用户不能使用系统,却要求系统开发人员在调查中充分掌握用户需求、管理状况以及可预见未来可能发生的变化,不符合人类的认识规律,在实际工作中难以实施,导致系统开发的风险圈套。该方法的另一缺点是对用户需求的改变反应不灵活,在开发过程中,如果环境变化、用户的需求改变,开发过程不能及时调整。

三、原型法

生命周期法开发软件周期长,开发工作的可视性差,对需求难以确定的系统往往束手无策;另一方面软件工程技术经过了一段时间的大发展,产生了许多先进的方法和优秀的开发工具,两方面的原因促使了原型法的产生。

原型法是 20 世纪 80 年代随着计算机技术的发展,特别是在关系数据库系统(RDBS)、第四代程序生成语言(4GL)的基础上出现的一种新的系统开发方法。与结构化系统开发方法相比,原型法放弃了对现行系统的全面、系统的详细调查和分析,然后逐步整理文档资料,最后才能让用户看到结果的繁琐做法。

(一)原型法的基本思想

原型法的基本思想是系统开发人员在初步了解用户需求的基础上,迅速构造、设计和开发出一个能实现系统基本功能的"原型",交给用户使用和评价,并根据用户对原型使用与评价的意见,反复修改完善原型,直至最后形成用户满意的系统为止。

(二)原型法的开发步骤

原型法开发的主要过程包括:确定用户基本需求;设计初始原型;使用、评价原型;修改、完善原型等,如图 2.2 所示。

1.确定用户的基本需求。系统开发人员通过对组织进行初步调查,与用户进行交流收集各种信息,从中发现和确定用户的基本需求。一般情况下,用户的基本需求包括:系统的功能、人机界面、输入和输出要求、保密要求等。

2.设计系统原型。系统开发人员根据用户的基本需求,在强有力的工具软件支持下,短时间内开发一个初始原型,以便进行讨论,并从它开始迭代。通常初始原型只包括用户界面,如数据输入屏幕和报表,

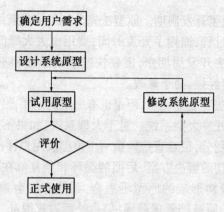

图 2.2 原型法开发过程

但初始原型的质量对生成新的信息系统至关重要。

3.使用和评价系统原型。用户通过对原型的操作、检查、测试和运行,获得对系统最直接的感受,不断发现原型中存在的问题,对原型进行评价,提出修改意见。

4.修改完善原型。根据使用中发现的问题,系统开发人员和用户共同修正、改进原型,得到最终满意的原型,这往往是一个多次反复的过程。

5.判定原型完成。判定原型是否完成就是判断有关用户的各项需求是否最终实现。如果已经实现,则进入整理原型、提供文档阶段,否则继续修改。

6.整理原型、提供文档。这是原型法的最后阶段,是把原型进行整理和编号,并将其写入系统开发文档资料中,以便为下一步的运行、开发服务。文档资料主要包括用户的需求说明、系统的设计说明等。

(三)原型法的优缺点

根据原型法的开发思想和设计步骤,可以看出,原型法具有以下优点:(1)原型法符合人类认识事物的规律,容易被人们接受。(2)改进了开发人员与用户的信息交流方式。由于原型法以用户为中心开发系统,用户直接参与,能及时发现问题并不断修改,改善了信息的沟通状况,减少了设计错误的可能性,也降低了开发的风险,提高了用户的满意度。(3)缩短了开发周期。原型法充分利用了最新的软件工具,改变了传统的开发过程,缩短了开发时间,费用也大大降低。(4)适应性较强。由于原型法开发周期短,需要快速形成原型和不断修改完善,因此,系统的可变性强,易于修改。

尽管原型法有上述优点,但是也有一定的适用范围和局限性,表现在:(1)不适合开发大型系统。对于大型系统,如果不进行细致的系统分析和整体性划分,很难直接构造一个模型供用户评价。(2)原型法建立的基础是最初的解决方案,后面的循环和重复都在前面的原型基础上进行,如果最初形成的原型不适合,系统开发会遇到较大的困难。(3)如果用户的原基础管理薄弱、信息处理过程混乱,构造原型会比较困难,而且没有科学合理的方法可依,系统开发容易走上机械地模拟原有手工系统的轨道。(4)原型法系统开发不够规范,没有明显的分阶段评价,因而对原型的功能范围不易掌握,如果用户的需求一直在变,系统开发永远不能结束。

四、面向对象的开发方法

面向对象法(object oriented,简称 OO 方法)是一种认识客观世界,从结构组织模拟客观世界的方法。面向对象法产生于 20 世纪 60 年代,在 80 年代后获得广泛应用。这种方法以类、继承等概念描述客观事物及其联系,为管理信息系统的开发提供了全新的思路。

(一)面向对象法的基本思想

面向对象开发方法认为,客观世界是由许多各种各样的对象组成的,每种对象又有各自的内部状态和运动规律,不同对象之间的相互作用和联系就构成了各种不同的系统。

对象是现实世界中具有相同属性、服从相同规则的一系列事物(我们称之为实体)的抽象。客观事物都是由对象组成的,对象是在原来事物基础上抽象的结果,任何复杂的事物都可以通过对象的某种组合构成。

传统的结构化方法,是软件开发人员从开发软件的立场出发,为提高软件的结构化、模块化及可读性而确立的方法,是以系统中的数据和处理过程为研究中心的。而面向对象方法的出发点是使我们分析、设计和实现系统的方法同人们认识客观世界的过程尽可能的一致,是以系统中封装了数据及其处理的对象和不同对象之间的相互关系为中心的。

(二)面向对象法的工作流程

1.系统调查和需求分析:对系统将要面临的具体管理问题以及用户对系统开发的需要进行调查研究。

2.分析问题的性质和求解问题:在复杂的问题域中抽象地识别出对象以及其行为、结构、属性、方法等。这一阶段一般被称为面向对象分析。

3.整理问题:即对分析的结果做进一步的抽象、归类、整理,最终以范式的形式将他们确定下来。这一阶段被称为面向对象设计。

4.程序实现:即用面向对象的程序设计语言将上一步整理的范式直接映射为应用程序软件。这一阶段被称为面向对象的程序设计。

(三)面向对象方法的特点

1.抽象性。抽象是一个过程,它有助于在一类杂乱无章的事物中提取出共同信息,找到共同运动规律的过程。抽象也是一种结果,当找到共同的信息和运动规律后,集中在一起,定义为对象。

2.封装性。封装是把数据和处理过程包围起来。它的作用是隐藏对象内部数据或处理的细节,对数据的访问只能通过已定义的界面。

3.继承性。继承性是指从一个祖先获得性质或特征。继承机制的真正益处在于它使得程序员能够重用一个和他所需的相似的类,并且在对别的类不引起副作用的情况下,对类进行裁剪,以适应自己的需求。

4.可重用性。面向对象的可重用性一方面是指已有的对象在新系统的分析和设计中的应用。这要求在设计新对象时,首先要查看是否能从以前设计的对象或市面上得到与新对象相同或相似的对象,如果有,就可以直接拿过来用或稍加修改后使用,这样可以在一定程度上减少分析、设计、编码的工作量。

5.多态性。多态性是指允许不同对象对同一名称的处理做出适合于对象的响应。

上述的面向对象方法的特点是完全和现代系统开发追求的数据抽象、数据封装、数据隐藏、可重用、易修改对应,它把传统软件中的数据和处理组合成易于赋予语义的对象,有利于分析设计,易于修改。

不过面向对象方法需要一定的软件基础支持才可以应用,面向对象的方法以对象为基础,利用特定的软件工具直接完成从对象的描述到应用软件结构的转换,特别适合于小型应用软件系统的开发。

第二节　会计信息系统规划与可行性分析

一、系统规划的目的和任务

系统规划和科学论证可以减少盲目性,使系统具有良好的整体性和较强的适应性。

系统规划的目的是将个别的系统项目或应用程序与企业的战略目标相联系,信息系统应该服从企业的整体战略规划。对于主要系统的开发,得到高级管理层的支持是十分重要的。指导全部系统开发的有效方法是设立一个系统开发指导委员会,其任务是致力于现在和将来的全部信息需求,并对系统的规划和控制负责。一般情况下,系统开发项目由系统专业人员(系统分析师、系统工程师即程序设计人员)、最终用户(包括经理、操作人员、会计人员)等组成的团队共同承担。

系统规划包括战略系统规划和项目规划。战略系统规划涉及宏观层次上的系统资源的分配,从技术上讲,战略系统规划不是系统开发生命周期的组成部分,因为系统开发生命周期是针对特定应用项目的。项目规划的目的是在战略系统规划的框架内为个别应用程序分配资源。包括识别用户的需求领域,对每一个建议的可行性进行评估,安排项目的优先顺序和时间进度等。

二、初步调查

当确定了要开发的会计信息系统后,先要成立系统开发的相关组

织,根据单位的实际情况,组织有关人员开展初步调查。初步调查只需要对现行的会计系统进行大致的调查,调查的主要内容包括:

(一)现行系统的基本情况

现行会计系统的组织机构与人员安排、工作方式、要处理的业务及数量,系统与各部门之间的关系,各部门对信息系统的需求情况,数据处理流程,存在的主要问题和不足。

(二)新系统的目标

新系统要解决当前存在的问题,根据各部门对系统信息的需求和使用情况,确定新系统要增加哪些功能,要求系统达到什么样的目标。

(三)系统开发的条件

包括企业管理与会计工作基础,领导与会计人员对系统开发的态度,能投入系统的人力、财力、物力,以及人员培训的初步计划,系统开发是否还有其他限制条件等。

三、可行性分析

(一)可行性分析的必要性

进行会计信息系统的开发,必须进行可行性分析。这主要是因为:(1)信息系统的建立需要耗费大量的时间、金钱、人力,比较昂贵,也比较复杂,需要事先进行周密的计划。(2)信息系统的开发是一个持续时间较长的项目(一般至少半年),项目进展期间需要对相关部门和人员进行调查、分析、讨论、培训等,会对组织的日常工作造成干扰和影响。(3)信息系统的开发对组织的影响比较深远,可能会影响到组织未来的运营,影响到组织的战略、结构、人事安排等。

(二)可行性分析的内容

可行性分析主要从技术可行性、经济可行性、组织可行性等方面进行分析。

1.技术可行性

技术可行性是指根据现有的技术条件,能否达到所提出的要求;所需要的物理资源是否具备,能否得到,如硬件、软件、技术人员等。

2.经济可行性

经济可行性是指方案中信息系统所带来的成本、耗费应小于所产生的效益。即估计系统的成本和效益,分析系统在经济上是否合理。经济可行性要解决两个问题:资金可得性和经济合理性。

3.组织可行性

考虑所建立的系统能否在该企业实现,在当前的操作环境下能否很好地运行,即组织内外是否具备接受和使用新系统的条件。从组织内部讲,新系统的建立,可能导致一些制度甚至管理体制的变动,组织的承受能力影响系统的生存。从组织外部讲,新系统运行后,报表、票证格式的改变,是否被有关部门认可和接受,将直接影响系统的运行。

四、可行性分析报告

在初步调研的基础上,明确了老系统存在的问题、改造目标和具备条件,即可提出解决方案,并从技术上、经济上、组织上进行可行性分析和研究,最后将分析结果写成可行性分析报告,待评审。其主要内容包括:

1.初步调查情况:包括原系统的概况和存在问题,新系统的目标和开发条件。

2.论证在现有条件下,新系统目标实现的必要性与可能性。对目标系统在技术、经济、管理实施各方面的可行性进行分析。

3.若可行,提出新系统开发的基本设想,制定开发计划(各阶段人力、资金、设备需求等)。

五、会计和内审人员的作用

在系统规划与可行性分析阶段,会计和内审人员要积极参与系统目标和总体初步方案的讨论,参加可行性分析,尤其要把好经济可行性的关,参与经费预算和进度计划的制定。

第三节　会计信息系统分析

系统分析阶段是通过进行详细的调查和分析,抽象出新系统的逻辑模型,解决新系统要"做什么"这一关键问题,为下一步的系统设计奠定基础。这一阶段也称为"需求分析"。

一、会计信息系统分析的任务与步骤

(一)系统分析的任务

系统分析阶段研究的对象是会计信息系统的用户详细需求,因此,分析人员需要与会计人员密切配合共同理解和确认用户的详细需求,并把双方的共同理解明确表达成书面文档,即系统分析说明书或用户需求说明书。因此,这一阶段的主要任务是"理解"和"表达",通过分析理解用户需求,再通过逻辑模型抽象和表达出来,为日后的系统设计奠定基础。

(二)系统分析的步骤

为了得出新系统的逻辑模型,必须首先对现有的会计信息系统充分地理解,在此基础上分析和确认新系统"做什么"的问题。其过程可以总结为三个步骤:详细调查当前系统;分析用户需求;生成新系统的逻辑模型。

1.现行系统的详细调查和描述

在系统规划与可行性分析阶段,通过初步调查,已对组织结构、系统功能等有了大致的了解,但是对具体的业务处理过程及方法仍不十分清楚,需要做进一步的详细调查。通过详细调查使系统分析人员全面细致地了解整个系统的业务流程以及各种计划、单据的输入、存储、处理、输出等各个环节,为建立新系统的逻辑模型打下基础。

常用的详细调查方法包括:召开调查会、访问、填写调查表、参加业务实践等方法。其中,参加业务实践是比较好的了解系统的形式,可以同时收集出一套供以后调试程序用的试验数据。

详细调查的主要内容包括:组织机构调查;功能体系调查;业务流程调查;证、账、表等要素调查;处理程序调查;薄弱环节调查。

2.识别原有系统的逻辑模型

完成详细调查后,分析人员获得了原系统的有关信息,了解到原系统工作原理的物理模型。例如,职工出差预借差旅费的处理过程:职工填写借款单,部门负责人签字,出纳付款,会计记账等。但这些物理模型中处理过程比较具体,特别是强调了如何做的问题。我们要除去这些细节,只考虑实质,分析究竟做了什么,即可得出系统的逻辑模型。

3.建立新系统的逻辑模型

系统分析的最终目标是在详细了解用户的需求和现状后,将现系统的逻辑模型转换并改造成未来会计信息系统的逻辑模型,并通过相应的文档表述出来,让用户理解和识别新系统能做什么的问题。

二、系统分析的方法

(一)结构化分析法的思想

系统分析是系统开发中最重要也是比较难的阶段之一。结构化分析方法(structuredanalysis,SA)是一种简单、实用、应用广泛的方法,特别适用于大型数据处理系统,建立电算化的会计信息系统也常用此方法。

结构化分析方法的基本思路是:由于人的理解力、记忆力的限制,不可能一下子触及到问题的所有方面以及全部的细节,为了降低理解的复杂性,往往把大问题分解成若干个小问题,称为"分解"。如果每个小问题还不够简单,可以继续分解,直到容易理解为止。在划分的时候,需要把每个问题的细节略去,把注意力集中在主要属性上,这就是所谓的"抽象"和"表达"。

结构化分析方法就是对一个复杂系统进行"自顶向下,逐层分解"的一种分析方法,有较强的可操作性和规范的描述方法。

(二)结构化分析方法的特点

结构化分析方法的主要特点有:

1.强调用户自始至终的积极参与

在系统分析阶段,用户始终积极参与,使得用户可以更多地了解新系统,并随时从业务和用户角度提出新的要求。另一方面也可使系统分析人员能更多地了解用户的要求,更深入地调查和分析管理业务,使新系统更加科学、合理。

2.注重整体分析,层层落实

按系统的观点,任何事情都是相互联系的有机整体。在分析时应首先站在整体的角度,将各项具体的业务或组织融合成一整体加以考察,首先确保全局的正确,然后再层层分解进行分析。

3.强调系统的适应性

各种事物都是运动和变化的。同理,在进行系统分析时,要充分预料到可能会发生的变化,增强系统的适应性,以应付各种各样的变化。

三、系统分析的工具

系统分析采用介于形式语言和自然语言之间的描述方式,通过一套分层次的数据流图,辅助于数据字典、加工处理说明等工具来描述系统。

(一)数据流图

数据流图(data flow diagram,DFD)是描述系统逻辑模型的工具。它将数据的存储、流动、处理加工和使用情况进行描述,以数据间的相互关系,抽象地反映系统的全貌。

1.数据流图的构成元素

数据流图一般由四种基本元素构成:数据流,加工处理,数据存储(文件),外部实体。

常用的表示符号分别为:

☐ 外部实体　⬭ 处理　══ 文件　⟶ 数据流

2.数据流的流向

数据流由一组固定成分的数据所组成,数据流直观地反映了系统各部分之间的信息传递关系。数据流的流向大致有以下几种:

(1)从加工流向加工。即作为前一加工的处理结果,又输入给下一加工进行处理。

(2)从加工流向文件。即作为加工的结果,暂存在文件中。

(3)从文件流向加工。即从文件里流出,作为加工的输入。

(4)从源点流向加工。即从信息的产生地流向加工站,作为加工的输入。

(5)从加工流向终点。即数据流作为加工结果送到接收地。

3.数据流图的构造方法

结构化分析方法的主要思想是自顶向下,逐层分解。会计信息系统是一个相当复杂的系统,系统分析先将整个会计系统看作只有一个处理的顶层数据流图,再逐个对各个子系统进行详细分析,将复杂的系统分解成易于理解和表达的处理。每分解一次,处理的功能就更加具体,直到所有的处理都足够简单,不需分解为止。

(1)从宏观开始。勾画出系统轮廓,建立系统概况图,即顶层图,主要确定系统与外部环境之间的关系,从外部接受哪些输入数据,向外部输出哪些数据。由于外部实体对信息处理过程没有多大影响,所以在画数据流图时可以省略。

(2)在顶层图的基础上,建立第一层次的数据流图。

(3)针对第一层次的数据流图中的各个加工分别建立第二层、三层等的数据流图。图 2.3 是一个数据流图的分解示意图。

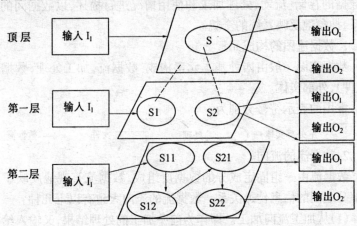

图 2.3　数据流图分解示意图

(二)数据字典(data dictionary,DD)

1.数据字典的定义及作用

数据流程图描述了系统的分解,说明了系统由哪几个部分组成,各部分之间的联系,但还没有说明系统中各个成分的含义。数据字典是结构化分析中的另一工具,用来描述数据流程图中各个组成要素的具体内容和特征,是数据流程图的辅助资料,起着注解的作用。

数据字典是描述和说明数据流程图中各元素的词条集合。是对数据流程图的进一步解释说明。

2.数据字典的组成要素

一般数据字典由以下四种条目组成:

(1)数据项(fields)

数据项又称为数据元素,是最小的、不可再分割的数据单位。数据项由数据项名、类型、长度、取值范围四部分组成。

例如,数据项"凭证号"条目:

> 数据项名:凭证号
> 类型:数值
> 长度:5 位
> 取值范围:1—99999

(2)数据流(data flow)

数据流条目说明数据流是由哪些数据项组成,以及数据在单位时间内的流量,它的来源、去向等。其使用符号规定:"+"表示和,"|"表示选择;"{}"表示重复,有时括号旁边可加重复次数的界限。

数据流条目由名称、组成、流量、来源、去向五部分组成。

例如,数据流"银行对账单":

> 数据流名:银行对账单
> 组成:月份+日期+银行支票+金额
> 流量:30 张/月,每张约 50 笔数据
> 来源:开户银行
> 去向:银行对账处理

(3)加工(data processing)

加工又称为处理逻辑或数据处理,是数据字典中的主要成分。加工条目由加工名、输入数据、输出数据、加工逻辑四部分组成。

例如,加工"工资费用分配":

> 加工名:工资费用分配
> 输入数据:工资结算单
> 输出数据:工资费用分配表
> 加工逻辑:各车间根据工资结算单,按产品的种类或批别,分别分配管理人员工资和生产工人工资,并按比例计提福利费

(4)数据存储(data store)

常以文件的形式存储数据。文件条目由文件名、组成、存储方式、存取频率四部分组成。

例如,"凭证文件":

> 名称及编号:凭证文件
> 组成:日期 + 凭证号 + 摘要 + 科目编号 + 凭证类别 + 借方金额 + 贷方金额 + 记账标志 + 输入员 + 审核员
> 存储方式:顺序
> 存取频率:30 次/天

(三)加工处理说明

加工处理说明也是结构化分析中的关键部分,是系统设计和编程的技术基础,处理说明主要描述该处理如何把流入的数据流变换为从该处流出的数据流,变换的规则如何,因此需要用规范的方式表达处理说明。常见的描述工具有结构化语言、判断表、判断树等。

1.结构化语言

结构化语言是一种介于自然语言和形式化语言之间的半形式化语言。常用的词汇或语句:IF—THENELSE—ENDIF;WHILE—DO 等。

2.判定树:用树状图来表示逻辑,如图 2.4 所示。

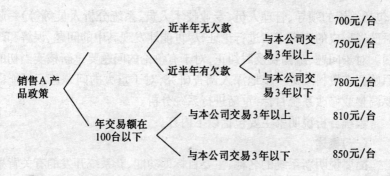

图 2.4　判断树示意图

3.判定表：用表格形式表示处理逻辑，如表 2.1 所示。

表 2.1

不同条件组合 条件和行为	1	2	3	4	5
C1:年交易额在 100 台以下	Y	Y	Y	N	N
C2:近半年无欠款	Y	N	N	—	—
C3:与本公司交易三年以上	—	Y	N	Y	N
A1 售价 700 元/台	X				
A2 售价 750 元/台		X			
A3 售价 780 元/台			X		
A4 售价 810 元/台				X	
A5 售价 850 元/台					X

其中：C1～C3 表示条件，A1～A5 表示行为，1～5 为不同条件的组合，Y 表示"是"，N 表示"否"，—表示 Y/N，X 为该种组合情况下的行动。

四、编写系统分析说明书

系统分析说明书是对新系统的逻辑功能说明，是系统设计的基础和依据，也是以后用户验收系统的标准。它相当于用户与开发人员达成的协议，表述应尽量确切。说明书形成后，必须组织各方面的人员

（包括组织的领导、管理人员、专业技术人员、系统分析人员等等）一起对已经形成的逻辑方案进行论证，尽可能地发现其中的问题、误解和疏漏。对于问题、疏漏要及时纠正，对于有争论的问题要重新核实当初的原始调查资料或进一步地深入调查研究，对于重大的问题甚至可能需要调整或修改系统目标，重新进行系统分析。

系统分析说明书主要包括以下内容。

（一）概述

简要说明新系统的名称、主要目标即功能、新系统开发的有关背景以及新系统与现行系统之间的主要差别。

（二）现行系统概况

用业务流程图、数据流图、数据字典等，详细描述现行组织的目标，现行组织中会计系统的目标，系统的主要功能、组织结构、业务流程等。另外，各个主要环节对业务的处理量、总的数据存储量、处理方式、技术手段等，进行简要说明。

（三）用户需求说明

在掌握现行系统基本情况的基础上，针对系统存在的问题，全面了解用户对新系统功能的各种需求。

（四）新系统逻辑模型

根据现行系统存在的问题，进行必要的修改，明确提出更加具体的新系统目标。围绕新系统的目标，确定新系统的主要功能划分，系统的各层次数据流图，数据字典等。

（五）系统设计实施初步计划

1.工作任务的分解及进度安排；

2.资源需求；

3.经费预算。

五、系统分析阶段会计和内审人员的作用

系统分析阶段会计和内审人员应积极参与、密切配合开发人员对原系统的详细调查和新系统的分析，注意向开发人员反映会计、审计的有关法规和规定，提供各种原始凭证、记账凭证、账页、报表等样式，参

与审阅系统分析人员对系统所做的描述,如数据流图、数据字典等,从会计核算与管理、内部控制、审计线索和审计要求等方面对系统提出需求,并参与系统分析报告的审核。

第四节　会计信息系统设计

系统分析形成新系统的逻辑模型,指出了该系统应该"做什么"。系统设计也称系统物理设计,是根据分析阶段形成的逻辑模型来构造物理模型,解决系统"如何做"的问题。

一、会计信息系统设计的任务与步骤

系统设计是在系统分析、建立逻辑模型的基础上,根据实际的技术条件、经济条件和组织条件,确定系统的实施方案,设计出能在计算机上实现的物理模型,回答"怎么做"的问题。即:根据软件的需求说明书的要求,由逻辑模型转变为物理模型,考虑系统开发的技术、设备、组织等方面的具体细节,设计新系统所需的硬件资源,进行系统模块设计、数据库设计、输入输出设计等。

系统设计工作的主要内容分为两大部分:即总体设计和详细设计。

总体设计又叫概要设计,主要是根据系统分析报告中所描述的系统目标、功能与环境条件,确定系统的总体结构,将系统按功能划分为若干个子系统,完成模块分解,确定系统的模块层次结构。同时选择和确定合适的计算机系统及其软硬件配置。

详细设计则要完成系统的代码设计、数据文件设计、输入设计、输出设计、安全保密设计等项工作。

二、系统总体结构设计

系统总体结构设计指的是对会计信息系统进行子系统和模块划分。子系统是会计信息系统的某些功能单元的集合,例如工资系统、固定资产系统等;而模块是系统更小的功能集合,类似于建筑工程中的构件、机械工程中的各种零件等。

(一)结构化设计方法

结构化设计(structured design,简称 SD)是结构化方法在系统设计阶段的使用,即以数据流图和数据字典为基础,自顶向下,逐步求精和模块化的过程。其基本思想是化大为小,分而治之,通过分解把系统设计成具有层次及调用关系的模块结构。SD 方法的目标是建立结构良好的子系统和模块划分体系,使模块的分解有利于以后的程序维护。

(二)模块

1.模块的概念

所谓模块,是指物理模块,即能实现一定功能的一段程序,模块可以调用和被调用。模块可以分解、组合,因而模块的大小是一个相对的概念,要视其具体的环境状态而定,一个大的系统可以分为不同级次的多个模块。

模块需要三个参数描述:(1)功能;(2)处理逻辑;(3)模块所处的位置。

2.模块划分的原则

结构化系统设计是将一个大系统划分为若干个功能模块,每个功能模块再划分为若干个小模块,自顶向下,层层分解,完成系统的全部功能。模块如何划分,并没有绝对的标准,但一般要遵循以下几个原则。

(1)自顶向下、层层分解。模块的划分与系统分析的 SA 方法一脉相承,同样是自顶向下、层层分解,越高层的模块代表越抽象的功能,越低层的模块功能越具体、单一。

(2)模块的单一性和独立性。在对会计信息系统进行模块划分时,每个模块应具有独立和单一的功能,模块之间的相对独立,便于对各个模块单独理解、编程、测试等操作,也有利于项目开发时的任务分配。

(3)高内聚低耦合。高内聚指的是每个模块内部各组成部分有较多的联系。低耦合是指模块与模块之间应有较少的联系。显然,高内聚低耦合原则提高模块的相对独立性。

3.建立公共模块

建立公共模块的目的减少冗余,减少不必要的重复工作,划出某项功能成为一个能被几个模块共同利用的模块。

(三)模块结构图

模块结构图是结构化设计方法用来表达系统结构和系统中模块间的层次关系的图形。结构图中以特定的符号表示模块、模块间的调用关系和模块间的通讯。

1.模块:以矩形表示,其中标有模块名字,即能简要地指明模块功能的名称。

2.模块间的调用关系:两个模块一上一下,以箭头相联,上面的模块为调用模块,下面的模块为被调用模块,如图2.5所示。

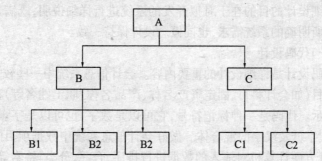

图2.5 模块间的调用

3.模块间的通讯:在调用模块和被调用模块之间常常有信息相互传递。数据通讯用调用箭头加上标有数据名的符号"↥"表示。凭证查询模块之间的数据通讯如图2.6所示。

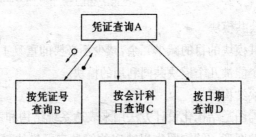

当按凭证号查询时,模块 A 调用模块 B,传递"凭证号 a"信息,若该信息有效,则模块 B 将该凭证数据 b(凭证号、日期、科目、金额等)传递给模块 A。

三、详细设计

详细设计的目的在于对拟开发的系统进行详细说明,既满足系统分析时所明确的系统需求,也同概念设计保持一致。

(一)代码设计

代码设计是详细设计的重要内容。会计信息系统中一些较关键的数据项目(如会计科目、固定资产名称、产品名称、职工姓名等)都可用代码表示。代码是一种标记符号,它可以是数字,也可以是字母,或者是数字、字母及汉字的混合体。做好会计信息系统中数据项目的代码设计,可方便计算机对输入的数据进行排序、合并、分类、检索等处理。代码体系设计得是否恰当,对电算化会计信息系统的建立和有效运行起着至关重要的作用。

1.代码的功能

所谓代码(又称编码)是按照使用目的,对数据进行识别、分类、排序、计算等操作所使用的数字、文字或符号。它具有识别、分类、排序等三项基本功能。识别功能:即将在文件中存储的数据(按组)区别开来,识别功能主要用于数据更新和查找;分类功能:即根据编码中所给定的意义对数据进行分类,这种功能多用于检索数据或对数据进行统计分析等处理;排序功能:即根据编码的规则由系统自动地按代码中规定的次序对数据进行排序,这种功能常用于信息输出等方面。

2.代码设计的原则

(1)唯一性:即每个代码代表一个唯一确定的实体,或每个实体都用一个唯一确定的代码来表示,代码与其所代表实体必须一一对应,不能有歧义。

(2)系统性:即在整个会计信息系统中所有项目的编码标准要一致。代码的结构、类型以及编写格式必须统一,尽可能用国际标准、国家标准或通用惯例标准,以体现数据的规律性,便于日后信息的交换和维护。

(3)简明性:即代码的结构要简单明了,便于记忆。

(4)稳定性:即代码一经确定不可随意更改和取消,所设计的代码要能够适应环境的变化,可在较长时间内使用。

(5)扩展性:即设计代码时要考虑未来扩充代码的可能性,使得今后代码的增加比较容易,不会因代码的扩充而打乱原来的代码体系。

(6)合法合规性:即代码设计必须符合国家有关法律的规定。例如,我国会计制度已制订了一级科目代码,故会计科目的一级科目代码设计应与会计制度一致。

3.代码的种类

(1)顺序码:这是一种最简单的代码体系,它是按数字的大小或字母的前后次序排成有序的组合,作为代码使用。例如,在会计凭证、销售发票、支票等票据类资料中,都使用顺序码来表示单据号。顺序码的优点是:代码简短、使用方便、易于管理、易于添加,对分类对象的顺序无任何特殊规定。但这种编码没有逻辑基础,它本身不能说明任何信息的特征。此外,新加的数据只能排列在最后,删除数据则造成空码。这种编码多数用于纵向分类的资料编码,作为其他码分类中细分类的一种补充手段。

(2)组别分类码:每一代码由固定的几个区段组成,每一区段表示一种特征,并可以按照顺序码或组码进行编码。例如,会计科目代码就属于这种码。这种编码方式代表的含义丰富,格式固定,系统性强,便于分类和排序,扩展性也较好,是会计信息系统常用的编码方式。

(3)分区码:用若干连续数组区域表示不同类别事物的编码。分区码能用较少位数表示较多信息,易于插入、追加,但位数有限。例如:00～99代表一类事物,200～299代表另一类事物。

(4)助记码:为便于记忆而将数据的名称适当压缩组成的代码。助记码多用汉语拼音、数字等混合组成,故又称混合码。例如,"现金"科目的助记码是"XJ";20英寸彩电,可用 CTV20 代表。

(二)数据文件设计

在进行数据库文件设计时应认真考虑以下几方面的问题。

1.需要建立的文件

根据系统分析的数据流图和数据词典的要求和特点建立文件,一般分有:

(1)数据库文件:该模块输入与输出必定用到,而又要长期保存的数据文件。

(2)辅助性数据库文件:为管理数据处理服务的文件。

(3)临时工作文件:在数据处理过程中进行分类、汇总等工作,需要建立一些临时工作库文件存放中间结果。

2.数据库文件的组织形式

数据库文件的组织形式指一个文件中记录的排列方式,它决定了文件的存取方式(读写方式),文件的组织形式主要有:

(1)顺序组织方式:其内部的记录按建立时间先后顺序排列,按先后顺序处理,即按记录存储的物理顺序处理。

(2)索引组织方式:为了实现快速操作,我们对数据库文件按需要的关键字建立索引。具有这种组织方式的文件叫索引文件。按索引关键字在索引文件中能实现快速查询,就好像在图书馆利用索引卡查找书籍一样。

3.数据库文件设计的内容和步骤

数据库文件设计的主要步骤如下。

(1)需求分析:设计一个数据库,首先必须准确、全面和深入地了解和分析用户需求,包括数据需求和处理需求。需求分析是整个设计活动的基础,也是最困难、最花时间的一步。需求分析人员既要懂数据库技术,又要对应用环境的业务熟悉,一般由数据库专业人员与业务专家合作进行。

(2)概念设计:在需求分析基础上,用概念数据模型(如 ER 模型),表示数据及其相互间的联系,形成数据库概念结构(如 ER 图)。概念结构(模式)与具体 DBMS 无关,是对现实世界的可视化描述,容易被用户所理解,因而不但可用于后续的设计,也是与用户交流和数据库移植的重要文档。

(3)逻辑设计:这一步是将数据库概念结构转换为某类(更具体的,某个)DBMS 所支持的数据库逻辑模式,例如,将 ER 图转换为关系模型所支持的关系数据库模式。逻辑设计也不仅仅是个数据模式的转换问题,还要进一步考虑数据模式的规范化、满足 DBMS 的各种限制等,还要为各类用户或应用设计其各自的局部逻辑模式,即外模式或子模式。

(4)物理设计:物理设计是根据 DBMS 及计算机系统所提供的手段,为数据库逻辑模式选取一个最适合应用环境的物理模式(包括存储结构和存取方法等)。

(5)数据库实施:这一步就是在实际的计算机平台上,真正建立数据库。先建立数据库框架,然后通过 DBMS 的实用工具或专门编写的应用程序,将数据实际载入,最终建成数据库。在数据库投入实用之前,要进行测试和试运行。除单独测试之外,还要与数据库应用程序结合起来进行测试。

(三)输入设计

输入设计对系统的质量有重大影响。输入设计的目标是选择恰当的输入设备和输入方式,提供方便的输入界面和帮助功能,采用有效的检验措施,保证及时、准确、完整地输入。

1.输入设计的原则

(1)最少量原则:在保证处理要求的前提下,尽量减少用户的输入量,能由系统计算、检索自动生成的数据应自动生成,输入数据越少,出错的概率越少。

(2)简单性原则:输入的准备尽量容易,输入过程尽可能简化,以减少错误的发生。

(3)早检验原则:对输入数据的检验尽量接近原数据发生点,使错误能被及时发现、改正。

(4)少转换原则:输入数据尽量用其处理所需形式记录,以免数据转化介质时发生错误。

2.输入方式的设计

常用的输入方式有:键盘输入、鼠标输入、条形码输入、语音输入、手写输入、图形扫描等。

3.输入数据的校验

输入数据校验可由人工或计算机完成,主要校验方法有:

(1)重复输入校验:由两名录入人员将相同的数据分别输入,由计算机检查输入内容是否一致,若不一致,提示出错信息。

(2)静态校验:数据输入后,存入系统之前,直接在屏幕上进行检查,确定无误,再进行处理。

(3)界限校验:检查数据是否在预先指定的范围内,若超出范围,应提示错误。

(4)平衡校验:检查数据合计是否正确,如每张凭证上的借方金额合计数和贷方金额合计数是否相等,期初余额是否平衡等。

(5)逻辑校验:也称合理性校验,检查输入的数据是否符合一定的逻辑关系。

(四)输出设计

会计信息系统的输出,是指经过计算机系统的处理,为会计人员和各级管理人员的管理和决策提供各种有用信息。

1.输出方式设计

常见的输出方式及特点:

(1)打印输出:成本高,速度慢,符合用户习惯,易造成浪费。

(2)显示输出:成本底,速度最快,但不符合用户的习惯。

(3)磁盘输出:成本底,速度快,携带方便,但不直观。

(4)在线输出:速度快,信息量大,个性化强。

2.输出格式设计

既要符合手工习惯处理,又要满足外界对会计信息的需求。

3.输出设计的原则

符合用户习惯,方便用户使用;方便计算机处理;满足标准化、统一化的要求;输出手段灵活多样。

(五)系统安全保密设计

系统安全保密设计就是制订和采取必要的措施,以保证系统正常、可靠的运转,防止系统中硬件、程序、数据毁坏或丢失。通常影响系统安全保密的因素有很多,但归纳起来主要有以下几个方面:自然因素、人为因素、硬件技术因素和软件技术因素。系统安全保密设计的主要内容有:系统操作权限设计、数据安全保密设计、应用程序安全保密设计和硬件安全设计等。

1.系统操作权限设计

系统操作权限设计就是对系统的操作权限做出规定,并制订必要的措施保证操作权限按规定执行。其中系统操作权限规定的内容就是明确有关人员的权限。保证操作权限的主要措施有:制定必要的管理控制制度、为授权用户规定口令、建立运行日志文件等。

2.数据安全保密设计

数据安全保密设计就是制定数据安全保密措施。具体主要措施有:建立用户保护盘、规定不同用户存取权、数据备份与归档、数据加密以及制订数据操作的规定等。

3.应用程序安全保密设计

应用程序安全保密设计就是制定或采取应用程序的安全保密措施。主要措施有:在操作系统支持下,将程序置为只读状态;在程序中设置口令字及报警措施,防止非法调用;采用编译后的目标程序的运行方式;选择加密软件包对其进行加密;建立和执行程序维护制度等。

4.硬件安全设计

硬件安全设计就是制定或采取的硬件安全措施。具体主要有:硬件冗余措施、磁盘保护措施、电源防护措施及配置必要的辅助设施、选择良好的工作环境等。

四、编写系统设计说明书

系统设计阶段的主要文档是系统设计说明书,是新系统的物理模型,也是系统实施的重要依据。系统设计说明书是由各方面人员多次协商、讨论、修改后形成的。

系统设计说明书的主要内容包括:

1.硬件系统的设计。计算机系统的配置设计、数据通信网络设计等。

2.模块设计。系统中各主要功能的层次结构图及其关系,功能的简要说明和主要模块。

3.代码设计。各类代码功能、名称、相应的编码表、使用范围、使用要求、代码注释等。

4.数据库及文件的设计说明。

5.输入、输出、处理和对话的详细设计说明。

第五节　会计信息系统实施

系统实施是真正解决新系统"具体做"的问题。该阶段就是新系统付诸实施的开发阶段。在此期间,将投入大量人力、物力和财力,占用较长时间,所以系统实施阶段也是系统开发过程的一个重要阶段。

一、会计信息系统实施的任务

系统实施阶段的主要任务有:系统硬件、系统软件的购置、安装、调试;系统应用程序的编写与调试;各子系统的分调与整个系统的总调;编写系统操作手册;进行人员培训;数据准备与录入、系统转换、文档资料的建立等。

二、程序设计

程序设计即人们常说的程序编写过程,它是系统开发人员根据系统详细设计说明书的要求,用指定的程序设计语言编写出源程序代码,并进行测试,保证系统的正确运行。

1.程序设计的要求

对程序设计的要求问题,也是对程序质量的评价问题,一般包括如

下几个方面:

(1)可维护性;(2)可靠性;(3)可理解性;(4)效率性。

2.程序设计的方法

在程序编写中,也应采用结构化的程序设计方法。其特点是采用三种基本逻辑结构(顺序结构、分支结构和循环结构)编写程序,而且只用这三种结构,每一种结构只有一个入口和出口。结构化的程序设计方法大大改进了程序的质量和程序员的工作效率,而且增强了程序的可理解性和可维护性。

三、系统调试

系统调试主要任务是对程序设计的结果进行全面的检查,查找错误,并纠正错误。系统调试包括程序调试和系统联调两部分。

(一)程序调试

程序调试是以程序模块为单位,对模块逐个进行调试以发现其中的语法错误和逻辑错误等。

(二)系统联调

系统联调是在程序模块单调的基础上,依据系统分析报告,将相关的模块和相关的子系统连接起来进行调试,包括子系统的测试和系统总调。子系统测试是在模块测试基础上,解决模块间调用问题。系统总调是在子系统测试的基础上进行子系统之间接口调试。

四、系统转换

系统转换是指系统开发完成后新老系统之间的转换。转换方式一般有三种:直接转换、并行转换、分阶段转换。

1.直接转换方式

直接转换方式是在某一时间,旧系统停止使用,新系统投入运行。这种转换方式风险较大,一般要求新系统要经过较详细的测试和模拟运行,比较重要的大型系统不宜采用这种方式。

2.并行转换方式

并行转换方式是新系统开始投入运行后,旧系统不立即停止,而是与新系统同时运行一段时间,将新、旧系统的运行结果进行比较,检查新系统的准确可靠性。新旧系统并行的方式比较稳妥可靠,但成本高,工作压力大。

3.分阶段逐步转换

分阶段逐步转换是指先用新系统的某些功能模块替代旧系统的功能。如果替代后运行正常,再逐步地转换旧系统的其他功能,直到最后完成整个系统的转换。

五、系统运行与维护

通过一段时间的试运行后,就可以进入新系统的正式运行阶段,在试运行和正式运行过程中,系统维护人员要对系统进行不断地修改、补充和日常保养,使系统运行稳定并不断完善,这就是系统维护工作。系统运行和维护阶段是系统开发生命周期的最后一个阶段。系统能否运行并充分发挥作用在很大程度上取决于系统维护工作的好坏,因此必须从思想上重视系统维护工作。

(一)运行和维护应该注意的事项

在最初的系统试运行阶段和新旧系统转换时,系统维护通常由用户与开发者共同完成。在系统运行正常后,系统移交给用户方,此时应逐步由用户方独立承担系统的维护工作。系统移交包括系统产品、技术和文档资料的全面移交。为了保证系统全面移交后能够顺利地正常运行,用户方的系统管理者要参与系统移交的管理工作,选派人员进行应用系统的接管,并重点关注以下事项:

1.新系统正常运行后,必须要了解其运行情况,及时解决运行中发现的问题,并完成应用系统日常的维护工作。

2.了解新的业务需求,设计或完善原有系统,以满足业务的变化。

3.制定一套系统日常维护制度,规范系统日常维护工作。

4.使系统维护人员全面了解系统的设计思想、数据结构、体系结构,力求新业务需求的实现与原设计的思想统一。

5.定期收集系统的运行报告,及时了解和掌握业务政策和操作办法的变化,了解系统对业务的满足程度,据此得出系统改进与完善的目标与计划,并负责组织实施。

(二)系统的正式运行

电算化会计信息系统进入正式运行的标志是由计算机替代手工记账。进入正式运行阶段,要对会计人员的岗位重新划分,按照内部控制的要求将凭证填制、审核等基本的岗位分工交由不同人员完成,制定满足本单位需要的内部控制制度,最大程度地保证会计信息的真实、可靠。

(三)系统维护的内容

系统维护的内容主要包括:

1.对系统开发和测试过程中没有发现的问题进行修改和补充;

2.对由于单位的内外部政策、制度变化引起的变动进行修改;

3.对系统的功能进行扩充或随着计算机技术的发展对系统运行环境进行升级;

4.对系统及运行环境进行日常维护;

5.对系统及系统中的数据由于意外事故造成的损坏进行恢复。

(四)系统维护的类型

信息系统维护分为四种类型:

1.修正性维护。程序在测试阶段要尽可能地发现存在的问题,但是,并不能保证所有的问题都已经被发现和解决。有些问题在运行使用过程中,会逐渐暴露出来。发现程序错误,进行诊断和改正错误,这就是修正性维护。修正性维护的目的是保证系统的正常运行。

2.适应性维护。由于计算机技术的飞速发展,国家法律、法规的不断完善,企业经营活动的不断调整,要求信息系统必须适应这些变化。为了适应系统的运行环境变化而进行的维护工作就是适应性维护。

3.完善性维护。用户在系统运行过程中提出要增加新的功能或修改已有的功能,以及其他的一些改进意见,为了扩充会计信息系统的功能,提高原有性能而进行的修改,是完善性维护。

4.预防性维护。用户系统没有出现问题,但是为使系统将来改进、升级的顺利完成而进行的维护。

本章小结

本章简要介绍了会计信息系统开发的三种方法,即生命周期法、原型法和面向对象法,对它们的开发思想、基本特征进行了分析。以生命周期法的阶段划分为主线,介绍了系统规划、系统分析、系统设计、系统实施等各阶段的任务、方法、使用工具和形成的文档资料。通过本章学习,要求学员对会计信息系统的开发方法、开发过程有一个基本地了解,掌握系统生命周期法中系统分析、系统设计阶段的任务、目标,理解数据流图、数据字典、模块结构图等概念,熟悉系统的实施和运行维护的内容。以便能更好地理解和掌握后面各章有关会计信息系统各子系统的分析设计等。

思 考 题

1.什么是生命周期法,一般分为哪几个阶段?

2.什么是原型法,其基本过程如何?

3.数据流图的构成元素有哪些?

4.数据字典的作用和内容是什么?

5.系统设计分为哪两个步骤? 各步骤的内容是什么?

6.代码设计的意义和原则是什么?

7.系统转换的方式有哪些?

8.系统维护的类型有哪几种?

第三章　账务处理子系统

第一节　账务处理子系统概述

一、账务处理子系统在会计核算系统中的地位

账务处理是指通过设置会计科目、填制凭证、复式记账、编制财务报表等一系列会计核算方法,获取企业经营活动的信息,进行加工、存储、汇总,并通过会计报告,达到全面、系统地反映企业人财物、供产销等经营活动信息,并为投资者、债权人、经营管理者、政府部门等信息使用者提供会计信息。

账务处理子系统的基本任务是力求实现会计循环的自动化,即由计算机自动实现记账、对账、转账、结账、查账和编制报表。在此基础上还应提供往来、部门、项目等辅助核算功能,以实现会计信息的多元分类。账务处理子系统是会计信息系统的核心,像成本、报表、财务分析等多个系统需要读取账务处理系统的数据进行处理,而应收、应付、工资、固定资产、存货、成本、资金等系统则将处理结果汇总成记账凭证,送到账务处理子系统进行加工处理。此外,账务处理子系统还与其他系统共享编码原则、存货分类、存货档案、部门档案等基础数据。所以,账务处理子系统就必须实现与其他系统之间的高度数据共享。

由此可见,在会计信息系统中,账务处理子系统处于十分重要的地位,是会计信息系统中最重要的子系统,同时也是企业会计管理的基础。账务处理子系统是整个会计信息系统的控制中心、传输中心、存储中心和汇总中心。凡是企业进行财务管理和会计核算所需要的会计信息,都是由账务处理子系统在对发生的经济活动的数据进行处理后给出的。在会计信息系统中,通过设置账户、复式记账、填制凭证、审核凭

证、登记账簿等为企业经营管理提供连续、完整、及时、准确的会计信息,是账务处理子系统的基本任务。

二、账务处理子系统的内容和特点

(一)账务处理子系统的内容

会计的任务是以货币价值的形式系统、完整、准确、及时地反映和监督企事业单位的经济活动情况,以加强企业的经营管理、提高经济效益,保护单位和国家的财产安全。而要完成会计任务则必须有一套专门的方法,即填制和审核凭证、设置账户、复式记账、管理账簿、成本计算和财产清查、最后编制各种会计报表,并对会计核算进行综合分析等。这些方法相互联系、相互贯通、紧密结合,形成了会计核算的一套完整的方法体系。账务处理的主要内容则是填制和审核凭证、设置账户、复式记账、管理所有的会计账簿等。也就是说根据各种原始凭证进行记账凭证处理,完成记账、算账和报账等工作。

从信息系统的角度看,账务处理工作是由会计信息系统的子系统——账务处理子系统完成的,账务处理子系统的基本功能是通过采集数据、加工和存储数据、报告财务信息,实现对企业经营活动的核算和控制,保证会计信息的真实、准确和有效。其基本流程如图3.1所示。

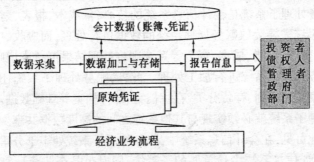

图3.1　账务处理过程

1.数据采集。数据采集主要是从经济业务流程中采集数据,这些数据包括:(1)获取/支付流程的数据,如采购数量、单价、金额、税金,现有存货的数量、单价、金额,向供应商实际支付的款项或应支付的款项;

(2)转换流程的数据,如企业将材料转换为产品生产过程的材料费用、工资、制造费用、为生产服务的期间费用等;(3)销售/收款流程的数据,如销售数量、单价、金额、广告等,销售费用、销售成本、销售现金流入或应收款项等。

账务处理子系统从业务流程采集数据,其数据的载体主要为原始凭证(销售发票、付款凭证、入库单等),这些原始凭证作为账务处理的输入信息、数据。

2.数据加工与存储。加工与存储是将反映经济活动的原始凭证按照会计科目和"有借必有贷,借贷必相等"的原则编制记账凭证,审核记账凭证,然后对其进行分类、计算、汇总,并将结果保存在各类账簿中。

3.报告信息。报告信息是以账簿、记账凭证为依据,编制内部报表和外部报表,并提交给投资者、债权人、管理者、政府部门等。

(二)账务处理子系统的特点

账务处理与企业其他经济业务相比,具有以下基本特征:

1.规范性强。账务处理遵循世界通用的会计记账方法——复式记账法,满足"有借必有贷,借贷必相等"、"资产 = 负债 + 所有者权益"、"利润 = 收入 – 费用"、"总账余额/发生额必须等于其下属明细账余额/发生额之和"等基本处理原则。

2.综合性强。会计信息系统中的其他子系统是局部反映供、产、销过程中某个经营环节或某类经济业务的。例如,材料核算子系统主要反映采购、库存、应付账款核算这一经营环节;销售子系统主要反映销售、应收账款核算这一经营环节等等。这些子系统不仅采用货币作为计量单位,而且广泛使用实物数量指标。而账务处理子系统是以货币作为主要计量单位,从价值的视角综合、全面、系统地反映企业供、产、销的信息。因此,账务处理产生的信息具有很强的综合性和概括性。

3.数据接口多。账务处理系统是整个电算化会计信息系统数据交换的核心,它与电算化会计信息系统其他子系统之间存在数据接口。一方面账务处理系统从其他管理子系统取得大量数据,如固定资产管理系统为账务处理系统提供大量原始凭证及记账凭证;另一方面其他子系统也从账务处理系统取得数据,如工资管理系统从账务处理系统取得账户设置等信息,账务处理系统与其他管理系统的有机结合形成了完整的电算化会计信息系统。

4.正确性要求高。由于账务处理子系统所产生的账表要提供给投资者、债权人、管理人员、财政部门、税务部门等,因此,必须保证账务处理数据的正确性,保证结果的真实性。在设计中必须加强数据的输入控制、处理控制和输出控制,保证数据处理的正确性和真实性。正确的报表来自正确的账簿,正确的账簿来自正确的凭证,只有从凭证开始,对账务处理的各个环节加以控制,才能防止有意无意的差错发生。

三、账务处理子系统的设计要求

计算机、通信和网络等信息技术应用于会计是会计发展史上的一次革命,它使会计数据的处理流程、处理方式以及相应的内部控制和会计的组织机构产生了巨大的变化,尤其表现在账务处理子系统上。手工账务处理方式下的某些方法与环节在计算机处理方式下可能成为多余,而手工账务处理方式下无法实现的高效、准确和及时的数据处理在计算机环境下已成为可能。在计算机环境下,账务处理子系统的设计要求达到:

1.及时、准确地采集和输入各种凭证,保证进入会计信息系统数据的正确性和完整性。

2.高效、正确地完成记账等数据处理过程。

3.随时输出某个时期内任意会计科目所发生的所有业务,以及各个会计期间的各种报表,为企业管理提供信息。

4.建立账务处理子系统和其他子系统的数据接口,实现会计数据的及时传递和数据共享。

5.留有必要的审计线索,供企业内外部审计人员审计。

此外,为充分发挥计算机的优势,增强账务处理子系统的核算和辅助功能,还应在账务处理子系统中增加部门核算和管理、基础核算和管理、往来核算和管理等辅助核算功能,以及子系统间的自动转账、母、子公司间数据传递与会计实时处理功能。这些辅助管理功能的不断拓展,使账务处理子系统在会计核算与企业管理中发挥越来越重要的作用。总之,只有从账务处理子系统的目标出发,充分发挥计算机的优势,突破长期手工处理所形成的定式,才能设计出更适合计算机处理、效率更高、处理流程更加合理的信息系统。

第二节 账务处理子系统处理流程

一、手工账务处理子系统处理流程

(一)手工账务处理数据流程分析

在手工会计账务处理中,会计核算具有整套科学的方法体系,为了减轻财会人员记账的工作量,及时、正确、完整地处理会计业务,不同规模、不同业务量和业务属性的企业有可能采用不同的账务处理流程(也叫会计核算组织程序)。概括起来主要有五种账务处理程序:记账凭证核算程序、科目汇总表核算程序、汇总记账凭证核算程序、日记总账核算程序、多栏式日记账核算程序。

不同的账务处理程序有不同的核算流程,其差别主要体现在登记总账的方法和依据不同,其中科目汇总表核算程序最为常见,其业务处理流程图如图3.2所示。

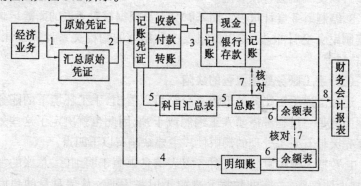

图3.2 手工科目汇总表账务处理流程

科目汇总表核算程序主要包括八个处理步骤:

1.及时取得或填制原始凭证。在经济业务发生或完成后,及时取得或填制原始凭证;必要时,根据原始凭证编制汇总原始凭证。

2.根据原始凭证编制记账凭证。财会人员将原始凭证收集、整理、汇总,并根据原始凭证(或汇总原始凭证)编制记账凭证。

3.登记日记账。出纳根据收款凭证和付款凭证(或通用的记账凭证)序时、逐笔登记现金日记账和银行存款日记账。

4.登记各种明细账。根据各种记账凭证及所附原始凭证、汇总原始凭证逐笔登记明细分类账。一般单位根据业务量的大小设置各个会计岗位,即分别由多个财会人员登记多本明细账。

5.编制科目汇总表并登记总账。总账会计根据记账凭证定期汇总编制科目汇总表,根据科目汇总表登记总分类账。

6.根据明细账编制明细账发生额和余额表,根据总账编制总账发生额和余额表。

7.期末处理。由于总账、日记账、明细账分别由多个财务人员登记,不可避免地存在这样或那样的错误,因此,每月月末财会人员要进行对账,即将日记账与总账核对,明细账与总账核对,做到账账相符;期末处理的另一项重要工作就是结账,是在把一定时期内发生的经济业务全部登记入账的基础上,将各种账簿记录结出"本期发生额"和"期末余额",以便编制会计报表。

8.编制财务会计报告。期末财会人员根据核对无误的账簿记录定期编制财务会计报告,并根据报表中数据间的钩稽关系计算小计、合计、总计等。

(二)手工账务处理流程的缺陷

通过上述手工账务处理流程分析可以看出,手工环境下的账务处理程序的每一过程都需要人工编制或干预,因此也就决定了这些处理程序先天带有手工处理的局限性。主要缺陷有以下四点:

1.数据大量重复登记。财务报表信息来源于明细账、总账的加工结果,而明细账、总账的数据又来源于记账凭证。从信息量的角度来看,明细账、总账、报表没有比凭证增加什么,但考虑到不同的对象需要不同的信息,因此,手工处理设置了登记明细账、总账等环节,使得记账凭证上的数据被多次转抄。同一数据的大量重复,不仅造成存储浪费,还极易导致数据的不兼容。手工会计下时有账证不符、账表不符、账实不符的现象产生，这与手工环境下数据的大量重复登记有直接关系。

2.会计信息提供不及时。由于手工账务处理的工作量很大，再加上手工处理对会计数据的层层汇总、加工的速度缓慢，往往在会计期间结束后还需要延迟一段时间才能编制出各种会计报表，严重削弱了会计信息所起的作用。

3.准确性差。在长期的账务处理实践中，为了避免和发现手工会计核算的错误，人们总结出了一套特有的方法。如记账凭证过账之后，一般在它上面加注"V"号以防止重复登账；明细账和总账采用平行登记的方法，以便相互核对发现明细账或总账中的过账错误和计算错误。但无论财会人员的素质如何，在从记账凭证的编制到报表编出的每一个环节中，转抄错误和计算错误都难以完全避免。

4.工作强度大。手工条件下，为了达到算得快又要算得准的目标，只能靠加重财会人员劳动强度的方式去实现，造成会计人员的工作强度大。

二、计算机账务处理子系统处理流程

(一)计算机账务处理数据流程分析

使用计算机进行会计账务处理，原有手工条件下根据原始凭证编制记账凭证、根据记账凭证登记有关日记账和明细账、按科目分类生成总分类账、根据账簿记录编制会计报表的基本处理程序从表面上看并没有发生变化。但是，由于计算机具有运算速度快、处理能力强、数据处理精度高等优点，在设计计算机账务处理系统时，在数据流程再造方面已经突破了传统手工处理方式，从而使账务处理效率与精度大大地提高。因此，计算机环境下账务处理流程不能照搬手工环境下的账务处理流程，而应突破长期的手工处理所形成的定式，设计出更适合计算机处理、效率更高、处理更合理的系统。

目前商品化会计软件非常多，如用友、金碟等专业的财务软件开发商在设计账务处理数据流程时可能不尽相同，但总的设计思路大同小异。

图3.3是一个典型的计算机账务处理子系统的数据流程图,说明如下:

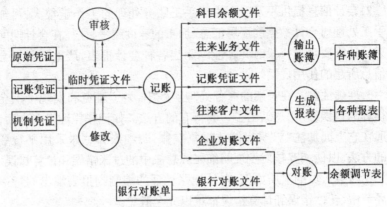

图3.3　计算机账务处理子系统数据流程图

1.一般来讲,在系统启用时由凭证编制人员将本单位的基础会计信息(如企业基本信息档案、科目编码和名称、期初余额、客户档案、供应商档案、职员档案、仓库档案等)通过初始设置模块输入计算机,并保存在企业基础信息文件中。

2.日常经济业务发生时,业务人员将原始单据提交给财会部门,由财务人员通过键盘输入数据。账务处理子系统数据输入一般包括三种情况:一是由凭证处理人员根据原始凭证编制纸质记账凭证,然后由操作员通过键盘输入记账凭证,经检查无误后,保存在临时凭证文件中;二是直接根据原始单据在计算机上编制凭证,并保存在临时凭证文件中;三是某些具有规律性、且每月都发生的期末结转业务,或由其他子系统自动转账输出的数据,由计算机根据初始设置生成记账凭证,即机制凭证。

3.从临时凭证文件中获取记账凭证,并进行审核。无论是手工输入的记账凭证还是机制凭证,都需要经授权的人员进行审核,以确保数据录入的正确性。如果审核通过,则对记账凭证做审核标记,否则,将审核未通过信息提交业务人员。

4.记账,即记账人员发指令,计算机自动将临时凭证文件中已审核凭证进行记账,分别更新汇总文件、历史凭证文件、企业银行账文件等,并将临时凭证文件中已记账的凭证删除。结账,即会计期末结账人员发指令,计算机自动根据凭证模板生成实时凭证(机制凭证),保存在临时凭证文件中,供记账使用;当所有凭证都记账后,计算机自动计算出本月合计、本年累计数据。

5.根据企业银行账文件和银行对账单文件中的银行业务进行自动对账,并生成对账结果。

6.查询与生成报表。计算机根据记账凭证文件随时更新科目余额文件,以便随机查选任意会计科目的当前借方发生额、贷方发生额及期末余额;各种相关数据文件自动、实时生成日记账、明细账(某科目、部门、项目等明细账)和总账,以及各级管理者所需的会计报表和内部分析表。

计算机账务处理核算程序的特点是:在系统内主要建立记账凭证文件和科目发生额及余额文件,不再单独设置日记账、明细账和总账文件;平时根据审核无误的记账凭证按会计科目更新科目发生额及余额文件,当需要输出日记账、明细分类账或总账时,由计算机对存放在记账凭证文件中的数据进行快速、自动地挑选整理而成。

(二)计算机方式与手工方式账务处理流程的区别

计算机环境下和手工环境下账务处理流程的最终结果都是账簿和报表,处理过程都是实现了从凭证到账簿、从账簿到报表的全过程。但是,计算机环境下和手工环境下的账务处理流程在很多关键环节有很大的不同,主要表现在以下几点:

1.数据处理的起点与终点不同。在手工环境下,会计业务的处理起点为原始会计凭证;而计算机账务处理的起点可以是记账凭证、原始凭证或机制凭证。手工账务处理中以财会人员编制并上报会计报表为工作终点;而在计算机环境下则以计算机自动输出账簿和输出定制报表为终点,并将各种格式的内部及外部报表的编制与输出工作,交由单独的报表子系统来完成。

2.数据处理方式不同。在手工环境下,记账凭证由不同的财会人员按照选定的账务处理程序分别登记到不同的账簿中,完成数据处理。

在计算机环境下,账务处理程序已经失去了意义,记账只是个数据处理的过程,企业不需要选择账务处理程序,不需要每个会计人员一遍遍地登记账簿,数据间的运算与归集由计算机自动完成。这样大大减轻了财会人员的记账工作量。

3.数据存储方式不同。在手工环境下,会计数据存储在凭证、日记账、总账、明细账等纸张介质中;而在计算机环境下,会计数据存储在凭证库文件、汇总文件等数据文件中,需要时通过查询或打印机输出。

4.对账的方式不同。手工账务处理中,为了避免发生记账差错,财会人员定期将总分类账、日记账与明细账中的数据进行核对。当明细账、总账户或日记账的数据不相符时,说明必然有一方或多方有记账错误。而在计算机账务处理中,由于账务处理子系统采用预先编制好的记账程序自动、准确、高速地完成记账过程,明细账与总账数据同时产生。只要预先编制好的程序正确,计算错误完全可以避免,这样就没有必要进行总分类账、日记账、明细分类账的核对。但这又出现另一个问题,即当数据录入错误,而在审核过程中又没有发现,那么在整个账簿体系的数据都是错误的(垃圾进、垃圾出),而不像手工方式下可通过账簿的对账发现错误。这说明在计算机账务处理子系统中,数据录入与审核环节非常重要。

5.会计资料的查询与统计方式不同。在手工环境下,财会人员为编制一张急需的数据统计表,或查找急需的会计数据,要付出很多劳动;而在计算机环境下,由于计算机具有高速数据处理能力,财会人员只需通过选择各种查询功能,就可以以最快的速度完成数据的查询和统计工作。

6.账务处理的效率、准确性及时效性不同。计算机账务处理的最大优势在于其能够高效、准确和及时地提供信息。由于信息的及时性提高,会计信息的信息含量大大增加,对会计理论和会计实务产生了巨大的影响。同时,也把广大的财会人员从繁杂的劳动中解脱出来,使他们有充足的时间和精力,利用会计信息进行事前预测、事中控制、事后分析等会计管理与财务决策活动。

因此,计算机账务处理替代手工账务处理已经成为一种趋势。

第三节 账务处理子系统功能模块设计

一、功能模块结构图

账务处理子系统结构是指设计若干功能相对独立的功能模块,来实现账务处理子系统的目标。功能模块的划分主要依据系统分析中设计的数据流程图、整体设计人员的思路和设计风格。

通过上述对账务处理的分析,我们知道账务处理主要包括初始设置、凭证管理(凭证编制、凭证审核、记账等)、期末处理、银行对账、账簿管理等。因此,为了保证账务处理工作的顺利完成,账务处理子系统必须具备以下基本功能:初始设置、凭证管理、期末处理、账簿管理、银行对账等。近年来,随着会计管理理论的发展和实务的需求,账务处理子系统在上述基本功能的基础上又进一步拓展了系统服务(系统服务功能主要支持不同企业对系统的维护、数据备份等需求)、辅助核算和管理功能,如往来核算和管理、部门核算和管理、项目核算和管理等。

当然,由于账务处理子系统数据流图设计、总体设计人员思路等差异,必然导致账务处理子系统的功能结构有所不同,图3.4所示是一个典型的账务处理子系统基本功能结构图。

二、模块划分特点分析

1.初始设置。初始设置模块主要完成账务处理子系统正式启用前的一些准备工作,具体包括账套设置、人员权限设置、科目设置、凭证类型设置、初始余额录入、其他设置等功能模块。

2.凭证管理。凭证管理模块主要完成会计凭证的全部处理工作,包括填制凭证、审核凭证、查询凭证、打印凭证、汇总凭证、记账等功能模块。

3.账簿管理。账簿管理模块主要完成账簿的生成、各种账簿信息的查询与打印,包括总账、余额表、明细账、日记账、各种辅助账、日报表的查询和打印等功能模块。

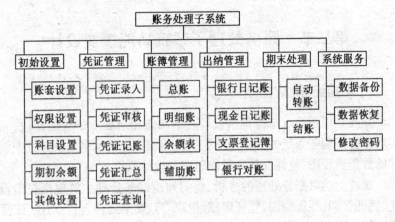

图 3.4　财务处理子系统基本功能模块结构图

4.出纳管理。出纳管理模块主要为出纳人员提供一个集成办公环境,以便加强对现金及银行存款的管理。该模块主要完成现金日记账和银行日记账的查询与打印工作,支票登记工作以及企业银行日记账和银行对账单的对账工作,包括现金日记账、银行日记账、资金日报、支票登记、银行对账等功能模块。

5.期末处理。期末处理模块主要完成自动转账凭证的定义和生成、试算平衡、对账、结账等,包括自动转账、对账、结账等功能模块。

6.系统服务。系统服务模块主要包括会计数据备份、会计数据恢复、系统维护、修改口令等功能模块。

除上述功能模块之外,不同企业的账务处理子系统还会根据其核算和管理的需要增加其他功能模块。我们将在以下各节中讨论主要功能模块的内容。

第四节　账务处理子系统初始化模块分析与设计

一、账务处理子系统初始化分析

账务处理子系统初始化对应手工会计的会计制度,但它并不等同于手工会计制度设计。与手工会计制度设计相比,账务处理子系统初始化侧重于会计核算体系、内部控制以及如何提高数据采集速度和系统运行效率方面的设置。

(一)账务处理子系统初始化的意义

所谓初始化处理,是指手工记账和计算机记账的交接过程。在初始化处理中,不但要将手工记账的方法、核算规则、内容、形式等"告诉"计算机,还要将手工处理的会计数据"结转"到计算机中,以保证会计核算的连续性。初始化处理是计算机账务处理中最重要的环节之一,这个环节工作做得好与坏,直接影响到日后核算工作能否顺利进行。

在手工会计中,只有会计制度设计完成后,才能顺利开展日常会计核算工作。从这种意义上讲,账务处理初始化相当于手工会计的会计制度设计。账务处理子系统初始化的意义如下:

1.使通用软件适合本单位的实际情况。通过设置大量的参数使通用化软件符合本单位的核算需求。

2.规范会计系统的数据格式和核算方法。通过系统初始化可以强制会计人员规范日常会计工作中不规范的数据,否则就不能过渡到电算化系统。统一核算方式一旦确定,就不能随意修改,否则会造成数据的失真。这样就避免了手工会计中不规范核算方式的使用。

3.账务系统初始化在现代企业管理中也起到重要作用。只有通过账务处理子系统的初始化才能建立电算化会计信息系统,才能规范企业的业务,才能规范企业的信息数据。

(二)账务处理子系统初始化的内容

计算机账务处理初始化的内容包括账套管理、操作人员管理、核算业务控制及子系统间的数据传递设置、日常核算中常用的基本数据录入、会计科目和辅助核算设置及相应账簿格式设置、账簿期初余额录入等,与手工会计的会计制度设计不完全相同,有其自己的特点。

1.在账务处理子系统初始化中,会计机构设置不是重点,但在软件设计上也考虑会计人员的分组分工情况。

2.会计人员按岗位分工,各个岗位拥有相应的责任,是会计控制的一项重要内容。会计上这种分工控制在电算化中,只能加强而不能削弱。所以,会计软件应具有设置操作员、权限分工的功能,防止非指定人员擅自超越自己的岗位,非法使用软件处理会计业务。

3.会计科目体系设置是会计核算工作的基础。在计算机环境下,仍然要进行会计科目体系设计,但不是手工环境下会计科目体系的翻版,而是具有明显的计算机数据处理的特征,最为明显的表现是会计科目级别增加和辅助核算的出现。会计科目编码是电算化的前提条件。

4.在账簿组织中,账务处理子系统初始化主要针对账簿格式和明细核算的要求设置,一般不考虑账簿登记方面的问题。

5.账户初始余额录入和手工会计类同,只是形式上稍有差别。

6.账务处理子系统初始化,一般不涉及原始凭证的设置问题,而仅就记账凭证类别及其相应的控制进行必要的设置。

二、账务处理子系统初始化设计

(一)功能模块设计

账务处理子系统是一个通用性较强的系统,为了使其能够在各行业应用,设计时应重点考虑各单位会计核算和财务管理的一般特性,在进行账务处理之前,首先要根据本单位的业务属性进行具体设置,即将企业个性化特征的信息保存在相应的数据文件中,这种设置工作称之为初始设置工作。因此,账务处理子系统中专门提供初始设置模块,财会人员通过使用该模块为账务处理子系统的运行准备必要的环境。一般来讲,初始设置模块主要包括设置账套、人员权限设置、科目设置、凭证类型设置、初始余额录入、汇率设置、结算方式设置、其他设置等。主要功能模块如图 3.5 所示。

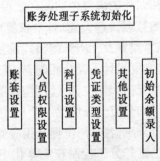

图 3.5　财务处理子系统初始化功能模块设计图

对于中小型企业来讲,初始设置一般由财务部完成,但是对于企业集团而言,初始设置涉及企业集团会计管理的整体结构。因此,应该成立由分子公司和集团会计组成的项目小组,认真讨论整个集团的账套数量、会计科目编码体系结构、各分子公司人员权限等,在保证集团统一集中财务管理的同时,又能够体现分子公司在一定范围内的个性化核算和管理需求。

(二)设置账套

设置账套模块的功能是建立核算单位,即在系统中为本企业建立一套核算账套。一般来讲一个单位只有一套账,但通用会计软件的账务处理系统一般允许在一个软件系统下建立多套账,以便满足不同单位的多层次需要。每一套账都需要设置有关参数,以便根据需要建立相互独立的核算系统。具体设置账套时,根据系统的提示对账套进行参数的定义。

账套参数定义的内容主要包括账套参数(账套号、账套名称、单位名称、企业性质等)、会计科目编码方案(即各级科目的编码位长、位数)、启用日期、记账本位币、账套主管姓名等。

(三)会计科目设置

会计科目设置模块的功能是将单位会计核算中使用的科目逐一按要求描述给系统,并将科目设置的结果保存在科目文件中,实现对会计科目的管理。财会人员可以根据会计核算和管理的需要,设置适合自身业务特点的会计科目体系,同时可以方便地增加、插入、修改、删除、查询、打印会计科目。

会计科目设置的主要内容包括会计科目代码、名称、会计科目类型对应账户的格式。此外,多数账务处理系统为满足企业进行部门或项目核算的要求,会增加一些辅助核算功能,如部门核算、项目核算、往来核算等,因此当设置的会计科目涉及辅助核算的内容时也应在辅助核算功能中标识。

(四)财务分工设置

会计信息系统是一个人机结合的系统,其处理过程是通过人机对话的方式进行的,这样就带来了一个谁和计算机"对话"的问题,即每个财会人员有什么样的权限进入会计信息系统完成相应的操作。按照财政部《会计核算软件基本功能规范》的规定:会计核算软件具有输入操作人员岗位分工情况,防止非指定人员擅自使用的功能和对指定操作人员实行使用权限控制的功能。因此在计算机会计信息系统中,需要给每个财会人员设置一定的权限,明确每个财会人员的权限和职责,避免与业务无关的人员或防止无权限的人员对系统进行非法操作。这样就能够使会计信息系统在有效地控制下正常运行,严格执行内部控制制度,保证系统的安全性和会计信息的保密性。

人员权限设置模块的功能是实现对财会人员财务分工的设置和管理,并将人员权限设置结果保存在人员权限文件中。一般来说,一个单位的财务主管遵循会计准则和单位内部控制制度,对单位财会人员进行岗位分工,给不同岗位的财会人员特定的权限,即严格规定各类人员应该做的工作。按照内部控制的要求,操作人员工作权限划分的基本原则是:不相容职务必须分离,不相容岗位必须分离,不同的处理层次一般应该分离,管理或接触重要数据的工作与其他工作必须分离,其他制度特别规定需要分离的应该分离。因此,在会计信息系统中,只有财务主管具有最高权限,只有他才能使用权限设置功能模块,行使人员权限设置功能,即对每个财会人员授权可以进行哪些操作、撤销哪些操作。同时,系统还设有"口令修改"功能,供每名操作人员设定自己的口令。口令是系统确认操作人员身份的唯一标识,包括系统主管在内的任何人员都无法察看其他人员的口令。当系统重新启动或系统运行过程中更换操作人员时,系统都将检验操作人员的身份和口令。如果输入的口令不正确,系统将拒绝该操作人员进入,从而防止操作人员越权操作。

(五)凭证类别设置

由于各企业业务量的大小不同或会计管理模式存在较大差异,使用的记账凭证类别往往不同。有些企业只使用单一的记账凭证,所有凭证按顺序统一编号;有些企业为了便于单独反映货币资金的收付情况和日常凭证管理,往往对货币资金的收付业务编制专用记账凭证,分为收款凭证、付款凭证和转账凭证三类,每类凭证单独编号;还有些企业会再细分成现金收款凭证、银行存款收款凭证、现金付款凭证、银行存款付款凭证、转账凭证五类,每类也是单独编号。为了适应不同企业的需要,账务处理子系统一般提供凭证类别设置功能,设置时通常需要设置类别字、类别名称和限制条件。设置限制条件是为了防止凭证用错或防止录入错误。如收款凭证,借方必须是现金或银行存款;付款凭证,贷方必须是现金或银行存款;转账凭证,借贷必无现金或银行存款。凭证类别设置完成后,一般在年度内不能修改或删除。

(六)初始余额输入

录入余额模块的功能是将手工账簿各科目的余额输入计算机中。为了保证手工账簿和计算机账簿内容的连续性和继承性,账务处理子系统在第一次使用前的最后一个初始化工作是初始余额的输入,并将初始余额保存在汇总文件中。有两种装入初始余额的方法:一种方法是直接装入开始使用月份的月初余额;另一种方法是装入年初额和一月至使用计算机前各期的累计发生额。前一种方法工作量小,但不能统计一年的累计发生额,后一种方法则相反。

初始余额的输入一般由最低一级科目开始,上级科目的余额与发生额由系统自动进行汇总。如果是数量金额类科目还应输入相应的数量和单价;如果是外币类科目还应输入相应的外币金额和记账汇率;如果某科目已经设置了辅助核算功能,则应输入辅助核算类别的明细初始余额。

(七)其他设置

1.结算方式设置。

结算方式设置主要内容包括结算方式编码、结算方式名称(如支票、商业汇票、银行本票等)、票据管理标志等。结算方式编码可采用数字型代码或字母型代码,结算方式名称则是指其汉字名称,用于显示输出。票据管理标志是账务处理子系统为辅助银行出纳对银行结算票据的管理而设置的功能,类似于手工系统中的支票登记簿的管理方式。

结算方式将在总账、应收、应付、采购和销售等系统中应用,启用总账、应收和应付等系统时必须设置。

2.外币汇率设置

在企业存在外币业务的情况下,需要将发生的外币业务折算成本位币记账,因此需要输入对应外币的折算汇率和折算方法。外币汇率管理设置功能即用于输入各种外币的记账汇率。外汇汇率折算通常需要设置外币名称、固定汇率或浮动汇率等,以便在凭证录入涉及外币项目时,将外币金额自动折算成本位币记账。外币汇率设置与企业使用的外币折算方法有关,对于采用月末一次调整汇率的企业,每月月初在固定汇率项输入期初汇率,在月末计算汇兑损益时录入期末汇率;对于采用逐日调整汇率的企业,则每天在变动汇率项输入当天的汇率。由于汇率和外币与本位币的折算方法有关,折算方式有两种:一是原币 × 汇率 = 本位币;另外是原币 ÷ 汇率 = 本位币,因此在设置汇率时必须指明采用的折算方式。此外,还应设置汇率的小数点位数。

3.常用摘要设置。

记账凭证要求填写简明扼要并能够确切反映经济业务的实质内容的摘要。在日常填制凭证的过程中,因为业务的重复性发生,经常会有许多摘要完全相同或大部分相同,如果将这些摘要存储起来,在填制会计凭证时随时可以调用,必将大大提高业务处理效率。在账务处理子系统中,为了提高编制凭证的效率,减少汉字的输入量,一般设有凭证摘要库,以便存放企业常用的摘要。使用时通过摘要编码或屏幕直接选取功能,自动输入摘要的内容。这就要求系统在使用之前,必须对单位使用的摘要进行认真的整理和规范化,一方面摘要的表述要规范化,另一方面还要符合软件的要求,摘要的字段不能超过软件预定的长度限制。

常用摘要设置也作为初始化内容之一,它包括摘要码、摘要内容和相关科目,这些信息可任意设定并可以在调用后修改补充。常用摘要的编码是调用常用摘要的依据,因此,不能重复,也不能为空。如果某条常用摘要对应某科目,则可定义相关科目。在填制凭证时,在调用常用摘要的同时,相关科目也被调入,则可提高凭证录入效率。

除以上内容外,还可有其他的设置,这里不再详述。值得一提的是,很多集成会计信息系统为了保证各个子系统之间数据的一致性,实现子系统之间数据共享,将各种公共信息(科目、部门、往来客户、供应商、汇率等)的定义和设置放在一个专门的子系统中,即系统管理子系统或者初始设置子系统。在所有子系统使用之前,先对会计信息系统中使用的各种公共信息进行完整、全面的定义和设置,这样在账务处理子系统使用时可以减少初始化内容。

第五节　凭证处理模块分析与设计

在基本的初始化工作完成后,就可以进行日常业务的账务处理工作。账务处理系统是以会计凭证为原始数据,通过对记账凭证的输入和处理,完成记账、结账、银行对账、账证表的查询与打印输出等。计算机大量的人机操作工作都集中在凭证处理这一环节,也就是说,要将企业发生的业务制成会计凭证,并将凭证准确无误地录入到计算机,因此,凭证处理是账务处理工作的起点,也是账务处理的最关键环节。由于日常会计工作中需要处理的凭证数量很多,这些凭证数据大部分依靠手工方式通过键盘输入计算机,因此,对用户来说它是最频繁、工作量最大的环节。凭证处理质量的好坏直接影响到整个账务处理系统的信息质量,凭证处理软件设计质量的优劣直接关系到整个会计软件开发的成败。所以如何正确、快速地输入凭证是凭证处理的重点。

一、凭证处理业务分析

记账凭证处理业务,从填制记账凭证开始,经审核凭证、修改凭证、汇总凭证,到记账凭证的信息查询与凭证档案管理。

记账凭证是由会计人员根据审核、整理后的原始凭证编制,并确定会计分录作为记账依据的一种会计凭证。会计凭证分为专用凭证和通用凭证两大类。专用凭证,按其反映的经济业务是否与货币资金有关,可以分为收款凭证、付款凭证和转账凭证。转账凭证是根据那些不涉及货币资金收付的业务编制的记账凭证。收款凭证和付款凭证是根据现金和银行存款收、付业务的原始凭证编制的记账凭证。它们不仅是登记有关账簿的依据,而且也是出纳人员收、付款项的依据。在有些大型企业里,为了更为详细的核算需要还会进一步把收款凭证分为现金收款凭证和银行存款收款凭证;把付款凭证分为现金付款凭证和银行存款付款凭证。通用凭证,是指企业填制记账凭证时,不论何种会计业务分类,使用同一种格式的记账凭证。

虽然记账凭证所反映的经济业务内容不同,在具体格式上也有些差别。但所有的记账凭证都必须满足记账的要求,必须具备一些共同的基本内容,包括:记账凭证的名称;填制凭证日期和编号;经济业务内容摘要;记账方向和账户名称;记账金额;所附原始凭证的张数;填制人员、复核人员、记账人员、会计主管等人员的签章。然而,在计算机条件下,为了便于简化工作量而又能详细地核算信息,推出了辅助核算的功能。因此仅有上述基本内容还无法满足计算机自动登记明细账的要求,即在电算化下记账凭证的录入过程中,还需要录入登记明细账所需要的一些信息。这些信息主要包括:外币核算业务的信息;银行存款对账业务的信息;数量核算业务的信息等等。

在计算机条件下,按照凭证的生成方式,有手工记账凭证和机制记账凭证。手工记账凭证指根据原始凭证编制的手工录入到计算机中的记账凭证。这是账务处理系统日常业务处理最常见到的凭证,机制记账凭证指由计算机系统自动生成的凭证,又可分为两种类型:一种是实现计算机处理的会计信息系统中其他子系统向账务处理系统通过自动转账功能传递的记账凭证;另一种是指账务处理系统根据系统内已有数据产生的记账凭证,如期末业务处理时根据设置的转账凭证模板由系统自动生成的各种摊、提、结转凭证等。凭证生成后,就需要有权限的人员进行审核、记账等一系列工作。

二、凭证处理主要功能

凭证管理模块的功能主要是完成对凭证的日常处理工作,可划分为凭证输入、凭证审核、凭证修改、凭证查询与打印以及汇总等功能模块。

(一)凭证输入

凭证输入模块是账务处理子系统中凭证处理模块下的一个重要子模块,它的功能是将记账凭证的格式显示在屏幕上,财会人员通过键盘输入一张记账凭证。在录入过程中对会计科目等进行正确性检查;当凭证输入完成之后存盘时对金额进行检查。如果检查凭证正确无误,则将凭证保存在凭证文件中;否则,拒绝保存。

由于记账凭证的来源不同,有手工记账凭证和机制记账凭证之分,因此将其输入账务处理系统的方式也就不同。对于手工记账凭证,只能采用人工键盘输入的方式。由于手工记账凭证在日常会计处理中占有相当的数量,因此手工记账凭证输入是账务处理系统最关键的环节。在实际工作中,手工记账凭证有两种输入方法:一种是用户直接在计算机上根据审核无误的原始凭证填制记账凭证(即前台处理);另一种是先由人工编制记账凭证,而后集中输入(即后台处理)。用户采用哪种方式,应根据本单位实际情况。一般来说,业务量不多或基础较好的用户可采用前台处理方式,而在第一年使用或人机并行阶段,则比较适合采用后台处理方式。对于机制凭证,一般由其他子系统和账务处理系统内的自动转账凭证模块,根据会计处理的要求,按统一格式编制记账凭证,然后自动传输到凭证管理模块,经人工审核确认后由系统自动进行相应的账务处理。有的会计软件还专门建立通用转账子系统,用以汇集各业务处理子系统的数据,按统一格式编制记账凭证,然后自动传输到账务处理系统。

(二)凭证审核

为了保证记账凭证准确无误,对输入的凭证进行审核就显得尤为重要。根据计算机会计管理工作的规定,输入计算机的记账凭证必须进行审核。对记账凭证审核的目的,首先是找出凭证在输入过程中没能发现的错误,这是因为尽管账务处理系统在凭证输入过程中设计了大量的校验功能,但一些人为的非逻辑性错误难免发生,例如:记账凭证的科目代码输入串户;凭证借贷方金额同时发生错误,且错误金额相同;借贷方金额方向输反等。类似这些非逻辑性输入错误,系统是很难检测的。其次,是为记账提供一个标记。标记为已审核的记账凭证可以作为记账的依据,不能对其进行修改。因此,账务处理系统都设置一道审核程序,要求独立的审核人员对输入的记账凭证逐单进行审核。记账凭证的审核应由具有凭证审核权限的操作人员进行(在初始化人员设置中规定),按不相容职务应分离的内部控制要求,审核人和录入人员不能是同一个人。

审核凭证一般有两种方法:一是静态屏幕审核法。静态屏幕审核法是指计算机自动依次将临时凭证文件数据库中存放未审核的凭证显示在屏幕上,审核人员通过目测等方式对已输入的凭证进行检查。审核人员认为错误或有异议的凭证,应交给填制人员修改后,再审核。如果审核人员认为没有错误则可按签章键,这样审核人员的姓名即显示在凭证上的审核人位置,表明该凭证已通过审核,这是一种常用的审核方法,但这种方法受审核员熟练程度的影响较大,而且长时间目测易引起眼睛疲劳,效率比较低。二是二次输入校验法。二次输入校验法是将同一凭证输入两次,通过计算机比较两次输入的凭证是否相同,从而检查输入错误的一种审核方法。重复输入时录入人员最好由不同的人担任,因为同一个操作员由于某种习惯会重复同一错误,这样在检查时就不易发现错误。采用这种方法可以检查出多输或漏输的凭证、数据不一致的凭证,查错率较高,但很费时,不适用于会计业务量大的企业。

审核凭证模块应具备的控制功能包括:

1.审核人和制单人不能是同一个人;

2.凭证一经审核,就不能被修改、删除,只有被取消审核签字后才可以进行修改或删除;

3.取消审核签字只能由审核人自己进行;

4.作废凭证或已标错的凭证不能被审核;

5.无论是手工凭证还是机制凭证都要经过审核程序。

(三)凭证修改

在输入凭证过程中,尽管系统提供了多种控制手段,但错误凭证是难免的。对于需要修改的凭证,账务处理系统提供了修改错误凭证的功能,由有修改记账凭证权限的人员进行。账务处理系统针对不同的错误凭证提供了三种不同的修改方法。

1.输入计算机,但没有审核的记账凭证发现错误,可以直接由录入人员利用凭证修改功能进行修改。这种修改可以不留痕迹。

2.输入计算机,已通过审核人审核,但是还没有记账的记账凭证发现错误,这种情况应该由审核人在凭证审核模块中取消审核,然后再由录入人员在凭证修改功能中进行修改。这种修改也可以不留痕迹。

3.输入计算机,已通过审核并已记账的记账凭证发现错误,则不能利用凭证修改模块进行修改。根据会计制度的规定,这种错误凭证的修改必须留有痕迹。因此只能采用红字冲销法或蓝字补充登记法来进行修正。对于涉及银行存款科目的错误凭证,为了计算机自动对账的需要,最好采用红字冲销法。

(四)凭证查询与打印

记账凭证输入计算机后,账务处理子系统提供会计人员按某种条件查询相关年月的各种类型的记账凭证,然后将凭证按照规定的格式打印出来,同时也提供凭证汇总功能。记账凭证是账务处理系统最主要和最基本的数据来源,因此系统中记账凭证的数量往往很多。为了提高查询的速度,记账凭证输出时一般要给出限定条件,形成不同的凭证查询方式。凭证查询的方式有:按凭证类型查询、按凭证号查询、按制单人查询、按未记账的凭证查询、按已记账的凭证查询等等;查询可按单个方式,也可按方式组合进行查询。最常用的查询方式是按凭证编号,因为在一定会计期间内每张凭证的凭证编号是唯一的,查询速度快而准确。

对于凭证的打印功能,可分别被设置在凭证的输入与查询模块中,即在输入、查询模块中,定义一个功能按钮来执行打印功能,以便操作人员在输入或查询凭证时,根据实际需要随时打印自己需要的记账凭证。由于多数企业在使用账务处理系统时都采用输入手工编制记账凭证的方法,因此记账凭证的输出主要是对凭证的查询,一般只在查证某些关键问题时才对凭证进行少量打印。但对于直接在计算机上根据原始凭证编制记账凭证的企业,按会计制度规定,所有的凭证都必须全部打印输出。需要注意的是作为会计档案保存的记账凭证应该是审核后的记账凭证,因此打印的记账凭证应是审核后的记账凭证。

凭证汇总是将按照指定的范围和某种条件汇总凭证的借方和贷方发生额生成的汇总表。系统一般显示一个汇总窗口供用户指定条件与范围,用户可以指定日期、凭证类型、凭证号、制单人,可以指定参与汇总的凭证是否已过账或指定汇总的科目级次等等。按不同条件对会计凭证进行汇总,可以获得不同的汇总表。

三、凭证文件设计

记账凭证文件是账务处理子系统的核心文件,也是与其他核算子系统进行数据交换的接口文件。记账凭证数据文件存储记账凭证的具体数据,是记录在一定时间内发生的各项经济业务的数据文件。该文件的结构除了能够反映记账凭证本身要求的基本内容外,还要包括计算机在对会计数据进行处理时的一些特殊要求,以及对各种数据记录在内部控制方面的要求。从信息系统的角度来分析,记账凭证数据文件存储的是系统采集的基础数据,系统输出的所有信息几乎完全依据这些数据文件实现。所以,记账凭证数据库文件设计质量的高低直接关系到系统输出信息的质量,直接关系到系统设计的成败。下面是记账凭证文件的几种设计方案,以供参考。

1.设计方案一。在不考虑数据存储冗余及计算机的存储空间的情况下,记账凭证文件可设计为如下的结构:

文件名称:记账凭证文件(JZPZWJ.DBF)

表3.1　凭证文件数据结构(方案一)

序号	字段名	类型	宽度	小数位
1	凭证类型	C	2	
2	凭证编号	C	8	
3	日期	D	10	
4	附件	N	2	
5	摘要	C	30	
6	科目编码	C	8	
7	借方金额	N	12	2
8	贷方金额	N	12	2
9	制单	C	8	
10	出纳	C	8	
11	审核	C	8	
12	记账	C	8	

其凭证文件数据结构解释说明如表 3.2 所示。

表 3.2　凭证文件数据结构解释说明(方案一)

序号	项目	说明
1	凭证类型	如"收"
2	凭证编号	如"10005",要求连续编号
3	日期	如"2007/02/18"
4	附件	此项可以选用
5	摘要	通常凭证的每行都考虑有一个摘要(多摘要)
6	科目编码	如"100101"
7	借方金额	
8	贷方金额	
9	制单	制单人员名字
10	出纳	出纳人员名字,针对的是收、付款凭证
11	审核	审核人员名字,未审核为空
12	记账	记账人员名字,未记账为空

对于一张期末将所有管理费用明细科目借方数转入"本年利润"科目的记账凭证:

借:本年利润　　　　　　　　　　　　　　　　200 000
　贷:管理费用——办公室——办公费　　　　　100 000
　　　管理费用——办公室——差旅费　　　　　 50 000
　　　管理费用——办公室——工资　　　　　　 20 000
　　　管理费用——财务部——办公费　　　　　 10 000
　　　管理费用——财务部——差旅费　　　　　 10 000
　　　管理费用——财务部——工资　　　　　　 10 000
其存储结果如表 3.3 所示。

表 3.3　凭证文件存储结果(方案一)

凭证类型	凭证号	日期	摘要	科目编码	借方金额	贷方金额	附件	制单	审核	记账
转账	0006	2007/2/28	期末结转	4103	200 000		1	李三	张平	王强
转账	0006	2007/2/28	期末结转	66020101		100 000	1	李三	张平	王强
转账	0006	2007/2/28	期末结转	66020102		50 000	1	李三	张平	王强
转账	0006	2007/2/28	期末结转	66020103		20 000	1	李三	张平	王强
转账	0006	2007/2/28	期末结转	66020201		10 000	1	李三	张平	王强
转账	0006	2007/2/28	期末结转	66020202		10 000	1	李三	张平	王强
转账	0006	2007/2/23	期末结转	66020203		10 000	1	李三	张平	王强

　　上述结构只是存放了记账凭证最基本的内容,在实际业务中还要记录外币、数量、单价、结算方式、部门、项目、个人及单位往来等辅助核算与管理信息,因此还需要增加许多相应的数据项,但为了说明问题,这里进行了简化。

　　由于记账凭证是由会计分录组成的,即使再简单的凭证也要由两笔分录组成,那么在记账凭证文件中就形成两条记录,这就使得每条记录中的金额有一项是空的,并且两条记录中还有相同内容的重复存储。对于一借多贷、多借一贷或多借多贷的凭证,将会导致大量储存空间的浪费和数据的冗余,这是该种文件结构设计的缺陷。

　　2.设计方案二。如果考虑数据存储空间,可将记账凭证文件设计为如下结构:

　　文件名称:记账凭证文件(JZPZWJ.DBF)

表 3.4　记账凭证文件结构(方案二)

序号	字段名	类型	宽度	小数位
1	凭证类型	C	2	
2	凭证编号	C	8	
3	日期	D	10	
4	附件	N	2	

续表 3.4

5	摘要	C	30	
6	科目编码	C	8	
7	借贷标志	C	2	
8	金额	N	12	2
9	制单	C	8	
10	出纳	C	8	
11	审核	C	8	
12	记账	C	8	

其凭证文件数据结构解释说明如表 3.5 所示。

表 3.5 凭证文件数据结构解释说明(方案二)

序号	项目	说明
1	凭证类型	如"收"
2	凭证编号	如"10005",要求连续编号
3	日期	如"2007/02/18"
4	附件	此项可以选用
5	摘要	通常凭证的每行都考虑有一个摘要(多摘要)
6	科目编码	如"100101"
7	借贷标志	如"借"或"贷"
8	金额	
9	制单	制单人员名字
10	出纳	出纳人员名字,针对的是收、付款凭证
11	审核	审核人员名字,未审核为空
12	记账	记账人员名字,未记账为空

如上例,其存储结果如表 3.6 所示。

表 3.6　凭证文件存储结果(方案二)

凭证类型	凭证号	日期	摘要	科目编码	借方金额	贷方金额	附件	制单	审核	记账
转账	0006	2007/2/28	期末结转	4103	借	200 000	1	李三	张平	王强
转账	0006	2007/2/28	期末结转	66020101	贷	100 000	1	李三	张平	王强
转账	0006	2007/2/28	期末结转	66020102	贷	50 000	1	李三	张平	王强
转账	0006	2007/2/28	期末结转	66020103	贷	20 000	1	李三	张平	王强
转账	0006	2007/2/28	期末结转	66020201	贷	10 000	1	李三	张平	王强
转账	0006	2007/2/28	期末结转	66020202	贷	10 000	1	李三	张平	王强
转账	0006	2007/2/28	期末结转	66020203	贷	10 000	1	李三	张平	王强

　　利用这种文件结构存储记账凭证,使得借方金额和贷方金额只用一个字段"金额"表示,其金额方由"借贷标志"字段区分,这样做节省了存储空间,但仍没有解决同一张凭证中相同数据的重复存储问题。

　　3.设计方案三。为了解决数据的重复存储问题,可将一张凭证中各分录(即各记录)相同的内容部分与不同内容部分进行分离,建立两个文件,其中一个文件用来描述记账凭证的基本内容,另一个文件则用来描述记账凭证的经济业务内容,即记账凭证分录文件,两个文件通过共同字段"凭证编号"进行联结,其结构如下:

　　(1)凭证内容文件。

文件名称:记账凭证内容文件(PZNRWJ.DBF)

表 3.7　记账凭证内容文件结构(方案三)

序号	字段名	类型	宽度	小数位
1	凭证类型	C	2	
2	凭证编号	C	8	
3	日期	D	10	
4	摘要	C	30	
5	附件	N	2	

续表 3.7

6	制单	C	8	
7	出纳	C	8	
8	审核	C	8	
9	记账	C	8	

(2)凭证分录文件。

文件名称:记账凭证分录文件(PZYWWJ.DBF)

表 3.8　记账凭证分录文件结构(方案三)

序号	字段名	类型	宽度	小数位
1	凭证编号	N	8	
2	科目编码	C	8	
3	借贷标志	C	2	
4	金额	N	12	2

其凭证文件数据结构解释说明如表 3.9、3.10 所示。

表 3.9　记账凭证内容文件结构解释(方案三)

序号	项目	说明
1	凭证类型	如"收"
2	凭证编号	如"10005",要求连续编号
3	日期	如"2007/02/18"
4	附件	此项可以选用
5	摘要	通常凭证的每行都考虑有一个摘要(多摘要)
6	制单	制单人员名字
7	出纳	出纳人员名字,针对的是收、付款凭证
8	审核	审核人员名字,未审核为空
9	记账	记账人员名字,未记账为空

表 3.10　记账凭证分录文件解释（方案三）

序号	项目	说明
1	凭证编号	如"10005"，要求连续编号
2	科目编码	如"100101"
3	借贷标志	如"借"或"贷"
4	金额	

如上例，其存储结果如表 3.11、3.12 所示。

表 3.11　记账凭证内容存储结果（方案三）

凭证类型	凭证号	日期	摘要	附件	制单	审核	记账
转账	0006	2007/2/28	期末结转	1	李三	张平	王强

表 3.12　记账凭证分录存储结果（方案三）

凭证号	科目编码	借贷标志	金额
0006	4103	借	200 000
0006	66020101	贷	100 000
0006	66020102	贷	50 000
0006	66020103	贷	20 000
0006	66020201	贷	10 000
0006	66020202	贷	10 000
0006	66020203	贷	10 000

采用双文件设计来存放记账凭证有三个优点：一是它有很大的灵活性，可以适应不同的会计分录形式，如一借多贷、多借一贷或多借多贷等；二是减少数据的重复存储，节约了存储空间；三是有利于以后的凭证处理。账务处理的内容虽然很多，但这些处理活动基本上都是基于会计科目所进行的各种分类、汇总和查询。文件中一条记录对应一个科目的设计方式，使得以会计科目为关键字的分类、汇总及查询操作都十分方便。但这种形式也有其缺陷之处，就是当以记账凭证为对象进行查询和输出操作时，都需要经过一个"凭证合成"过程，即要把分开

存储于两个文件中的记录,按凭证编号合成为人们所习惯的一张记账凭证形式。

四、凭证输入设计

经济业务发生后取得的大量原始凭证,一部分经由其他子系统处理后自动产生机制凭证传输到账务处理子系统,另一部分则要经过手工录入到账务处理子系统,所以账务处理系统要有一个记账凭证的输入接口。在其他业务子系统还没有正式投入运行之前,所有的记账凭证也都要通过这个接口输入。因此设计一个良好的手工凭证屏幕输入格式,对提高键盘输入速度,减少输入差错等都十分有利。

(一)凭证输入格式设计

手工条件下,各单位的记账凭证有不同的分类,如收款、付款、转账等,每类凭证具有不同的格式。在计算机条件下,不可能考虑所有凭证类型的凭证格式。目前,账务处理子系统中通常的方法是:允许财会人员根据需要设置凭证类型,但所有凭证类别均采用统一的凭证格式。

(二)凭证输入校验措施

由于计算机数据处理的特点是"垃圾进,垃圾出",不正确的凭证输入计算机,必然产生错误的账簿和报表。因此,在录入过程中必须增加正确性检查措施,确保凭证正确可靠。凭证输入时的校验措施主要有:

1.凭证号检查。凭证号是记账凭证的标志,按会计制度要求,不同类型凭证每月分别从1开始连续编号,不能有重号、漏号。因此,凭证录入模块能够检查出最后一个凭证号,自动加1后生成当前凭证号。

2.凭证日期检查。凭证日期用于标识经济业务发生的时间,凭证日期必须为公立日期,凭证日期应该随凭证号递增而递增等。因此,凭证录入模块应该能够自动检查凭证日期的正确性。

3.科目代码检查。科目代码是经济业务分类的主要依据,凭证录入模块应该提供对科目代码进行一系列检查的功能。

(1)存在性检查。即检查凭证中科目编码是否存在。财会人员在输入记账凭证时,输入一个科目编码,如果财会人员在进行初始科目设置时设置了该科目编码,即"科目文件"中有该科目编码,那么检查结果为"正确"或"真";否则,检查结果为"错误"或"假"。

(2)科目级别完整性的检查。即检查凭证中科目编码是否为最底级科目编码或记账明细科目。在计算机条件下,科目是分级的。输入记账凭证时,只能输入记账明细科目或最底级科目,不能输入控制性科目或父科目。如果输入记账明细科目,检查结果为"正确"或"真";否则,检查结果为"错误"或"假"。

(3)科目与凭证类型是否相符的检查。即检查输入的借方科目或贷方科目与凭证类型是否相符。特定的凭证类型有时要求凭证中必须出现某些科目,如付款凭证中贷方科目必须出现"现金"或"银行存款"科目;收款凭证中,借方科目必须出现"现金"或"银行存款"科目。若满足上述条件,检查结果为"正确"或"真";否则,检查结果为"错误"或"假"。

(4)非法对应科目的检查。即检查输入的借方科目和贷方科目存在着一定的对应关系。当一张凭证输入完毕准备保存时,系统会启动非法科目对应关系模块,检验借贷科目是否相关,如果不相关,凭证将不予保存,并提示用户进行修改。

4.金额检查。任何一张凭证都满足"有借必有贷,借贷必相等"的原则,且每一科目不允许借贷双方都有金额,也不允许双方都为零。因此,对每一张凭证存入凭证文件之前,其校验措施为:自动进行借贷平衡检查和存在性控制。如果平衡,检查结果为"正确"或"真";否则,检查结果为"错误"或"假"。

(三)凭证输入辅助功能设计

1.辅助核算和管理数据的输入

在科目设置时,为了满足辅助核算和管理的需要,必须给一些科目设置属性,如"外币"、"数量"、"单位往来"、"部门核算"、"个人往来"、"项目核算"等。在凭证录入过程中,当输入了会计科目后,系统自动根据该科目辅助核算的属性动态链接相应的辅助核算的数据文件,提示并要求财会人员输入或者选择不同辅助核算和管理的数据。

(1)辅助核算为"外币"。如果辅助核算为"外币",则系统应该提示财会人员输入外币金额和汇率。如果财会人员在初始设置中设置了选用固定汇率,则系统应该自动取出当月月初汇率作为当前汇率,并且不允许财会人员修改;如果财会人员在初始设置中设置了选用当日汇率,则系统取出当月月初汇率,并允许修改。财会人员输入外币金额和汇率并选择发生额方向后,系统自动按"外币金额×汇率"计算出人民币金额,填入相应栏目中。

(2)辅助核算为"数量"。如果辅助核算为"数量",则系统应该提示财会人员输入数量和单价。财会人员输入数量和单价并选择发生额方向后,系统自动按"数量×单价"计算出金额,填入相应栏目中。

(3)辅助核算为"单位往来"。如果辅助核算为"单位往来",则系统自动链接往来单位的档案文件,并要求财会人员输入或者选择往来单位代码,以及该业务的经手人等信息。

(4)辅助核算为"部门核算"。如果辅助核算为"部门核算",则系统自动链接部门档案文件,并要求财会人员输入或者选择部门,以便将经济业务归集到某个部门。

(5)辅助核算为"个人往来"。如果辅助核算为"个人往来",则系统自动链接人员档案,并要求财会人员录入或者选择往来个人,以便将该笔经济业务归集到某部门某人身上。

(6)辅助核算为"项目核算"。如果辅助核算为"项目核算",则系统自动链接项目档案,并要求财会人员录入或者选择具体项目,以便将该笔经济业务归集到某个项目上。

(7)辅助核算为"银行账"。如果辅助核算为"银行账",则系统提示制单人员录入票据日期、结算方式、结算号等辅助信息,并保存起来,以便对账时使用。

2.凭证输入辅助功能

财会人员天天要和凭证录入模块打交道,为了提高凭证录入模块的易用性,凭证录入模块还具备以下输入辅助功能。

(1)科目联机查询功能。一般来说单位的科目编码数量非常多,少则几十,多则上千,财会人员完全记住科目编码会有一定困难。因此,凭证录入模块不仅应该提供输入科目编码的功能,而且应该提供科目联机查询功能。即当财会人员忘记科目编码时,可以随时调出科目编码与科目名称对照表,在屏幕上,当财会人员选择其中某一科目编码时,该科目编码便自动填入凭证中。

(2)计算器功能。常常看见财会人员一边用计算机一边用计算器或算盘的现象。为了满足财会人员在输入凭证时利用计算器或算盘进行计算或必要的复核,增加随时调出计算机内部模拟计算器的功能,并将计算结果送回到凭证指定栏目中。

(3)常用摘要输入功能。输入摘要时,可以直接输入摘要内容。但若是常用摘要,通过初始设置中定义常用摘要,此时可以输入常用摘要的编码,系统自动转化为对应的摘要内容存入摘要栏。

(4)红字冲销凭证。如果已记账凭证发生错误,需先编制一张红字凭证冲销错误凭证,再编制一张正确的凭证。自动编制红字冲销凭证的过程在软件设计中很容易实现。在输入"凭证类型"及"凭证编号"的位置录入将要被冲销的凭证类型及编号,然后按"红字冲销"按钮,系统自动复制出原来的错误凭证,并对其中的凭证日期、类型、编号、摘要及借贷金额做出相应的调整,自动编制一张红字冲销凭证,用户可以对生成的红字冲销凭证做出必要的修改。

(5)删除凭证。只要是未记账的凭证均能删除。删除凭证后系统应自动整理凭证编号。

(6)常用凭证。企业在日常填制记账凭证过程中,经常会有许多记账凭证完全相同或基本相同,因此可以类同常用摘要一样存储起来。让用户根据日常编制凭证的需求,定义一些经常编制凭证的模板存储在常用凭证中,在填制凭证时就可随时调用,这样就可以大大提高业务处理效率。

(7)凭证即时打印。许多会计人员希望根据原始凭证在计算机上直接编制记账凭证,然后将记账凭证即时打印出来与原始凭证一起保存。这一功能的实现可与凭证输入模块或凭证查询模块中的打印功能统筹考虑,进行设计。

第六节　账簿处理模块分析与设计

一、账簿处理业务分析

手工账务处理中,对日常数据的加工与整理工作体现于账簿。账簿主要是为报表编制提供数据,而账簿的数据来源于记账凭证,是对记账凭证数据进行分类、汇总、加工、整理的结果,因此在手工账务处理过程中,账簿是会计凭证与会计报表的桥梁。

在手工账务处理中,账簿还有另一个功能,那就是对账。为了保证会计报表信息真实可靠,就应该在编制报表之前进行各种对账工作,包括账证核对、账账核对、账款核对和账实核对。然而,在计算机账务处理系统中,并不存在手工意义上的账簿,所有的账簿处理实际上是会计数据在不同文件之间的传递。

在计算机账务处理系统中,记账凭证数据通过输入模块存于记账凭证文件,进入该凭证库文件的记账凭证要经过进一步审核核对,然后才能进入记账模块。所谓的记账,实际上是更新科目余额发生额文件,该文件存储了所有总账和明细账科目余额和发生额,包括年初余额、月初余额、本月发生额、本年累计发生额和月末余额等,这个文件可看做是总账、明细分类账的合成。电算化下,并没有账簿文件,只是当需要输出账簿(总账、日记账和明细账)时,系统会自动从记账凭证文件和科目余额发生额文件中快速加工生成各种账簿。同样,会计报表也是系统自动从记账凭证文件和科目余额发生额文件中既定的报表格式快速加工生成。由此可见,在计算机账务处理系统中,账簿的作用实际是弱化了。

二、账簿处理主要功能

账簿处理的主要功能是登记账簿、输出各种账簿以及满足各种查询与打印的需要。

（一）记账

登记账簿模块的功能是根据记账凭证数据文件中已审核的凭证，自动更新账簿期初资料数据文件，得到账簿和报表所需的汇总信息和明细信息，为各种账簿地输出与报表的编制积累数据。在手工条件下，记账工作需要若干财会人员花费很多时间才能完成；计算机账务处理系统中，会计人员只需使用记账模块，记账工作便由计算机自动、准确、高速地完成。记账工作可以在编制与审核一张凭证后进行，也可在编制一天的凭证后记一次账，甚至可以多天记一次账。计算机账务处理系统中的记账过程基本是自动完成，除意外情况，大多数不需要进行人工干预。不同的数据处理流程，其记账模块的记账步骤也不相同，其基本过程如下：

1. 记账凭证的检验。虽然记账凭证在输入和审核时已经经过多次检验，但为了确保会计数据的正确，为了防止因为病毒感染或非法操作导致已审核记账凭证错误，造成对整个系统数据的破坏，系统在登账时仍将对记账凭证进行一次会计科目存在检查和平衡校验，以保证系统正常运转。如果发现借贷不平衡凭证或错误凭证，系统会将不平衡或错误的凭证类别和凭证号显示在屏幕上，同时停止记账。

2. 数据保护。保护记账前的所有数据到硬盘备份目录。这样做是因为一旦记账过程被中断，系统就可以自动恢复到记账前状态，然后重新记账。记账工作涉及系统内多个数据库，记账过程一旦发生意外（如突然断电、病毒发作等），会使记账所涉及的数据库受到影响甚至破坏，因此系统需要设计数据保护功能。记账前系统首先将有关数据库在硬盘上进行备份，一旦记账过程出现意外，系统将停止记账并自动利用备份文件将系统恢复到本次记账前状态。

3. 选择记账凭证。开始记账时，系统首先要求用户选择要记账的凭证范围，包括月份、凭证类别、凭证编号等。系统一般给出凭证编号的最大范围作为默认值，一般记账月份不能为空，凭证类别可用通配符"＊"（或者为空）表示所有类别凭证，系统自动将各类已审核的记账凭证全部进行记账。

4. 开始记账。做完上述工作，系统自动将选定范围的记账凭证登记到机内相应账簿文件中(包括部门、项目、往来、外币辅助核算账簿文件)并进行汇总工作,计算出各个科目最新的本月发生额、累计发生额和最新的当前余额。

5.结束记账工作。完成记账工作,在记账凭证库文件中删除已记账的记账凭证,并将结果显示给用户,关闭所有的文件。

(二)账簿查询

日记账输出模块的主要功能是根据会计人员输出的需要,输入相应的会计科目、日期等条件,系统自动从账簿资料数据文件和记账凭证文件中提取数据,经加工后生成相应的日记账簿。明细账输出模块的主要功能是根据会计人员输出的需要,输入相应的会计科目、月份等条件,系统自动从账簿资料数据文件和记账凭证文件中提取数据,经加工后生成相应的三栏式、多栏式、数量金额式或外币金额式的明细账簿。总账输出模块的主要功能是根据会计人员输出的需要。输入相应的会计科目、日期等条件,系统自动从账簿资料数据文件提取数据,经加工后生成相应的总账或会计科目余额表。辅助账输出模块的主要功能是根据会计人员输出的需要,输入相应的会计科目、日期等条件,系统自动从账簿资料数据文件和记账凭证数据文件中提取数据,经加工后生成相应的个人往来账款辅助核算、企业内部部门辅助核算、客户及供应商往来辅助核算及项目核算等明细账簿。

由于账务处理系统中账簿数据非常繁多,直接按流水方式查询,要找到会计人员需要的会计信息十分困难,因此应该设计账簿查询条件。

1.会计科目。由于会计账簿是按会计科目分类的,故在进行账簿查询时首先要选择查询账簿的会计科目。会计科目分级组成,如果科目条件未输入到明细科目,系统就认为是不查询该级会计科目的下级科目账簿。会计科目条件还可以设计成组合条件,如包括会计科目编码范围、科目级次范围等项目的组合。科目范围指查询账簿的起止科目范围。科目级次范围是指所选定会计科目范围内的某级次范围科目。例如,选择科目级次输入为1~1,则只查一级科目,如将科目级次输入为1~3,则表示查询一至三级科目。

2.会计期间及日期范围。会计账簿是一个序时账簿,账簿数据按日期排序，按会计期间合计。因此，会计期间及日期范围条件是一个十分重要的查询条件。

3.是否包含未记账凭证。在特定的情况下，需要及时查询某会计科目当前的账簿，由于该科目的许多凭证还未记账，对此可以通过设计一个包含未记账凭证的查询条件，使查询的账簿将未记账的凭证也能输出。包含未记账凭证条件，对于个别在一个月进行一次审核记账，又需随时了解当前会计信息的单位特别有用。

4.金额范围。在总分类账或科目余额表和明细账表查询中，金额范围条件分为：期初余额范围、借方发生额范围、贷方发生额范围及期末余额范围。金额范围条件用于指定要查找的金额范围。例如，在科目余额表查询中输入 0，表示查余额大于零的所有科目的总分类账或科目余额表；若输入 2000~4000，则表示查余额大于 2000 小于 4000 的科目余额表。

5.关键字过滤。上述查询条件并不能满足所有的查询要求，可以设计一些关键字条件来过滤账簿数据，以便查询需要的账簿数据。过滤关键字有"会计科目"、"凭证类型"、"凭证号"、"日期"、"业务摘要"、"发生额范围"、"凭证范围"、"结算方式"、"票号"、"制单人"、"复核人"等。过滤关键字中可以设计通配符"?"和"＊"。"?"代表任意一个字符，"＊"表示任意一串字符。

6.关联其他账证查询。账簿查询中，可以设计根据查询条件和屏幕中显示的账簿数据进行关联查询。

关联查询的主要方法是在查询中通过鼠标点击某查询行的数据项目，系统自动显示与该行数据项目相关的账簿或凭证。例如，设计关联查询：在明细账查询中双击某凭证分录数据，能关联查看该凭证的完整内容，双击会计科目能关联查询该会计科目的总分类账和科目余额表；在凭证查询或凭证流水账查询中双击某凭证分录的会计科目能关联查询该科目的明细账；在总分类账或科目余额表关联查询中能关联查询某科目的明细账等。

(三)账簿输出与打印

账务处理子系统中的账表输出方式有三种：(1)通过屏幕直接显示

输出。其输出的内容包括凭证、账簿、报表以及各种辅助项目的查询，使用的频率很高。(2)打印机打印输出。通常凡能够在屏幕查询的内容都可以打印，但考虑打印输出的速度和成本，一般只有那些有必要或会计档案所要求的资料才通过打印机输出。打印输出又可分为套打和完全打印，套打是指采用一定格式印好的专用打印纸进行打印工作，其打印速度快，成本低，但打印技术要求高，常用于打印账页和凭证；完全打印是指全部内容都由打印机打印，这种方式简单，但打印速度较慢。(3)通过软盘或网络输出。这种方式通常用于数据备份或向其他信息系统传递会计资料。

账簿输出还可以按照账簿的类别不同分总账输出、日记账输出、明细账输出和日报单输出。每种输出均有查询和打印两种输出方式。查询输出，使用时用户需要输入查询条件，如科目代码，系统根据用户输入的条件在屏幕上显示需要的账簿内容，当需要打印输出时，可按屏幕上的打印功能键，即可将用户需要的账簿内容打印出来。账簿输出的格式由科目设置中的账类所决定，可以输出三栏式、数量金额式、复币式、多栏式等用户需要的各种账簿。

由于现行会计制度规定计算机账务处理的企业也要按手工记账那样保存纸质记载的会计凭证和账簿，因此，多数账务处理系统还设置了单独的账簿打印功能供用户打印全部结账后的账簿。使用这种打印功能，用户不能选择打印范围，而是统一按系统已经设定好的符合制度要求的格式内容打印账簿。此外，为了减少明细账的打印工作量，一些通用账务处理系统设置了"满页打印"的功能，某些明细科目不足一页的部分可留待以后满页时打印。

重要的日记账如现金日记账和银行存款日记账必须每天打印输出，有些日记账可以按旬、月或季打印输出，但为了体现其日记账的特点，一些账务处理系统专门设置"日报表"模块，将管理所需的各种科目的数据作为日报表输出，以便及时准确地提供信息。

三、会计信息化对手工会计账簿的影响

(一)手工会计账簿

手工会计的账簿主要包括:总账、明细账、日记账和备查簿。

总账也称总分类账,按总分类账户开设,用于分类登记全部经济业务,提供资产、负债、所有者权益、费用、成本和收入等总括的核算资料。总账从其格式上观察,多采用订本账,账页则多是三栏式。总账的登记依据,则因企业采用的账务处理程序不同而异:在采用记账凭证账务处理程序的企业,总账依据记账凭证直接登记;在采用科目汇总表账务处理程序的企业,总账依据科目汇总表登记;在采用汇总记账凭证账务处理的企业,总账依据汇总记账凭证登记。

明细账又称明细分类账,按明细分类账户开设,是分类登记某类经济业务详细情况,用来提供明细核算资料的账簿。明细账从其格式上观察,多采用活页账,账页格式因反映的业务类型不同而存在很多差异,有的使用三栏式,有的使用多栏式,有的使用外币金额式,有的使用数量金额式。在登记明细账时既要依据记账凭证,又要依据原始凭证。

日记账又称序时账,是按经济业务发生和完成的时间先后顺序进行登记的账簿。早期的日记账,实际上是分录簿,把每天发生的经济业务所编制的会计分录,全部按时间顺序逐笔登记。而多数企业使用的现金日记账、银行存款日记账。这实际上是特种日记账,它除具有日记账的特征外,还具有明细账的特征。

备查簿又称辅助账,是对在序时账和分类账中未能反映和登记的事项进行补充登记的账簿,主要用来记录一些供日后查询的有关经济事项。它只是对账簿记录的一种补充,与其他账簿之间不存在严密的依存、钩稽关系。

(二)会计信息化下的账簿

会计信息化下,总账、明细账、日记账及辅助账都与手工会计的账簿存在不同之处。

1.总账

会计信息化下的总账无法使用订本账,其账页格式有三栏式和科

目余额表两种。三栏式总账从样式看有总账科目的年初余额等、各月发生额合计和月末余额(与手工会计相同),但在查询输出往往具有关联查询所有明细账户资料的功能。科目余额表包含所有会计科目(既有总账科目也有明细科目)的期初余额、当月发生额、当年累计发生额、期末余额及其相应的外币金额、数量等明细核算资料。

2.明细账

会计信息化下的三栏式明细账、数量金额明细账、外币金额明细账的使用与手工会计基本相同,而多栏式明细账则有自己的特点:第一,计算机会计下的多栏式明细账,由用户在使用软件的过程中利用系统提供的功能,依据实际工作的需要自行设计;第二,计算机会计下,凡是有下一级明细科目的会计科目都可以使用多栏式明细账。多栏式明细账在屏幕输出的过程中可以不受栏目多少的限制,但在打印时如果栏目过多则应自动分成多页打印,每页打印的栏目数根据用户所选纸张及放缩比例自动排列。

3.日记账

会计信息化下的现金日记账、银行存款日记账通常归入出纳业务模块,设置有查询控制功能,不经授权的人无法查阅。而其他任何账簿均可采用日记账的形式输出,其输出的格式和三栏式明细账基本相同,不同之处在于日记账中有每日小计的统计数据。

4.辅助账

计算机会计下辅助账和手工会计下的备查簿的含义完全不同。它对应于计算机会计下的辅助核算,是会计的正式账簿,与相应的账簿数据有严格的钩稽关系。其内容主要包括,个人往来账款辅助核算、企业内部部门辅助核算、客户及供应商往来辅助核算及项目辅助核算等。就其格式而言,有类似科目余额表的"汇总表"格式和类似三栏式明细账或多栏式明细账的格式,其中,前者是指某个会计科目所有部门、项目或往来单位的业务发生额及余额的汇总表;后者是指某会计科目下属的所有部门、项目往来单位的业务、发生额的明细资料及余额。

(三)会计信息化对手工账簿的影响

会计信息化对总账的影响,主要集中在总账形式上的变化;对明细账的影响主要表现在明细账户设置体系的变化。

1.会计信息化对总账的影响

在手工会计中,总分类账的作用主要有三:一是提供明细账户的汇总信息,全面、系统、完整地反映企业的资金运动;二是便于对账,通过和所属明细账相核对,保证账簿记录的正确;三是为编制会计报表提供正确的数据,是会计报表的主要数据来源。

在电算化会计中,首先,由于计算机运算速度较快,各种汇总信息快速得出,使专一的汇总信息的存放成为冗余;其二,由于计算机记账不会错误,只要对数据的采集进行有效控制,就能输出正确的信息,使手工、繁琐的对账、查错过程变得没有必要;其三,手工方式下,会计报表的编制遵循凭证——账簿——报表的程序,而电算化会计中,会计报表数据产生的过程,除却一些期初信息之外,完全可遵循由凭证到报表的过程,且可随机生成任意报表,完全摆脱手工账簿的束缚。所以,从某种意义上讲,电算化系统下完全没有必要设置手工系统下的总账。

这并不意味着电算化系统不利用手工会计总分类账的信息。就总分类账户而言,其中的会计科目名称、编码、科目类别、余额方向、年初余额、月初余额等,这些数据值在凭证数据处理和账簿查询及输出时均需用到。我们仍需要对这些数据设置相应的数据文件。

2.会计信息化对明细账的影响

计算机会计对明细核算账户体系设置的影响主要表现在两个方面,即延伸了会计科目的级别和产生了辅助核算的方法。我们知道手工会计的科目最多三级,而计算机会计下会计科目最多可以设到六级。向下延伸的会计科目级别,实质上是手工会计中的一些较为特殊的明细核算,是在计算机会计采取的形式上的必要变换,如在手工会计"生产成本"账户中,下设有"基本生产成本"和"辅助生产成本"两个二级会计科目,若生产成本采用品种法核算,则"基本生产成本"科目下,会设置"甲产品"、"乙产品"等三级会计科目;"甲产品"、"乙产品"等明细账簿含有"直接材料费用"、"直接动力费用"、"直接工资费用"及"间接制造费用"等成本项目。甲产品的成本项目和乙产品的成本项目归属及区分,通过手工会计的"甲产品"、"乙产品"明细账簿反映理顺成章;而计算机数据处理中,把成本项目分别设置为"甲产品"、"乙产品"的下级账户进行核算,则是确定成本项目各自归属的有效方法。会计信息化下,采用这种方法处理手工会计明细核算的情况很多。

　　会计信息化对手工会计明细核算变革的另一种情况,是辅助核算的出现。换句话说,会计信息化下的辅助核算,实质上也是手工会计中的一些特殊的明细核算。这些明细核算之所以采取辅助核算的形式,主要是这些明细账户数量过多与会计科目编码长度不能太长的矛盾造成的。举例来说,现行会计制度规定的一级编码是四位,若一个企业拥有 1500 个客户,就意味着这个企业的"应收账款"下二级明细账户可能有 1500 个,这就要求该企业二级科目的编码占四位。再进一步假定,该企业"原材料"账户下设有"主要材料"账户,而"主要材料"下的品种、规格达到 1100 种之多("主要材料"下属的三级账户有 1100 个),这要求该企业三级科目的编码也要占四位;继续假定该企业的"其它应收款"账户下设"应收职工借款"账户,这个二级账户下再设"应收一公司职工借款"账户,在公司的职工人数超过 10000 人的情况下,就要求该企业的会计科目编码最长一定会超过 20 位。这种会计科目编码方案的不可行性是不言而喻的。相反,把该企业"应收账款"账户下的明细核算,不通过设置账户,而采取辅助核算再进行处理,同样对"主要材料"、"其他应收款一公司职工借款"下明细核算也采用辅助核算,就可以极大地缩短会计科目的编码长度,从而保证计算机会计业务的顺利开展。

第七节　银行对账处理模块分析与设计

一、银行对账处理业务分析

　　银行对账是企业出纳最重要的工作之一,也是企业货币资金管理与核算的主要内容。企事业单位的大量经济业务要通过银行结算,银行要为每个单位记载这些经济业务。企业除了通过银行存款日记账对企业银行存款收发业务进行序时核算外,还要定期将银行存款日记账与银行对账单进行核对,借以检查银行存款账实是否相符,以便及时发现和更正错账。银行对账是指银行记载的银行存款收付记录和单位自己登记的银行日记账相互核对。银行对账至少每月完成一次,对于银行存款收支业务较多的企业,每月则要核对数次。在对账过程中,企业账面的存款余额经常与银行送来的对账单上的存款余额不一致,当然不能断言这就是错账,因为在银行结算过程中,无论是银行还是企业,都有可能存在未达账项。银行与企业间由于记账时间不同或其他原因会形成一方已记账另一方未记账,这种一方已入账而另一方尚未入账的项称之为未达账项。可能有四种类型的未达账项:银收企未收未达账项、银付企未付未达账项、企收银未收未达账项、企付银未付未达账项。

要确定未达账项,就必须定期进行银行对账工作,将银行和企业双方均已入账的部分予以剔除,余下的便是双方的未达账项。对账一般以支票号、金额为标志,对银行和企业双方所登记的发生额逐笔进行核对,双方账中的支票号和金额均相同,便认为是双方的已达账项。此外,由于上月对账单中可能存在未达账项,如不将它再与本月日记账核对,就会影响本月对账的正确性。因此,一般是将本月日记账先与上月对账单核对,再与本月对账单核对。这样核对的结果才能真正反映未达账项。

银行对账的目的就是将单位银行账与对账单进行核对,不仅要找出相同的经济业务进行核销,而且还要找出未达账项和造成未达账项的根源,防止有意无意的错误。对于长期未对上账的未达账项,更应引起注意。

手工条件下的银行对账业务流程如下:分别取得银行存款日记账和银行存款对账单进行核对;根据设定的已达账项条件,确认已达账项,并加以标注;已达账项全部确认后,产生未达账项文件;根据未达账项,银行存款日记账和对账单编制银行存款余额调节表。如图3.6所示。

计算机条件下,银行对账业务程序与手工条件下略有不同,一般来说,划分为自动对账和手工辅助对账。计算机条件下的银行对账业务

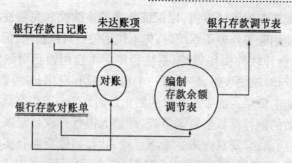

图 3.6　银行存款手工对账流程图

流程如下:依据银行存款日记账生成对账需要的企业银行账文件;依据银行存款对账单录入或转输生成对账需要的银行对账单文件;根据设定的已达账项确认条件,自动对账;手工补充勾兑,生成未达账项文件并输出银行存款余额调节表。如图 3.7 所示。

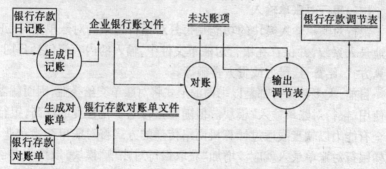

图 3.7　银行存款电算化对账流程图

二、银行对账处理主要功能

计算机辅助出纳人员完成银行对账工作,通常应具有银行对账初始输入、银行对账单输入、自动对账、手工调节、输出对账结果等主要功能。

(一)银行对账初始输入

首次启用银行对账功能,需要进行银行对账初始化工作,即录入初始化对账单。它的作用是将系统对账功能启用前手工业务处理的银行存款余额调节表输入计算机,以保证数据的连续性和完整性。通常许多用户在使用账务处理子系统时,先不使用银行对账模块,仍然手工对账,待以后会计软件操作熟练、系统稳定后再启用银行对账模块。因此,设计银行对账模块时,应该有一个启用日期(启用日期应为使用银行对账功能前最后一次手工对账的截止日期),用户可以在此输入最后一次对账后的银行存款余额调节表,即输入银行存款日记账与银行对账单"调整前余额"及双方未达账项。输入时,如果企业有多个银行账户需要对账,则首先选择需要对账科目(在会计科目设置中进行),银行对账初始数据输入完毕后,系统将自动校验余额是否平衡,如果双方调整后余额一致,则可结束该银行科目对账初始设置,并启用日常对账模块;如果调整后余额不一致,说明录入的数据有误,应仔细检查并更正,直至平衡为止。

(二)银行对账单输入

银行对账单输入模块的功能是每月对银行送来的对账单及时、正确地录入系统,并保存在银行对账单文件中,输入的内容应包括日期、结算方式、结算号、借方或贷方金额等。

目前,大多数银行都是以书面的形式将对账单交给企业,因而就需要使用"银行对账单输入"模块。但随着银行电子化程度的提高,银行完全有能力以软盘或通过计算机网络传递的方式将对账单交给企业,这样银行对账单录入就应该增加"获取银行对账单"模块,以接收电子数据形式的对账单。只要将数据格式进行转换,并保存在"对账单文件中",就可以省去对账单的录入程序,对账效率因而将大大提高。

(三)自动对账

自动对账的功能是由计算机自动在"企业银行对账文件"和"银行对账单文件"中寻找完全相同的经济业务进行核对或勾销。所谓完全相同的经济业务是指经济业务发生的时间、内容、摘要、结算方式、结算号、金额等都相同的经济业务。由于同一笔经济业务在银行和单位分别由不同的人记载,经济业务发生的时间、摘要等不可能完全一样,因此,比较经济业务是否相同的依据是:

1.支票号 + 金额,即"企业银行账文件"和"银行对账单文件"中支票号和金额完全相同的记录；

2.结算方式＋结算号＋金额。即"企业银行账文件"和"银行对账单文件"中结算方式、结算号和金额都相同的记录。

由于自动对账是以"企业银行账文件"和"银行对账单文件"双方对账依据完全相同为条件，所以为了保证自动对账的正确和彻底，要求单位和银行必须保证对账数据处理的规范化和合理化，如"企业银行账文件"和"银行对账单文件"的结算方式、结算号要统一口径，如果对账双方不能统一规范，各自为政，系统则无法识别。

(四)手工调节

手工调节就是手工辅助对账，是对"自动对账"的补充。对于使用自动对账后不符合自动对账依据而没有勾销的已达账(被视为未达账项)，由财会人员从"企业银行账文件"和"银行对账单文件"中挑选出来一笔，计算机自动从对应的文件中挑选出金额相同的多笔，财会人员根据其自身的判断在对账屏幕上进行手工勾销，即输入两清标记。为了保证对账更加彻底、正确，我们可用手工辅助对账模块来进行调整。

(五)输出对账结果

输出对账结果模块的功能是从屏幕上和打印机上输出"单位未达账项"、"银行未达账项"、"已达账项"、"余额调节表"等。输出"余额调节表"是把"企业银行账文件"和"银行对账单文件"中没有核销的经济业务整理出来，形成"银行存款余额调节表"，其格式一般应与手工方式下的相同。

随后即可核销已达账。即将核对正确并确认无误的已达账从"企业银行账文件"和"银行对账单文件"中删除。对一般用户来说，在银行对账正确后，如果想将已达账删除并只保留未达账，可以使用核销功能。

三、银行对账数据文件设计

银行对账业务的数据文件主要有银行存款结算凭证登记数据文件、银行存款日记账数据文件和银行存款对账单数据文件。

银行存款结算凭证登记数据文件，用于记录银行存款重要结算票据的领用和报销信息,主要包括:领用日期、领用部门、领用人员、领用票据种类、领用票据号码、领用票据用途、报销日期等,其结构如表3.13所示。

表3.13　银行存款重要结算票据数据文件

序号	字段名	类　型	长　度	小数位
1	领用日期	D	8	
2	领用部门	C	16	
3	领用人员	C	8	
4	领用票据种类	C	8	2
5	领用票据号码	C	8	
6	领用票据用途	C	16	
7	报销日期	D	8	

　　银行存款对账涉及已达账项、未达账项的处理,且对账中还需要上月的未达账项数据。所以,银行存款对账过程中,一般不与银行存款日记账输出共用数据文件,而是单独建立对账专用的银行存款日记账数据文件。这一数据文件的数据一方面来自于上月对账用的银行存款日记账数据文件,即上月的未达账项;另一方面来自于当月的银行存款日记账数据文件。内容包括,凭证日期、凭证种类、凭证编号、结算方式、结算凭证号码、借方金额、贷方金额、余额等,其结构如表3.14所示。

表3.14　银行存款对账日记账数据文件

序号	字段名	类　型	长　度	小数位
1	记账凭证日期	D	8	
2	记账凭证种类	C	4	
3	记账凭证编号	C	4	
4	银行存款结算方式	C	8	
5	结算凭证号码	C	8	
6	借方金额	N	15	2
7	贷方金额	N	15	2
8	余额	N	15	2
9	对账标志	L	1	

银行存款对账单数据文件的数据是从系统外部取得,目前主要是通过手工录入得到,但也有通过网络传输或磁盘转输取得。内容包括:业务发生日期、结算方式、票据号码、借方金额、贷方金额和期末余额等,其结构如表 3.15 所示。

表 3.15　银行存款对账单数据文件

序号	字段名	类　型	长　度	小数位
1	业务日期	D	8	
2	银行存款结算方式	C	8	
3	结算凭证号码	C	8	
4	借方金额	N	15	2
5	贷方金额	N	15	2
6	余额	N	15	2
7	对账标志	L	1	

此外,对账专用的银行存款日记账文件、对账单文件,应按月设置,分期存放数据。

四、银行对账控制支票及票据登记处理控制设计

(一)银行对账控制

银行对账控制主要包括:

(1)期初未达账项的发生日期不能大于或等于银行对账的启用日期。

(2)第一次使用银行对账模块,必须先分别录入期初银行存款日记账未达账项和期初银行对账单未达项,然后再开始该期的制单、过账业务,定期或在月末录入对账单,然后开始对账。

(3)银行存款日记账、银行对账单期初未达账项录入后,不能随意调整启用日期,尤其是不能向前调。这样可能会造成启用日期后的期初数据不能参与对账。

(4)在执行对账功能之前,确保银行存款期初中的"调整后余额"平

衡(即银行存款日记账的调整后余额等于银行对账单的调整后余额)。否则,在对账后编制银行存款余额调节表时,会造成银行存款与单位银行账的账面余额不平。

(5)对账的结算方式同制单时所使用的结算方式、结算票据号应相同。

(二)支票及票据登记处理控制

支票及票据登记处理控制主要包括:

(1)当有人领用银行结算票据时,银行出纳员须进入"票据登记"功能登记票据领用日期、领用部门、领用人、支票号、备注等。

(2)票据支付后,经办人持原始单据(发票)到财务部门报销,会计人员据此填制记账凭证;在系统中录入该凭证时,要求录入该支票的结算方式和支票号;填制完成后,系统自动在票据登记簿中将报销日期写入该票据中,该张票据即为已报销。

(3)票据登记簿中的报销日期栏,一般是由系统自动填写的,但对于有些已报销而由于人为原因造成系统未能自动填写报销日期的票据,用户可进行手工填写,即将光标移到报销日期栏,然后写上报销日期。

(4)已登记报销的票据不得进行修改,取消报销标志后,再行修改。

第八节　账务期末业务处理分析与设计

一、账务期末业务分析

账务期末业务是指将本月所发生的全部经济业务登记入账后所要完成的工作。它主要包括成本、费用和损益的计提、分摊、结转、对账、结账等内容。手工会计期末业务和计算机会计的期末任务相同,但两者业务处理的具体内容稍有差异,工作重点各有侧重。所以,在设计账务期末业务处理模块时首先应对这部分业务认真分析。

(一)手工账务期末业务处理

手工会计业务的期末业务主要有对账和结账两方面的工作。对账是指定期将各种账簿记录进行核对，以保证账簿核算的正确、可靠。对账业务主要包括：账账核对、账证核对、账实核对。而其中账账核对则是手工会计处理期末最基本的、每月编制会计报表前都必须要完成的工作。它主要包括：所有总账借方余额合计数与贷方余额合计数核对；总分类账户余额与所属明细分类账户余额之和进行核对；现金、银行存款日记账的余额应同现金总账、银行存款总账余额进行核对；会计部门各种财产物资明细分类账余额应同财产物资保管部门账面余额进行核对。

结账就是指在将一定时期内发生的经济业务全部登记入账的基础上，按照规定的方法对该期内的账簿记录进行小结，结出本期发生额和期末余额，并将其余额结转下期或者转入新账的工作。结账工作主要包括：在结账前，首先检查本期所发生的各类经济业务是否都已填制记账凭证，且登记入账；其次，按照权责发生制原则于月末要求调整的账项是否调整入账，如待摊费用的分期摊销，预提费用的分期预提等；最后是月末的账项结账业务是否结转入账，如按照会计准则和成本计算的要求，结转各收入、成果账户和期间费用、成本账户，计算本期的产品生产成本、主营业务成本、期间成本、确定财务成果，并结转本年利润及利润分配账户。

经过上述处理后，分别结出各种日记账、总分类账、明细分类账的本期发生额和期末余额，并按照会计惯例在各种账簿上做出具体结账手续；而结账的具体手续又有月末结账和年末结账的差别。

（二）计算机账务期末业务处理

计算机条件下的期末业务主要包括自动转账和结账两部分。

自动转账就是指将每个会计期末所要进行的固定的、程序化的业务进行整理，制作出通用的转账凭证模式。月末转账时，调出这些预先定义的凭证模式，系统自动生成相应的转账凭证，以计算机数据处理的优势，减轻会计人员的劳动强度，提高会计工作效率。

账务处理子系统是会计软件系统的核心。它与工资核算、材料核算、固定资产核算、成本核算、往来账款核算及销售利润等子系统存在着密切的数据传递关系。其他子系统向账务处理子系统传输数据的方式有两种:一种是各有关子系统直接编制出记账凭证,传递给账务处理子系统;另一种是有关子系统先根据会计核算的要求对本系统的原始数据分类统计后直接传递给账务处理子系统,由账务处理子系统统一定义、生成相应的自动转账凭证。

就账务处理子系统自身的转账业务而言,许多业务每月有规律地重复出现,如坏账准备金计提、制造费用分配以及各种成本、费用、收入和支出的结转等。这些业务凭证的摘要、借贷方科目各月基本相同,各科目的发生金额可以直接从账务处理子系统的各相应账户中取得,没有必要让会计人员每月重复地计算、录入。

手工会计的对账业务除账实核对外,账证核对、账账核对的主要目的,是为了检查、发现手工记账处理中可能存在的错误;电算化后,从理论上分析,完全没有存在的必要,期末账证、账账核对的作用并不十分明显,对账目前仅只是结账业务的附带部分。由于会计数据都集中存放在记账凭证文件和相应的科目余额及发生额文件中,用户在需要时可对这些数据进行临时加工处理生成各种账簿输出,只要输入的凭证正确无误,那么所输出的各种账簿也不会出现错误。因此,在计算机账务处理方式下,不存在手工意义上的对账问题。但由于非法操作或计算机病毒以及其他原因等,有时也可能会造成某些数据被破坏,引起账账不符。为了保证账证、账账相符系统会在结账时首先进行对账,并对本月的会计工作进行全面检查,确定是否还有未完成的会计工作,如果有则终止结账。检查的内容包括:本月是否还有未记账凭证、损益类账户是否全部结转、其他核算子系统是否已结账以及核对总账与明细账、明细账与辅助账是否一致等。系统只有通过了会计工作检查,才能进行结账工作。实际上,每次计算机记账时就已经结出了各科目的余额和发生额,因此期末结账只是表明本月的数据已经处理完毕,不再增加新的凭证,并设置本月结账标志。

二、计算机账务期末业务处理主要功能

计算机账务期末业务处理主要功能包括转账凭证定义、自动转账凭证生成和结账三个方面。

(一)转账凭证定义

转账凭证定义模块主要功能,就是提供屏幕界面,让用户录入转账凭证定义的相关内容,随后将结果保存在相应的数据文件中;用户能够方便地查阅已经定义的转账凭证信息,若发现错误或遇到情况变化能够及时修改已经定义的凭证。自动转账凭证定义的内容主要包括自动转账凭证的编号、转账凭证简要说明、凭证类别、转账业务摘要、应借应贷会计科目代码、各科目需要的辅助核算信息以及相应的金额计算公式等,而金额计算公式的数据源既可是账务处理子系统自身的数据,也可以是其他子系统的数据。转账凭证定义模块可依据转账业务的种类及定义处理的繁简程度进一步划分子模块。转账业务主要有:费用分配和摊销,如工资分配、制造费用分配等;税金计算及提取各项费用,如计算增值税、计提坏账准备等;各种成本结转,如完工产品成本结转、主营业务成本结转;汇兑损益结转;期间费用、收支结转等。

(二)自动转账凭证生成

自动转账凭证生成模块的主要功能是每月月末,计算机从自动转账凭证数据文件输出已定义凭证信息,让用户选择将要生成的记账凭证,然后系统依据已定义的凭证模式自动生成转账凭证,并根据用户需要决定是否保存。值得注意的是,我们从转账凭证的业务内容也不难看出,转账凭证生成有先后顺序,无法同步完成。通常来说,基本业务处理顺序应是无形资产、递延资产摊销,工资折旧费用的分配与计算,其他待摊费用、预提费用的分摊,辅助生产成本的结转,制造费用的结转,生产成本的结转,库存商品成本的结转,销售成本、费用、收入的结转等。所以,在设计这一模块时,首先要能够让用户依据转账的先后顺序,分批、分步生成转账凭证;其次,对于生成的转账凭证要便于用户修改。这一模块可依据转账业务的类型进一步划分下级子模块。

(三)结账

计算机条件下的结账功能模块主要有三方面的内容:第一,进行试算平衡及相应账簿数据正确性验证,如发现错误,则停止结账;第二,将要完成结账的会计期间的数据做出控制标志,防止结账后仍然修改这一会计期的数据;第三,为下期会计数据处理做出相应的准备,亦即为下期会计处理建立必要的凭证、账簿数据文件,并将各种余额及相关信息复制到账簿数据文件中。

三、自动转账凭证数据文件设计

自动转账凭证数据文件,是期末业务处理的主要数据文件。这一数据文件尽管与记账凭证数据文件有许多相似之处,但毕竟不同;加之自动转账凭证定义信息相对较少,所以可只设置一个数据文件保存。自动转账凭证数据文件结构如表 3.16 所示。

表 3.16 自动转账凭证数据文件

序号	字段名	类 型	长 度	小数位
1	转账凭证序号	C	3	
2	转账凭证说明	C	26	
3	业务摘要	C	26	
4	会计科目编码	C	12	
5	内部单位代码	C	12	
6	职工代码	C	12	
7	往来单位代码	C	12	
8	项目核算代码	L	4	
9	金额方向	C	1	
10	金额计算公式		50	

此外,结账处理控制可以通过设置结账数据文件实现,结账数据文件应包含结账月份、结账日、结账人员、结账标志等信息。文件中每条记录控制一个月份。

四、自动转账处理的流程与控制

(一)自动转账处理

自动转账处理流程包括定义自动转账凭证和自动生成转账凭证两部分内容。

1.定义自动转账凭证就是告诉计算机此类凭证的摘要、借贷方科目、金额计算公式等,并将定义的自动转账凭证存放在自动转账凭证数据文件中,定义自动转账凭证的步骤如下:

(1)定义自动转账凭证的转账序号;该序号是该张转账凭证的代号,一张转账凭证对应一个转账序号,转账序号可以任意定义,一般使用1~9数字编号,不能重号。转账序号不是凭证号,转账凭证的凭证号在每月转账时系统自动产生;

(2)定义转账业务摘要;

(3)录入每笔转账凭证分录的科目代码;

(4)当输入的科目涉及辅助核算(如按部门、项目、个人、往来单位等)时,根据需要进行定义;

(5)定义借贷科目的金额取数公式;

(6)公式录入完毕后,可继续编辑下一条转账分录,直至该笔自动转账凭证的所有分录全部定义完毕,然后将自动转账凭证保存在自动转账凭证数据文件中。

2.自动生成转账凭证就是在定义完自动转账凭证后,每月月末只需执行生成转账凭证功能即可快速生成转账凭证,在此处生成的转账凭证将自动追加到记账凭证文件中去。基本操作步骤如下:

(1)选择要生成自动转账凭证的凭证类型;

(2)选择要结转的月份和需要结转的凭证;

(3)选择完毕并确认后,屏幕将显示要生成的转账凭证;

(4)若凭证类别、制单日期和附单据数等内容与实际情况不符,直接在当前凭证上进行修改;

(5)确认凭证正确后,进行保存,将当前凭证追加到记账凭证文件中。

(二)自动转账控制

自动转账控制的内容主要包括:

1.自动转账应在结账前进行;

2.转账科目只能录入明细级科目;

3.自动转账凭证必须经过审核后,才能记账;

4.由于转账时按照已记账凭证的数据进行计算,所以在月末进行转账之前,本期内发生的所有经济业务均需进行审核、记账,否则生成的转账数据可能有误。因此,执行生成转账凭证功能时,应首先检查是否有无记账凭证,如果有,则提示用户先记账再转账;

5.对于相关转账凭证的结转,要严格按照"结转→审核→记账→再结转"的顺序进行;

6.避免多次执行重复结转,生成时应自动检查,若以前已执行应当覆盖,以免造成错误。

五、结账处理的流程与控制

(一)期末结账处理

期末结账分为年末结账和月末结账。系统结账日期在账务处理系统初始化模块中预先设置。结账是关于损益类账户的结清和期末余额的结转,它是一种批处理,只能每月进行一次,结账后会产生结账标志。如果是年末结账,除要完成月结工作外,相应的还要做年终结账处理,如建立下年度的有关账簿文件、结转年度余额等。一般而言,结账处理流程如下:

1.选择结账月份,在用户确认后,检查本月会计工作是否结束,若没有,终止结账;

2.自动生成结账前的数据备份,当有意外情况发生时,可以进行数据恢复;

3.若是年末结账,则自动产生下年度的账簿文件,存放于该账套另一个独立的(年度)目录下;

4.将年末的有关数据转入新年度账簿文件中,作为新年度账的年初数据;

5.设置结账标志。

(二)期末结账控制

期末结账控制,主要表现在:

1.上月未结账,则本月不能结账;

2.上月未结账,则本月不能记账,但可以填制、审核凭证;

3.本月还有未记账凭证时,则本月不能结账;

4.已结账月份不能再填制凭证;

5.结账只能让有结账权限的操作员进行;

6.若总账与明细账对账不符,则不能结账;

7.相关账户没有结转时,不能结账;

8.若账务处理子系统与其他业务核算系统同时使用,应检查其他业务核算是否处理完毕。

本章小结

本章首先介绍了账务处理子系统的内容、特点、设计要求和在会计核算系统中的地位;账务处理流程从手工和计算机两种方式入手进行了对比分析;账务处理功能模块将账务处理子系统的主要功能作了介绍。账务处理初始化主要介绍了初始化的内容;凭证处理的内容包括:凭证处理业务分析、功能介绍、凭证文件设计等;账簿处理讨论了账簿处理模块设计、账簿数据文件设计以及账簿处理程序及控制问题,并且对手工下和计算机下的会计账簿做了对比分析。银行对账处理详细阐述了银行对账处理模块的功能和控制设计;期末账务处理的主要内容是自动转账处理和结账业务。

思 考 题

1.账务处理系统的目标是什么?

2.简述账务处理系统的内容。

3.试述账务处理系统的特征。

4.说明账务处理子系统与其他子系统之间的关系。

5.简述电算化方式下账务处理子系统的数据流程。

6.简述手工账务处理与电算化账务处理的区别。

7.说明计算机与手工条件下科目设置有哪些区别?

8.在电算化条件下,记账凭证文件为什么要采用双文件设计方式?

9.简述电算化账务处理子系统的功能。

10.计算机条件下的账簿设置有哪些特点?

11.计算机下的期末结账有哪些特点?

12.银行存款对账的数据文件如何设计?

13.首次使用电算化账务处理系统,为什么要进行系统初始化设置? 系统初始化设置一般包括哪些内容?

14.如何修改账务处理系统中的错误记账凭证?

15.试述自动转账凭证的生成原理及作用。

16.账务处理系统主要输出哪些账簿?

17.试述电算化条件下银行对账的数据流程,并画出数据流程图。

第四章　会计报表子系统

会计报表子系统是会计软件系统中的重要子系统之一。通过这一系统，可以自动、准确、快捷地编制各种报表。会计报表子系统主要根据会计核算数据完成各种报表的编制与汇总工作，生成各种报表。由于要从其他子系统中提取数据用于生成报表，所以会计报表子系统必须与其他子系统有良好的数据接口。

第一节　会计报表子系统概述

一、会计报表分类

会计报表是综合反映企业一定时期财务状况和经营成果的书面文件。它是根据日常会计核算资料归集、加工、汇总而成的一个报告体系，是会计核算过程的结果，也是用表格形式表现的对会计核算工作的总结。

会计报表按其使用对象，分为内部会计报表和外部会计报表两大类。内部会计报表是指为适应企业内部的经营管理需要而编制，供本企业经营管理者使用而不对外公布的各种会计报表，如生产情况表、销售情况表、成本明细表、利润情况表等。这些报表一般没有统一的格式，没有统一的指标体系，编报时间也相对灵活。外部会计报表是指企业向外界提供的各种报表，主要供投资者、债权人、政府部门和社会公众等有关方面使用，如资产负债表、现金流量表、利润表等。这些报表通常有统一规定的报表格式和指标体系，报送时间也相对固定。

会计报表按编制单位，可分为单位报表、汇总报表和合并报表。单位报表，又称个别报表，是指企业在自身会计核算的基础上，对账簿记录进行加工而编制的，反映企业本身的财务状况、经营成果和现金流量的财务报表。合并报表,是以母公司和子公司组成的企业集团为会计主体,在母公司和子公司单独编制的个别报表的基础上,由母公司编制的综合反映企业集团财务状况、经营成果和现金流量的会计报表。汇总报表,是上级公司或行政管理部门根据所属企业报送的会计报表、本单位的会计报表汇总后编制的,反映总公司或管理部门所属企业整体状况的会计报表。

按报表反映的内容,分为静态报表和动态报表。静态报表反映企业某一时点资产、负债和所有者权益状况,如资产负债表;动态报表反映企业某一时期内企业的财务状况和经营成果,如利润表。

按编制报表时间,可分为月报、季报和年报等。

二、会计报表结构和基本要素

通用报表系统的主要特征,在于系统使用中,用户可以根据需要自行设计会计报表。用户在系统使用中的报表设计包括报表格式设计和报表指标数据计算公式定义两部分内容。就报表格式设计而言,不论是报表系统开发者开发报表格式设计的平台,还是报表系统使用者利用系统提供的平台进行具体的报表格式设计,都必须充分熟悉会计报表的结构和基本要素。

(一)报表结构

下面我们以表 4.1 为例来说明会计报表的结构。

表 4.1　资产负债表

编制单位:×××企业　　　　××年××月××日　　　　单位:元

资产	行次	年初数	期末数	负债与所有者权益	行次	年初数	期末数
流动资产:				流动负债:			
货币资金	1	1 000	2 000	短期借款	46	3 000	10 000
短期投资	2	5 000	30 000	应付票据	47	5 000	1 000
…		…	…	…	…	…	…
资产总计	45			负债与所有者总计	90		

制表:　　　　　　　　　　会计主管:

如表 4.1 所示,会计报表按其内部结构特征可分为三部分,即:表头、表体和表尾。

1.表头的主要内容:表名、报表编制单位、编制日期、货币计量单位等。这部分内容在布局格式上没有一定规律,显示风格有着特殊要求,和报表的其他部分明显不同。

2.表体是会计报表核心部分,反映报表的主要内容。表体横向分为若干栏目,纵向分为若干行。这部分内容格式相对统一,显示风格一致。

3.表尾是指表体下边的说明和附注。表尾在报表底部,亦可称为表底。

表头、表体、表尾是报表的基本构成,不同报表之间的区别主要体现在这些要素上,也就是说不同单位、不同行业、不同地区、不同时间的各种报表其差别就是上述三个基本要素的不同。因此,如果能够设计一个报表处理系统,由会计人员按单位需要定义上述这些分内容,那么,就能设计出一个适合各单位情况的通用报表处理系统。

(二)报表单元格

会计报表设计中处理的基本要素或对象是单元格。单元格是指会计报表中无法再分解的最小一个矩形区域,通常用其所在的列、行坐标命名或表示地址。

1.单元格地址。又称为单元格编号,通常单元格用其所在列和行的位置表示其地址。报表单元格地址的编写一般遵循 Excel 的命名规则,即,单元格所处列的位置以字母(A、B、D……)表示,单元格所处行的位置以数字(1、2、3……)表示,具体编写单元格的地址时列号在前,行号在后,如表 4.1 中"货币资金"所处单元格所在的列号为 A,行号为 5,则它的地址是:A5。我们可以利用地址来引用、处理单元格内的内容。

2.单元格内容。报表中一个单元格内反映的内容可以是字符型数据、数值型数据,也可以是对应指标的计算公式。如,表 4.1 中 A5 单元格的内容"货币资金"是字符型数据;而 C5 单元格的内容在报表设计时填列的是"货币资金"年初数的计算公式,报表生成时它的内容是计算公式形成的数值型数据"1 000"。

3.单元格属性。单元格的字符型数据相对稳定,不随时间的推移而变化,称为固定单元。单元格的数值型数据每月(季、年)发生变化,需根据有关会计资料计算填列,称为变动单元格。通常所说的编表,主要指计算变动单元格数值的过程。尽管变动单元格的值每月都在变,但求值的方法却相对不变。此外,在会计报表设计还应考虑另外一种特殊的单元格,即"关键字"单元格,这类单元格中数据的特殊性,在于它是系统作为特定时间内会计报表数据的生成依据,同种报表在不同时间上或编制单位上的区分标志。

4.单元格的格式。这主要是指单元格内数据的显示格式,主要包括字体、字型、字号、数据颜色、对齐方式、数字格式及边框格式等。

三、会计报表子系统的特点

1.数据输入量小

一般情况下,用户在各种会计报表设计时,手工录入定义报表的各项参数和指标的计算公式;在会计报表地编制时,只需手工输入相应的关键字,系统即可依据报表设计时完成的各项定义,自动从账务处理子系统的数据文件和其他子系统核算文件中提取、加工出报表中的各项指标。汇总报表地编制需事先采集个别会计报表的数据,然后输入到会计报表子系统,也可通过软盘将相关数据传输到会计报表子系统中。合并报表生成前,需要处理母、子公司之间发生的关联业务的抵消会计分录,这些会计分录可由系统自动生成,也可手工输入。

2.无直接修改报表数据功能

报表特别是对外会计报表,必须如实反映企业的经营状况,如果报表依据会计业务核算生成的数据可随意更改,就给弄虚作假提供了可乘之机,使报表数据的可靠性无法保障。因此在会计报表系统中,一般只能根据审核以后的报表数据计算公式定义,由系统自动计算各项指标,而不能直接修改生成的报表数据。如果发现生成的报表数据有误,可查明具体原因,由具有相应权限的专职会计人员,通过修改报表数据计算公式定义来修改其中的错误。对此《会计核算软件基本功能的规范》第三十四条明确规定:"对根据机内会计凭证和据以登记的相应账簿生成的各种会计报表数据,会计核算软件不能提供直接修改功能。"

3.输出信息规范性强

会计报表子系统必须提供打印输出、屏幕输出和文件输出的功能。输出的外部会计报表格式和内容应当符合国家统一会计制度的规定，输出的内部会计报表必须满足经营管理和经济预测、决策需要，并便于理解和使用。外部会计报表分析使用的财务指标也有一定的规定性。如，比率分析指标主要是财政部公布的评价企业的十项财务指标。

4.通用性强、适应面广

就一个企业而言，会计报表既有外部报表，又有内部报表，各种报表的编报格式、反映的内容及其编报的时间都有很大的差异；就不同的企业而言，会计报表更是千差万别。这在客观上要求会计报表子系统具有很强的通用性和适应性。目前的会计报表软件一般都具有报表格式、报表数据来源、分析的自定义功能，也就是完全采用自定义方法编制会计报表和进行报表分析。

四、会计报表子系统的设计目标

通过以上分析，结合会计报表的主要功能和计算机处理数据的特点，设计会计报表子系统应该达到以下设计目标：

1.外部报表的打印输出，在格式和内容上应符合国家统一会计制度规定。我国的会计制度对资产负债表、利润表等主要会计报表的格式和内容做了详细的规定，报表系统打印输出的这些报表必须符合这些规定。

2.会计报表系统应具有良好的数据接口，能够方便地与账务处理子系统及其他核算子系统连接，可以灵活地从账务处理系统和其他有关子系统取得数据。

3.会计报表系统应具有方便的维护特性。由于会计报表种类繁多，处理过程复杂，且因企业而变化、因时间的推移而变化，这客观上要求会计报表系统既能适用于处理不同企业的会计报表编制，又能适用于同一企业不同时期的会计报表编制。所以，报表系统应提供相应的环境，允许用户根据自己的需要方便地定义报表的格式、内容、关系等，一旦报表的编制要求发生变化，能够顺利地通过重新设计报表或修改现有的报表定义来适应新的要求。

4.报表系统中,用户设计报表的界面应当友好,操作方法应尽可能简单;报表管理功能齐全,使用方法灵活、方便、易学、易用。只有容易使用,用户才乐于使用,才能够在使用中提高效率,减少差错。

五、信息时代对会计报表的客观需求

信息时代对报表的需求主要体现在时效性、多元化、适需性,以及定期报告与实时报告相结合,会计报表系统必须不断完善,逐步满足经济管理的实际需要。

传统会计显然无法提供时效性强的会计报告,只有在计算机处理,尤其是网络会计环境下,会计系统才能提供定期和实时两种会计报告,使企业发生的经济事项一旦输入并审核记账,即可实时处理并向使用者发布实时信息。尤其是由电子商务产生的电子凭证,几乎在经济业务发生的同时即可通过网络进入企业会计系统,反映到会计报告中。

传统会计只提供固定格式、固定内容和固定时间的会计报告。这无法满足不同信息使用者的多样性的需求。事实上,投资者和债权人、税务机关和管理部门对会计信息的需求往往存在着这样那样的差别。在信息使用者中有的偏好综合信息,有的偏好明细信息;有的偏好定量信息,有的偏好定性信息。这些不同的需求在计算机处理的条件下可以得到满足,尤其在网络会计和企业信息化实现后,会计报表系统可以按照内外信息使用者的需求差异,提供多元化的会计报表机制。如同时提供多计量属性的会计报告,历史成本和公允价值并重的会计报告,定性信息与定量信息相结合的会计报告,货币信息和非货币信息相结合的会计报告。而且,报告的形式也可多样化,可以报表文字为主,辅以图形、图像、声音等生动的形式。

在会计报告提供方式上,除了定期或不定期提供较固定的文字报告之外,企业可以授权信息使用者或有关部门,由他们自己通过自己的网络按需求自动生成相应的会计报告。如将来税务机关可以运行自己的程序,远程读取有关企业的会计数据并生成报表。同时,企业可以将会计报告发布在互联网上,供应商、债权人、投资者都可以自己上网查询,这既方便信息使用者,也让会计报告接受社会监督,有利于防止会计信息失真。

六、电算化下会计报表的实现方法

目前电算化会计报表处理系统主要有:专用会计报表系统、电子报表系统和通用会计报表系统三类:

(一)专用会计报表软件系统

专用报表软件系统,是以专用报表处理程序为基础而建立的会计报表系统。专用报表处理程序根据具体行业或企业的特定需要设计,它把会计报表的种类、格式和编制方法固化在程序中。例如,对资产负债表设计一个数据生成程序和一个打印程序专门处理。按这种方法设计,由于程序是某一报表处理专用的,只需考虑这种报表的特点,无需考虑其他报表的需要,因此程序设计难度较小,容易实现,处理效率也高。同时这种报表软件操作简单,用户使用方便,不需要进行过多地初始化设置就可编制、输出报表。

但是,这种方法也有明显的缺点:第一,由于程序的专用性,一种报表一组程序,有多少种报表就要设计多少组相应的程序,所以程序设计的工作量极大。第二,由于报表自身的复杂性,对任何报表,无论是设计它的生成程序还是打印程序,以及程序调试都极其繁琐,这要求设计者格外仔细和谨慎,容不得丝毫疏忽。第三,由于对会计报表的实际需要会不断发生变化,国家的会计报表规范也会不断地调整,这在客观上要求经常修订会计报表的内容和格式,随之而来就是修改相应的报表程序,这就产生了巨大的系统维护成本。

目前,专用的会计报表系统比较少见,但会计软件中仍然广泛地应用报表专用程序,来处理会计业务中各类格式相对固定的表格。如,在账务处理子系统中,预设有科目余额表、科目汇总表、试算平衡表等等许多表格输出程序。

(二)电子报表系统

电子报表是一种专门的表格处理软件,它产生的时间较早,但最初并不是为会计工作设计的。例如,CCED 就是我国自行开发的曾经应用比较广泛的一种表格处理软件。目前国内流行的电子报表系统有微软 OFFICE 中的 EXCEL 和金山公司 WPSOFFICE 中的报表处理等。这类电子报表系统具有较完善的功能,既可以随意填制数据,也可以从数据库、其他报表、其他相关文件中提取数据,并对数据进行整理、加工和输出等。

为了满足企业的多种需要,节约开发费用、缩短开发周期,目前推出的很多财务软件都采用了将会计软件与 EXCEL 结合的"捆绑式"的处理方法,即把会计报表系统直接建立在 Excel 等通用电子表格平台上,以 Excel 为开发环境,继承其表格制作、数据分析、图形处理功能。具体用以下两种方法解决从会计软件提取数据的问题。

第一,将会计数据转换为 excel 工作簿。这种办法将会计软件的数据利用相应手段导出,生成一个 excel 工作簿作为财务数据的工作簿,所有会计报表的数据都从该工作簿计算得出。这样开发会计报表软件的主要工作就是利用 Excel 的 VBA(VisualBasicApplication)工具构造自定义函数。如,构造期初余额、本期借方发生、贷方发生、累计借方发生、累计贷方发生额等自定义函数后,用户就能够以此为基础建立各种报表。由于从账务提取数据的函数可以通过对年初余额和本年凭证的统计、处理得出相应的数据,所以只要将系统的总账和凭证文件转入财务数据工作部即可。

第二,直接从会计软件中读取数据。这种方法是利用微软公司的 ActiveX 技术和 SQL 数据库查询技术,构筑一个 OLE(对象链接与嵌入)服务器,在后台将会计软件数据直接从会计软件数据库中取出加工,将结果传到前台的 Excel 中。例如,Excel 要计算某科目本期发生额,则用 VBA 定义函数调用 OLE 服务器,将参数传递给 OLE 服务器,OLE 服务器在后台打开账务系统的凭证文件,计算出该科目本月发生额,最后将计算结果传到前台的 Excel 中显示。

(三)通用会计报表软件系统

通用会计报表系统能够提供一种简单易行的方法,先由使用者根据自己的具体情况设计特定会计报表的格式和报表数据计算公式。然后由系统根据使用者的设计,从会计软件中的其他子系统(如财务处理、工资核算等)的数据库中提取数据,自动生成相应的会计报表。由于这种报表系统同时还提供了常用会计报表模板,使用者即使不进行报表设计而直接调用报表模板,仅对模板稍作修改就能得到自己所需要的报表。这种会计报表系统适用性强,同一报表系统可在许多不同企业内使用,所以称之为通用会计报表系统。但是,就使用者而言,这类软件在报表设计时的工作量较大,同时,由于这种软件只能从与该软件配套的数据库中提取数据,功能通常也比较简单,在应用范围方面存在一定的局限性。

通用会计报表系统设计上有一定的难度,十几年来经历了从简单到完善、从字符到图形,逐步成熟的过程。早期的报表系统都基于字符方式,建立在 DOS 平台上,用 FOXBASE 或其他高级程序设计语言实现。在这种系统中报表格式用字符方式表达,无论表格线还是文字,数值均为文本字符。因此格式表达能力较差,外观不美,表头、行距、列距的实现都受到限制。但值得肯定的是早期的报表系统提供了较完善的通用报表提取数据的函数,为用户提供了一个基本平台。

20世纪 90 年代中期以来,报表系统取得了较大的发展。随着WINDOWS 操作系统的应用和发展,逐渐产生了基于图形的报表系统。目前许多软件中的报表系统已完成了从字符到图形方式的过渡。这些系统如同 Excel 一样,采用图形界面定义报表,不仅提供多种格式定义功能,任意定义报表的尺寸、表格线、行高、列宽、组合单元格,而且可以对逐个单元格定义输出格式和指标的计算公式。有些系统甚至可以提供图形输出功能,格式美观,功能完备。在报表数据上提供了更为完善的提取数据的函数,不仅可以顺利地从账务处理、工资核算、固定资产等子系统中提取数据,而且可以从其他报表中获取必要的数据;并且在报表数据定义的方式上普遍使用了向导方式,极大地方便了用户的报表设计工作。但从发展角度来看,目前的报表系统还应进一步扩大数据源,提供更为丰富的分析与决策函数,完善图形输出功能,改进编辑功能。

第二节　会计报表子系统业务处理流程

一、手工会计报表业务处理流程

　　手工编制会计报表,即将数据汇集、计算后填入空白报表格式纸。由于会计人员的业务不同,资料比较分散,报表编制人员必须收集有关资料,对于复杂报表可以根据编报步骤先编制一些工作底稿,经审核后逐步将数据填入报表。所以结账后,资料的收集、整理、分类、汇总、计算、审核和填写就是报表的编制过程,报表填制完后,需要对报表数据进行分析和审核,然后上报。手工报表子系统业务处理的基本流程如图4.1所示。

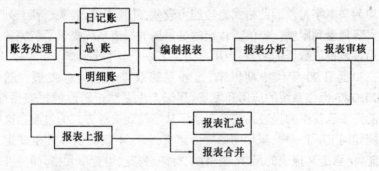

图 4.1　手工会计报表子系统业务流程图

二、电算化会计报表业务处理流程

　　由于单位会计报表、合并会计报表和汇总会计报表的编制过程和方法差异较大,所以,我们对其业务处理流程分别进行分析。

(一)单位会计报表业务处理

　　手工会计报表编制过程,简而言之,就是会计人员在结账之后根据某一报表编制的具体要求,将账簿中积累的数据汇集、计算后填入印制好的空白报表格式纸中。但实际工作中,由于会计人员的业务熟练程度不同,各种报表编制的复杂程度不同,账簿资料的分散程度不同,所以,各个企业的报表编制流程也不尽一致。在许多大中型企业里,报表编制人员通常先整理有关账簿资料,然后才能对照报表中各项指标,逐一从账簿中汇总、计算出当期应填报数据,对于复杂报表往往要先编制一些工作底稿,经审核后逐步将数据填入报表。所以结账后,资料的收集、整理、分类、汇总、计算、审核和填写就是报表的编制过程,报表编制完后,还要对报表数据进行分析,然后才能上报。

计算机会计中报表子系统的业务流程和手工报表相比,在处理的方式、编制手段和存储形式上都发生了很大的变化,如电算化中用户自由设计报表格式,计算机自动进行报表数据处理,报表存储的磁性化等等。根据会计报表编制的要求,结合计算机数据处理的特点,得出电算化下会计报表子系统数据流程(如图4.2所示)。

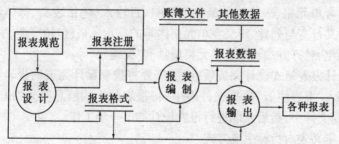

图4.2　会计报表子系统数据流程图

在会计报表子系统中,一份会计报表业务处理要经过:建立新的表格,设计报表的格式,定义表中各项指标的生成方式,依据设计好的报表和会计制度定期生成相应的会计报表,审核无误后输出会计报表等环节。

1.设计会计报表格式

在会计报表软件使用过程中,会计报表设计的第一步工作,就是利用系统提供的功能新建一个报表文件,用户在这一文件中设计自己的会计报表格式。

设计会计报表格式,就是将某一报表的特定格式告诉计算机。在手工报表处理过程中,企业的各种报表格式都是按照国家会计制度规定或管理要求事先印制好的,日常工作中不需要设计报表格式,而在电算化报表处理过程中,报表格式设计是必不可少的一环。无论是企业内部的报表还是国家统一格式的报表,都需要在会计报表软件提供的环境中将其格式"输入"到计算机中,然后系统才能按用户指定的格式输出会计报表。

为了用户使用方便,大部分会计报表软件系统都按行业性质将常用的报表格式定义为报表模板。用户可以在自己建立的报表文件中调用系统中相应的会计报表模板,如果发现引入报表模板的格式与企业的报表格式不一致,可根据实际情况进行修改,若遇到报表模板格式与实际报表差异悬殊时,就放弃利用模板,完全自行设计会计报表的格式。

企业自己设计报表时,报表格式设计包括:定义报表的大小尺寸、定义组合单元格、表格线的绘制、表中项目输入(包括表头、标体和表尾)、定义行高与列宽、定义各单元格内容的显示风格(包括字型、字体、字号颜色、对齐方式)、设置单元格属性和"关键字"等。

会计报表格式设计完成后,系统需要将报表设计完成的报表文件信息存入"报表注册"数据文件库中,将报表的格式信息存入"报表格式"数据文件中,然后才能进行报表设计的下一步工作。

2.定义表内指标生成方式

报表格式设计完成后,系统只能输出相应的报表格式,而要实现自动地生成完整的会计报表,还必须仔细描述报表中每一个指标数据的来源及相应的计算方法。在电算化下会计报表各项指标产生的一般原理是,报表系统依据会计报表编制过程中各项指标数据产生的基本特征,设计出从账务处理、工资核算、固定资产核算等系统的数据源提取数据的功能函数,用户利用这些函数逐一定义报表中各项指标数据的计算公式。

同报表格式设计一样,大部分会计报表软件系统都要在报表模板中定义好报表指标数据的计算公式,即,用户调用某一报表模板时,其中已包含了各项指标数据的计算公式定义,只要对模板中的指标数据计算公式逐一审查,如果发现与企业具体情况不符时可进行必要的修改,报表指标数据的计算公式定义全部完成后,系统将计算公式定义的信息存入"报表格式"数据文件库,供日常输出报表时使用。

如果用户会计报表的格式完全是自行设计的,则报表指标数据的计算公式定义可以采用类似上述的方法完成,也可以采用其他方法,我们在本章第三节 具体介绍。

3.生成会计报表

会计表报格式设计和各项指标数据计算公式的定义统称为会计报表设计。会计报表设计的结果分别存储在"报表注册"和"报表格式"数据文件中。会计报表设计工作通常在会计报表系统启用时一次完成。在会计工作中需要报送会计报表时,就可以从报表注册数据文件库中调用这些报表设计文件自动生成相应的报表。换句话说,报表的生成就是在账务处理子系统完成了相应的转账、结账工作之后,用户可以启动会计报表系统中相应的程序让计算机根据设计好报表文件,从相应的账簿、凭证或报表中自动取得报表数据,实现会计报表自动编制。

会计报表生成后,报表的数据信息应保存在"报表数据"数据文件库中。

4.输出会计报表

用户可以依据实际需要打印或屏幕查询这些会计报表。系统输出报表时,在"报表注册"数据文件提取报表的文件信息,在"报表格式"数据文件中提取报表的格式信息,在"报表数据"文件中提取输出报表的指标数据。

(二)合并会计报表的业务处理

当前,企业集团已成为我国十分重要的经济组织形式,编制合并会计报表如实地反映整个企业集团的财务状况、经营成果及现金流量是我国经济发展的客观需要。

母公司的个别报表及母公司拥有控制权的子公司的个别报表都应纳入合并报表的编制范围。合并会计报表在汇总个别会计报表数据的基础上,通过编制抵消分录抵消企业集团内部的关联业务对各个别会计报表的影响,然后根据合并后各报表项目的数据编制合并会计报表。合并报表的数据来源基础是母、子公司的个别会计报表,而不是各种账簿;合并报表编制的复杂性,在于其中抵消会计分录的编制。

1.合并报表的手工编制步骤

(1)以母公司、子公司个别会计报表为基础,将有关数据过入合并工作底稿。

(2)编制抵消分录,列于合并工作底稿中,以抵消母公司与子公司、子公司与子公司相互间发生的经济业务对个别会计报表的影响。

(3)计算合并工作底稿中抵消后各项目的合并数据。

(4)将合并工作底稿中计算出的合并数据过入合并报表中的相应项目,完成合并报表的编制工作。

2.电算化下合并报表的编制流程

理论上,只要设计好程序,一切数据处理工作都能够由计算机自动完成;而实际上,由于合并会计报表的特殊和复杂性,让计算机完全取代手工,自动完成会计报表合并业务处理的全部工作是难以实现的。因为计算机的“智力”有限,它不能完全替代会计人员的职业判断,不能正确地识别内部关联交易业务,自动编制相应的抵消会计分录。目前多数软件的实现方法,是手工编制抵消分录并输入计算机,由系统依据这些分录调整母、子公司个别会计报表的汇总数据后,得出合并数据,形成合并工作底稿,再根据底稿的合并数据编制合并会计报表。具体来说,在电算化条件下,编制合并会计报表一般经过以下几步:

(1)系统启用时,分别定义合并工作底稿和合并报表。其功能同定义个别报表类似,但有两点需要注意:一是合并工作底稿应包含报表项目栏、母公司数据栏、各子公司数据栏、抵消分录借方栏、抵消分录贷方栏以及合并数据栏。抵消分录栏数据来源全部为用户手工输入,实际编表时,由计算机自动汇总各项参与合并数据。二是对于合并会计报表而言,其报表格式必须按照财政部的有关规定进行定义。由于其数据来自合并工作底稿,所以可以用自定义函数中的表间运算函数去定义其数据来源。

合并工作底稿和合并报表设计完成后,将其文件信息、格式信息、计算公式信息存入相应的数据文件。

(2)分别输入合并各方的个别会计报表数据。母公司会计报表可通过前述方法,利用机内账簿编制,并形成报表数据。对子公司会计报表数据,就要根据其取得的方式分别处理:若其报表以书面文件方式传送到母公司,则只有通过键盘手工输入,形成报表数据;若其报表通过磁盘或网络传送到母公司,则可将其直接调入。这要求各子公司必须按指定数据接口标准传送报表数据,保证系统能够顺利导入相应的报表数据。

(3)将合并各方的个别会计报表数据导入合并工作底稿。可通过将个别报表库与合并会计报表库建立关联关系来实现数据的导入或通过定义表间取数公式填写。

(4)手工输入抵消分录,填入合并工作底稿的相应栏目。

(5)在合并工作底稿中已有母、子公司数据及抵消分录数据的情况下,由系统自动处理形成合并数。

(6)由合并工作底稿自动生成合并会计报表数据。其方法是合并会计报表各项数据从合并工作底稿中自动提取、计算、生成。

(7)审核合并会计报表。主要审查报表的各项数据是否满足事先定义的勾稽关系。审核无误后将结果存入相应的数据文件,以供查询或打印输出合并报表。

(三)汇总会计报表业务处理

报表汇总是报表实务中一项重要的工作。报表汇总一般有两种情况:一种是同种报表不同期间的汇总,主要是取得一段时期的累计数;另一种是同种报表不同单位的汇总,主要用于总公司下属分公司有关报表的叠加和上级主管部门下属单位有关报表的叠加。

1.同种报表不同期间的汇总。不同期间的同种报表存放在一个报表文件中,对这些报表汇总,实际上是按照统一格式将多张表页中的相关数据进行纵向叠加。用户可以使用报表系统提供的函数定义报表汇总的处理公式,由系统自动进行汇总,生成汇总报表。

2.主管部门对下属单位报表的汇总,需要区别具体情况,采用不同的处理方法。

若主管部门有汇总报表系统,而下属单位以手工方式编制报表,则主管部门需手工将下属单位的书面报表输入到会计报表系统中,形成报表数据文件,而后由系统依据相关定义自动汇总,生成汇总报表。采用这种方式,报表的汇总工作全部集中在主管部门。

若主管部门和下属单位都配有计算机,并且都拥有会计报表系统。下属单位应该以网络传输或软盘形式向主管部门报送会计报表,主管部门通过报表系统的数据导入功能,利用网络或软盘采集数据,形成报表数据文件,而后由系统依据相关定义自动汇总,生成汇总报表。

三、会计报表子系统数据生成关系

明确了报表结构和报表单元格,系统开发人员可以为用户开发出进行报表格式设计的平台,用户可以在系统提供的通用平台上设计出符合实际需要的报表格式(仅只是格式)。欲确保用户能够利用系统自动地完成会计报表的编制工作,就系统开发人员而言,还必须为系统设计出各种各样提取数据的函数和用户利用这些函数定义报表指标数据计算公式的平台。这就需要我们深入分析会计报表系统的数据生成关系。

(一)手工会计报表的数据来源

在手工会计系统中,书面记载的会计账簿数据是编制个别会计报表的依据。会计账簿中的余额和发生额是个别会计报表的直接数据来源。编制会计报表时,不同项目有不同的填列方法。就对外报表而言,资产负债表有以下几种填列方法:第一,直接根据总分类账户余额填列,如表中"应收票据"项目的年初数和年末数;第二,根据明细科目的余额填列,如"应付账款"项目根据"应付账款"、"预收账款"科目的有关明细科目的贷方余额计算填列;第三,根据若干个总分类账户余额合计填列,如"货币资金"项目,根据"现金"、"银行存款"、"其他货币资金"科目的余额合计填列;第四,根据有关科目的余额分析计算填列,如"一年内到期的长期负债"项目。利润表主要根据各科目的发生额填列。现金流量标量表根据资产负债表和利润表的有关项目、有关账户发生额和余额分析填列。内部管理管理报表的数据来源则更为复杂,有的来源于账务处理子系统的各个账户,有的来源于其他子系统,有的来源于记账凭证,有的来源于其他会计报表。

如果企业对外投资达到投资企业的一定比例,或实质上拥有被公司投资企业控制权的,应当编制合并会计报表。合并会计报表是反映投资企业与被投资企业作为一个整体的财务状况、经营成果等方面的书面文件。合并会计报表的数据来源有两部分:一是母、子公司个别会计报表,二是为抵消母公司与子公司、子公司与子公司相互之间发生的经济业务对个别会计报表影响的抵消分录。抵消分录是在母公司与子公司、子公司与子公司之间账簿记录核对的基础上根据母公司和子公司的账簿记录及其相关资料编制的。

汇总报表是总括地反映所属单位财务状况、经营成果和财务收支情况的书面文件。汇总报表的编制,通常按隶属关系,采用逐级汇总的方法汇总会计报表各项目数据,根据所属单位的会计报表与汇总单位本身的会计报表分析、计算、汇总填列。大部分汇总报表项目,可以根据所属单位和下级部门上报的会计报表的相同项目直接汇总填列。主管部门在将本部门的会计报表与所属单位上报的会计报表汇总时,要将上下级之间的款项往来、资金和利润缴拨等项目互相抵消,不得重列。所以,部分汇总报表项目要重新根据报表之间的关系计算填列。

(二)电算化中会计报表的数据来源

通过对手工会计报表编制方法的分析,再结合会计软件中报表数据处理的特点,不难看出会计报表子系统的数据来源主要有:来自数据库数据、来自会计报表自身的数据、来自系统外的数据。

1.取自软件系统数据库的数据。这包括报表生成时从账务处理、工资核算、固定资产等子系统提取的数据,从其他会计报表中提取的数据。如,资产负债表中的各项指标的大部分都是汇总数据,其主要来源是账务处理子系统中的账簿数据;现金流量表中许多指标的数据来自资产负债表、利润表;而多数内部管理报表中各项指标的数据多来源于工资核算、固定资产核算等子系统。

2.来自会计报表自身的数据。这主要指会计报表中那些依据本表已有的数据通过一定方法计算产生的新数据。如资产负债表中各项小计、合计,都是依据报表本身已有数据通过计算得出的。

3.来自系统外部的数据。这些数据有的只能由操作人员通过键盘输入,如,会计报表中的"关键字",合并报表中的抵消会计分录等;有的通过"引入"功能实现自动数据采集。

第三节　会计报表子系统功能模块设计

　　由于单位会计报表、合并会计报表和汇总会计报表,在数据来源、编制方法、编制步骤方面存在较大的差异,加之它们的使用范围、使用对象区别很大,所以,它们的编报功能一般并不集成于一个系统,而是分别规划设计的。多数会计软件中的报表子系统实际上是单位会计报表子系统。在此我们仅就这一子系统的设计原理予以阐述。

一、会计报表子系统功能模块结构图

　　一般情况下,一个企业会计报表的种类和各种报表的格式具有相对稳定性,对于这些报表,用户启用系统时进行一次会计报表设计;每到编制报表时,启动相应程序由系统提取出用户的报表设计数据(必要时重新确认或修改报表中的数据来源、计算公式);调用报表编制模块,输入报表生成的"关键字"或其他外部数据后,系统自动生成当期报表,对生成的报表进行审核后,完成报表编制;系统将报表指标数据存入相应的数据文件,供打印输出或进行相应的报表分析。这是电算下会计报表的数据处理过程,也是会计报表子系统应具备的基本功能。根据模块设计原则及报表业务数据处理流程(图 4.2 所示),设计出会计报表系统第一层功能模块结构(图 4.3 所示)。

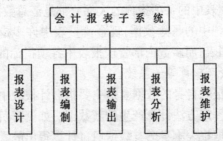

图 4.3　会计报表子系统功能模块结构图

二、主要模块功能说明

1.报表设计

报表设计模块的主要功能是系统提供平台让用户设计或修改报表的格式、定义报表数据的计算公式和报表数据之间的勾稽关系,以便系统能自动按要求建库、取数、审核和打印。这一平台功能上都采用了电子制表原理,操作界面同 Excel 的表格处理软件相似。此模块包括设计表格式、定义报表数据的计算公式、设置报表数据勾稽关系三个子模块。

(1)设计报表格式。该模块主要功能在于为用户提供一个平台,使其可以方便地设置报表的总体格式(表样格式)和单元格式。报表的总体格式体现了报表的整体结构与外观,主要包括报表尺寸、表头、表体网线、行高、列宽、字体字型和字号、颜色、单元格组合,页脚页眉,以及所有的辅助性说明文字。单元格的格式主要指单元格内数据显示或输出的格式,主要有字体字型和字号、数据颜色、对齐类型、数字格式、边框样式以及其他对单元的修饰。

(2)定义报表数据的计算公式。该模块的主要功能是为用户提供一个平台,让其能够方便地利用系统提供的各种提取数据的函数,确定报表中某一单元格中数据产生的计算公式。单元格内数据的计算公式一般由函数、变量、常数和运算符号构成。函数是系统预先设计的从报表数据源提取数据的工具;变量通常在提取来自报表的数据时使用,多利用单元格地址实现。报表数据具体的定义方法有两种:在报表数据所在单元格内直接定义该数据的计算公式、将报表中所有数据的计算公式集中在表外的一个专用的计算公式文件中。

在报表数据所在单元格内直接定义该数据的计算公式时,具体又有两种操作方式:其一是,将光标定位于数据所在单元格后直接输入计算公式中的函数、变量、常数、运算符等。其二是系统提供函数使用向导,在计算公式的输入过程中可以利用向导,选择必要的函数,确定函数中需要设定的参数。第一种方式输入计算公式的速度快,但需要用户能够准确地理解和运用系统设计的各种函数;后一种方式输入速度慢,但有助于用户准确地运用函数。

将一份报表中所有数据的计算公式集中在表外的一个专用的计算公式文件中,具体的实现方法是系统为用户提供一个环境,让用户可以在报表之外能够方便地建立文件(许多软件称之为批命令文件),将某一报表的计算公式全部输入,并保存。用户在生成报表时,打开报表格式文件后,执行对应的批命令文件即可生成相应的会计报表。

(3)设置报表的勾稽关系。目前多数会计报表子系统都沿用了报表勾稽关系的原理,为用户提供环境,让用户在报表设计时设置会计报表的勾稽关系审查公式。在报表生成后,可以利用这些设定的勾稽关系审查公式来验证生成会计报表数据的正确性。

2.报表编制

会计报表设计可以说是一次性的,而会计报表的编制是周而复始、不断重复的。每到需要编制报表时,调用报表生成模块就可以按要求自动取数、计算,得到报表中的金额数据,完成报表数据的填制工作,以备审核、查询和打印。会计报表的编制可分为:报表生成和报表审核两个下级模块。

(1)报表生成。在报表设计时建立的报表文件仅包含反映报表格式的数据和报表指标计算公式的数据,这些报表设计数据存储在特定的数据文件中,要在以后每次编制同种报表时反复使用。所以,当用户每次调用报表编制模块时,首先,利用打开报表文件的功能从"报表注册"和"报表格式"数据库提取出该编报表文件的格式;其次,通过"新建"报表的方式依据已打开的报表格式产生一份新的报表,在新的报表文件中逐项计算报表中各项金额数据,最后,将新报表文件信息及其金额数据存入相应的报表金额数据文件("报表数据"数据库)。

(2)报表审核。报表审核功能,首先是按预定(已在勾稽关系库中登记)要求检查自动生成的各项报表指标数据是否满足勾稽关系,一旦发现报表指标数据中存在有与勾稽关系定义不符的情况,给出提示信息,建议用户查明原因。其次是由会计人员对会计报表进行审核、修改和确认。

经过报表生成、审核,一张报表的编制才最终完成。在此要再次强调,已设计过的会计报表无需重复定义,在各期编制该种报表时,只需要进行编制和审核,即可完成编制工作。

3.报表输出

通过报表格式设计、计算公式定义和报表编制,生成了各种会计报表数据库文件,数据库文件不能直观地反映出各种会计报表的内容,不便于会计报表使用者的阅读,而且直接输出会计报表数据库文件也不利于会计档案的保存。因此,必须对生成的会计报表进行加工,输出合乎规范、便于阅读的书面会计报表。报表输出包括屏幕输出、打印机输出、磁盘输出和网络传输等下级模块。

(1)屏幕输出。这是最常用的会计报表输出形式,它主要供用户查询报表和审核报表。在报表数据查询过程中,一般是屏幕较大而显示器相对较小,这就要求屏幕输出具有滑动功能,使用户可以上下左右方便地移动观察报表的全貌。

(2)打印输出。这是最基本的会计报表输出形式。在打印输出时,应能够让用户根据打印的需要设置纸张大小、纸张来源、页边距、页眉、页脚等,以便打印出的会计报表符合预定要求。

(3)磁盘输出。这是按数据接口标准将会计报表数据以文件形式输出到磁盘上。报表使用者特别是上级主管部门、母公司可以直接利用磁盘中的报表文件进行报表汇总、合并的业务处理。

(4)网络传送。网络传送是指通过网络将各种报表文件从一个工作站传送到另外工作站或网络客户端,保证凡是计算机接入网络的报表使用者,都可以在各自的计算机上接收报表文件。

就报表输出的内容而言,主要有报表结构输出和常规报表输出形式。输出报表结构是指不输出报表数据,只输出报表结构参数,如表样(标题、表头、表体、表尾)、尺寸、表单元格类型、各类公式。常规报表输出的内容包括报表结构和报表内容的完整的会计报表。

4.报表分析

会计报表分析是会计分析的重要组成部分,是对会计资料的深加工。通过会计报表分析,能够更加深刻地揭示单位的财务状况,进一步提高企业的经营管理水平。在数据处理方面,财务分析一般与报表、账套以及其他数据源进行挂接,为用户提供对资产负债表、利润表以及各种自定义报表的分析。

会计报表分析的方法主要有三种:比较分析法、比率分析法和趋势分析法。为了把会计报表的分析结果更加形象地表示出来,可在报表分析系统中增加图形功能,用图形分析报表中的各项指标。通常在报表分析中使用以下三种图形:

直方图:主要用于比较分析法,用来表示两者比较的结果。

饼图:主要用于比率分析法,表示一个总的会计指标中,各个子指标所占的比重。

线图:主要用于趋势分析法,表示某一指标在不同时期或时刻的情况。

5.报表维护

报表维护是报表系统的基本功能。该模块主要按:报表的备份、恢复、修改、删除和结构复制等设置下级模块。这里主要讨论报表删除和结构复制。

(1)报表删除。实际工作中,每次编制报表都将生成存放数据的报表文件,系统运行一段时间后报表数据文件会积累很多,这些文件占用了大量的系统资源。为了系统正常、有效地运行,系统应提供报表文件删除功能,让用户定期从系统中删除无用的报表文件。

需要注意的是,报表删除功能不仅可以删除编制得到的数据文件,也可以删除报表结构。报表结构一旦删除,如果再需要使用只能重新设计。因此使用该功能时一定要注意系统提示,以免错误地删除报表结构,即使是不常使用的报表结构,一般也不应删除。

(2)结构复制。会计报表的种类很多,每种报表的设计都比较复杂,需要大量的时间。为了提高用户设计新报表的效率,会计报表系统一般都具有结构复制功能。使用该功能可以在定义新报表时,选择结构类似的报表进行复制,对复制过来的报表结构进行适当修改即可使用,从而减少了用户设计新报表的工作量。

第四节 会计报表子系统数据文件设计

一、报表函数设计

通用会计报表系统一般不直接针对具体报表项目数值设计其形成的方法,而是依据报表数据来源及各种数据产生的一般规律,分门别类地设计出各种取数函数,由用户利用取数函数依据报表中特定项目的填列方法,自己去确定报表中某一指标的计算公式。每期编制会计报表时,只需启动相应的报表生成程序,系统即可自动地从账务、工资、固定资产等数据源中提取数据形成会计报表。但值得注意的是,不同的报表系统提供的账务函数的种类和格式是不同的,并且只限于提取与报表系统配套的相关系统中的数据。

根据上述会计报表的取数关系分析,报表取数函数应分为:从账簿提取数据的函数、从其他子系统中提取数据的函数、从其他报表提取数据的函数,我们可从这三个方面着眼报表函数设计。在此我们仅以用友软件账簿函数为例来说明。

账簿函数是指编制会计报表时从特定科目或账簿提取数据过程中使用的各种函数。不同的会计报表系统,账务函数使用的步骤基本相同,一般都是通过对特定函数设置适当的参数来准确地提取数据。从账簿提取数函数的一般格式如下:

函数名("科目编码","会计期间","方向","账套号","会计年度","编码1","编码2")。函数中的各个参数需用双引号括起来,其中:

科目编码:指明从哪一会计科目取得数据,也可使用会计科目名称;

会计期间:指明提取数据的时间范围,可以是"全年"、"季"、"月"等变量,也可是表示具体"年、季、月"的常量。

方向:指明从账户的借方或贷方提取数据,可省略。

账套号:指明提取数据的账套编号,缺省时默认为从第一套账中提取数据。

会计年度:指明提取的是哪一年度的数据,可省略。

编码1、编码2:指明某一科目的辅助核算账类编码。

用友软件中从账簿提取数据的函数主要有:

提取账簿期初数据的函数,包括提取账簿期初金额、期初数量、期初外币金额的函数。

提取账簿本月发生数据的函数,包括提取账簿发生金额、发生数量、外币发生金额的函数。

提取账簿累计发生数据的函数,包括提取账簿累计发生金额、累计发生数量、累计外币发生金额的函数。

提取账簿中发生的符合某种特定条件数据的函数,包括提取账簿发生的符合某种特定条件的金额、数量、外币金额的函数。

提取账簿对方科目发生数据的函数,包括提取账簿对方发生金额的函数、提取账簿对方发生数量的函数、提取账簿对方发生外币金额的函数。

用友账簿主要函数实例如下:

QC("1009",全年,"001",2005),返回"001"套账中"1009"科目在2005年初余额。

QM("212101",全年,"001",2005,"财务部"),返回"001"套账中"212101"科目在2005年财务部的年末余额。

FS("1009",月,"借"),若当前表页关键字值为:年=2005,月=12,缺省账套号为"001",则返回"001"套账"1009"科目在2005年12月的借方发生额。

LFS("1009",2,"借","001",2005),返回"001"套账"1009"科目在2005年从年初到2月份的借方累计发生额。

二、主要数据文件设计

基于通用化分析与设计思想,通用报表软件并不是按会计报表的种类建立不同的关系型数据模型,而是总结不同报表的共性规律,建立一个通用化关系模型,同时满足不同格式会计报表编制要求。报表数据文件需要存储:各种报表文件的信息、各种报表格式的信息、报表指标数据计算公式的信息、报表勾稽关系审查公式信息等等。在此我们仅就其中主要的数据文件给以介绍。

(一)报表基本数据文件

这一文件即是上文所说的"报表注册"数据文件，它主要用于存放各种报表的报表编号、名称及有关特征，按操作人员需要新增加的各种报表都存储于这一文件中，一个企业一共有多少种报表可以通过这个文件体现出来。在这一数据文件中，一种报表存储一条记录，其数据文件的结构如表4.2所示。

表4.2 报表基本数据文件

序号	字段名	类型	长度	小数位	注 释
1	BBBH	C	2		报表编号
2	BBMC	C	32		报表名称
3	BBKD	N	6	2	报表宽度
4	BBGD	N	6	2	报表高度
5	BBHS	N	3	0	报表行数
6	BBLS	N	2	0	报表列数
7	BBSX	L	1		报表属性

(二)报表格式数据文件

报表格式数据文件主要用于存储每一张报表的格式信息，该文件以报表中的单元格作为信息存储对象，每个单元格的相应信息在该文件中占一条记录，每个单元格的信息由两部分组成：即单元格具体内容数据以及这些内容的显示风格数据。整个企业的报表格式信息均存储于一个数据文件中。文件结构如表4.3所示。

表 4.3　报表格式数据文件

序号	字段名	类型	长度	小数位	注　释
1	BBBH	C	2		报表编号
2	DYDZ	C	4		单元格地址
3	DYNR	C	100		单元格内容
4	DYSX	C	4		单元格属性
5	DYZT	C	2		单元格字体
6	DYZX	C	2		单元格字型
7	DYZH	C	4		单元格字号
8	DYDQFS	C	4		单元格对齐方式
9	DYKD	N	6	2	单元格宽度
10	DYGD	N	6	2	单元格高度
11	DYBK	C	6		单元格边框格式

(三)报表数据文件

该文件主要用于存储每一张报表的数据,按报表标题或报表名称设置,同种报表的数据存储在一个数据文件中,同种而不同会计期间的报表数据以关键字区分。报表数据文件的一般结构,如表 4.4 所示。

表 4.4　报表数据文件

序号	字段名	类型	长度	小数位	注　释
1	BBBH	C	2		报表编号
2	DWMI	C	40		单位名称(关键字1)
3	BZRQ	D	8		编制日期(关键字2)
4	DYDZ	C	4		单元格地址
5	DYSJ	N	15	2	单元格数据

本章小结

本章首先介绍了会计报表子系统的特点和设计目标,以及信息时代对会计报表的客观要求;进而分析了会计报表子系统业务处理流程、报表格式设计、报表指标数据计算公式定义的基本原理;并在此基础上目标是带有战略性的目标,为会计信息系统工作发展指出方向。制定长期目标依据的数据来自于会计信息系统工作的外部环境,如国民经济社会技术发展规划、计算机应用技术的发展规划、国民经济及企业管理对会计信息系统工作的要求,资金及技术力量保证等。因此,制定规划目标时,要组织专门的小组,提出初步的长远规划目标,广泛征求各方面的意见,最后确定长期规划目标。

中短期目标主要是针对当前的会计信息系统工作需要,并结合长期目标和任务制定的。它的制定,对于本单位的会计信息系统的实现具有现实意义。制定中短期规划的信息主要来自于本部门的会计信息系统的现状,如会计信息系统的应用现状、人员的结构、当前使用的计算机系统的配置、企业资金的保证程度、计算机技术的发展趋势、商品软件的技术支持程度、企业采用的管理模式等。特别要把握计算机技术的发展趋势,这样制定出企业会计信息系统的规划能同技术的发展同步,保证系统实施后,从技术上依然保持先进性和适应性。

(二)会计信息系统过程组织

会计信息系统过程组织是指从确定进行会计信息系统的开发到系统实施整个过程的组织工作。它包括开发方式的选择、计算机硬件和软件的选择、开发进度安排、人员培训等工作。为保证会计信息系统成功,需要对会计电算的进程进行严密的组织。在系统建设的初期,建立一个领导小组,由各专业人员和有关领导组成,组织和协调各有关部门的工作,保证会计信息系统建设的每一步骤都具有连续性、完整性。

1.开发方式的选择

会计软件开发方式主要有自行开发、与有关的科研机构或大学及计算机软件开发商合作开发、委托开发、购买与开发相结合四种形式。对于大型企业,由于计算机科研应用力量强大,可采用第一种方式进行开发。对于小型企业,由于技术力量的限制,不可能也没有必要进行自主开发,主要采用购买成熟的商品软件实现会计信息系统。值得推荐的开发方式是企业同科研机构或从事专业会计软件的开发商合作,进行会计软件的开发。优点在于企业可以结合自身的特点,开发商利用自己专业化的优势进行系统开发,降低开发的风险,保证开发产品的质量。

2.项目计划制定。在确定了开发方式后,下一步的工作就是根据系统地分析,提出项目的开发计划,并按计划的要求进行软、硬件地选型和购置。软、硬件选型的原则是先进、经济。由于计算机技术的快速发展,产品更新换代快,因此在选型上应考虑技术的先进性和性能价格比,用有限的资金购买最合适的计算机产品。软件包括系统软件和应用软件,对于系统软件来说,根据项目的规模、数据访问要求、数据存储量的大小、响应的时间选择数据库管理系统和操作系统软件、开发平台。企业规模小,从经济的角度来考虑,选择小型数据库管理系统和应用软件。对于大、中型企业,由于业务量大,对数据的存储、访问有严格的要求,应选择大型的数据库系统,保证数据存储、访问的安全性。最好选择操作系统、数据库管理系统、开发工具都相容的产品,以保证系统协调优化。

3.开发进度控制。会计信息系统开发进度控制包括网络布线、硬件安装调试、软件系统分析、设计、编码和调试、人员培训、应用系统试运行到甩账运行。合理组织人、财、物,保证系统的实施。

4.人员培训计划。会计信息系统过程组织中,一个十分重要的工作是相关人员的培训。会计信息系统是人机系统,在这一系统中,除了有高质量的系统软件和应用软件,为了使会计信息系统能真正发挥作用,还需要一支对计算机会计系统熟悉的管理人员、维护人员、操作人员组成的队伍。因此,在进行会计信息系统的开发过程中,就应同时进行会计信息系统使用人员的技术培训,保证系统在实施时能顺利进行。

(三)会计信息系统的组织机构

合理设置会计信息系统的组织机构是单位开展会计信息系统工作的重要保证。单位会计信息系统的组织机构有以下三种设置形式:

1.集中管理形式

(1)实质:集中管理形式就是在单位内部增设了一个与财会等职能部门平级的计算机中心,会计工作是由财会部门和计算机中心两个部门共同来完成,如图7.1所示:这种组织机构在会计信息系统发展的初期采用较多,现在已很少使用。

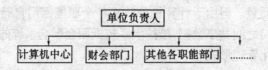

图7.1　集中管理形式

(2)职能:在集中管理形式下,计算机中心除了进行会计数据处理主要工作外,还要负责会计信息系统的管理与维护工作;财会部门没有安装计算机设备,只是负责收集并定期按规定要求向计算机中心提供核算和管理所需的各种原始会计数据。

(3)优缺点:这种会计机构形式将会计信息系统的管理、开发、使用和维护等工作都集中到计算机中心来统一领导、规划和组织,提高了数据的共享程度。但不利于调动会计人员学习和掌握信息化会计知识的积极性,也不便于会计业务地及时处理,加之计算机中心技术人员不熟悉会计业务,有时还会影响信息化会计工作的质量。

2.分散管理形式

(1)实质:分散管理形式就是在财会等职能部门内部增设会计信息应用小组,单独配置计算机硬件设备和机房设施及其有关专业人员。会计信息应用组与会计其他专业小组一起接受财会部门的领导,共同来完成会计核算与管理工作,如图2所示:这种组织机构是我国目前应用最普通的一种形式。

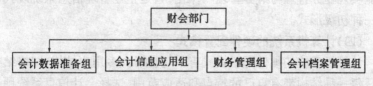

图7.2　分散管理形式

(2)职能:在分散管理形式下,会计信息应用组主要负责会计数据的处理、机房设施与硬件设备的管理以及软件的维护工作,是日常会计工作的核心和主体;其他专业小组主要负责有关会计数据的收集、整理和管理工作,会计工作全部由财会部门来完成。

(3)优缺点:这种会计机构形式能够方便地组织和协调会计工作,也有利于会计人员学习和掌握会计信息系统知识和技能,从而保证了会计工作的质量。但由于计算机分散在各个职能部门自行管理,不利于各职能部门之间共享数据,维护水平较低而会影响系统的正常运行。

3.一体化管理形式

(1)实质:一体化管理形式就是上述两种组织形式的有利结合,即设置一个与厂部各业务职能部门平级的信息管理中心,各个业务职能部门内部同时也设置计算机应用小组,如图 7.3 所示:这种组织机构是一种比较理想的组织形式,目前,我国应用相对较少。

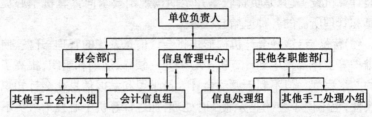

图 7.3　一体化管理形式

(2)职能:在一体化管理形式下,财会部门不仅要完成会计工作,而且还能通过信息管理中心与其他职能部门共享数据。会计信息系统小组在业务上不仅归属于财会部门领导,而且还要接受信息管理中心地指导。

(3)优缺点:这种会计机构形式必须依托于单位建立的网络系统,才能实现业务管理与财务管理一体化,它是企业管理信息系统现代化的一种初级形式。

(四)计算机系统的硬件配置模式

计算机系统的硬件配置模式有:单机结构、多用户结构、网络结构等。每一种结构都有自己的特点和适应范围,选择会计信息系统硬件配置模式要根据企业的实际情况综合考虑。

(五)计算机系统软件的配置

选用适配的系统软件,应考虑与所选计算机的兼容性、数据处理和维护能力、数据安全保密性、能否支持会计软件、是否满足总体规划要求和性能价格比等因素。因此,不仅要对各种系统软件的基本特点、使用方法和最新发展情况有所了解,而且还要熟悉单位会计信息系统硬件配置的模式和要求。

1.操作系统

操作系统是用户与计算机之间的接口,能够有效地管理计算机所有硬件软件资源,合理组织计算机的整个工作过程,是计算机系统中必不可少的系统软件。操作系统主要有 DOS 操作系统和 Windows 操作系统。Windows 是目前最为流行的操作系统,DOS 现在已基本上作为备用系统被安装使用。

操作系统按在同一时刻所容纳服务对象的数量,可分为单用户、多用户和网络三大类。例如 Windows 95、Windows 98、Windows ME 就是单用户操作系统,Novell NetWare、Windows NT 就是网络操作系统,Windows 2000、Windows XP 包括单用户和网络不同的版本,Unix、Linux 就是多用户操作系统。

2.数据库管理系统

数据库管理系统是对大量复杂数据进行有效管理的软件,按性能将可分为小型的桌面数据库系统和大中型的服务器数据库系统两大类。我国前期的大多数会计软件是用 dBASE、FoxBASE⁺、FoxPro、Access 等小型数据库系统开发的,近年来的会计软件多数用 SQLServer、IBMDB2、Sybase、Oracle 等大中型数据库开发设计。不同会计软件开发选用的数据库很可能不同,所以用户在选择数据库时要与选择的会计软件相匹配,以免因数据库功能而影响会计信息系统的正常实施。

3.程序设计语言

对于自行开发会计软件的单位必须选用和安装程序设计语言。程序设计语言可分为机器语言(或二进制代码语言)、汇编语言(或符号语言)和高级语言三大类,其中机器语言和汇编语言都是面向机器的低级语言,而高级语言则是面向问题的一种语言。高级语言是由一些接近于自然语言和数学语言的语句组成,它不仅易学易用易维护,而且通用性和可移植性很好。目前常用的高级语言主要有:Visual Basic、Delphi、PowerBuilder、VisualC⁺⁺、BorlandC⁺⁺、Java 等。随着各种开发工具的涌现和面向对象的第四代程序设计语言的问世,会计软件的性能将会进一步提高。

4.工具软件

工具软件是帮助用户完成一些计算机使用过程中较为困难、复杂操作任务的一种软件,其种类很多,功能强大,如磁盘管理工具、网络管理工具和杀毒工具软件等,它们都是会计信息系统维护的主要工具。

二、会计信息系统实施的基本条件

1.配备了计算机硬件设备和会计软件

硬件的工件方式有单机系统、多机系统、计算机局域网络系统,各单位可根据实际情况进行选择,并配置相应的系统软件平台,可逐步建立起从单台普通微机到高档客户机/服务器网络结构。会计软件取得方式有:商品化通用会计软件、定点开发会计软件、通用会计软件与定点开发会计软件相结合的方式。各单位可根据实际情况进行选择,可逐步采用从商品化通用会计软件到通用会计软件与定点开发会计软件相结合的方式。

2.进行会计信息系统岗位培训,配备相应的会计信息系统工作人员

在准备替代手工记账之前,要指定会计信息系统初期的会计信息系统岗位人员,并完成各会计信息系统岗位人员的培训。其他暂时不能上岗的会计人员,一边完成并行期间手工账的同时,也应开始参加会计信息系统的培训,分期分批作好上岗准备。

3.建立严格的管理制度

会计信息系统管理是指对已建立的会计信息系统进行全面管理,保证系统安全、正常运行,它是保证单位会计工作和会计信息系统工作有序进行的重要措施。在准备替代手工记账之前,要针对会计信息系统工作的特点,对会计管理制度的内容进行相应地调整。

三、会计信息系统实施的步骤

(一)整理手工会计业务数据

按规范的要求做好会计数据输入前的准备,包括整理各项基础会计业务数据,清理往来账户和银行账户等;必要时还应与单位其他部门协调,在存货管理和销售、采购管理等方面取得有关部门的配合。

1.重新核对各类凭证和账簿,做到账证、账账、账实相符。由于会计记录经过多人重复转抄,或多或少存在一定误差,在将基础数据移至计算机之前,需对会计数据按会计软件的要求进行整理和分类。

2.整理各账户余额。如果是在年初建账,只需整理各账户期初余额;如果是在年中某月建账,需整理以前各月各账户发生额。

3.清理往来账户和银行账户。手工方式下,各单位对往来账户的管理方法有所不同。有些会计部门将往来账户涉及的单位、个人作为往来账户的明细科目;而有些会计部门将其作为辅助账,进行单独核算和管理。同时会计软件所提供的对往来账户管理方式不同,在将往来账移至计算机内之前,必须预先确定往来账的管理方式,并选择相应的会计软件。基于我国目前的状况,往来账存在大量呆账、坏账,所以应在将其移至计算机之前,按会计制度要求及时处理和冲销。同样道理,银行账一般均有未达账项,在采用计算机处理前,应及时核对银行账,对于未及时核销的未达账项,应及时清理,以保障采用计算机进行银行对账时初始金额的正确性。

(二)建立会计账户体系并确定编码

会计账户体系是会计核算的基础,整个会计核算系统都是以会计账户体系为基础建立的。建立会计账户体系从一级会计科目开始,逐级向下设置明细科目。设置会计科目时遵循以下原则:

1.符合财政部和有关管理部门的规定;

2.满足本单位会计核算与管理的要求;

3.满足会计报表的要求,凡是报表所用数据,如需要从账务处理系统中取数的,必须设立相应科目;

4.要保持体系完整,不能只有下级科目而没有上级科目;

5.要保持相对稳定;

6.要考虑与子系统的衔接,凡是与其他各子系统有关的科目,在整理时应将各子系统中的核算大类在账务处理系统中设为最底层科目。

为便于反映会计科目间的上下级关系、便于计算机识别和处理、减少输入工作量、提高输入速度、促进会计核算的规范化和标准化,需对会计科目进行编码。会计科目编码设计合理与否,直接关系到系统运行的可靠性,编码会影响系统信息的收集、汇总、存储、检索、传输等各种操作。目前各种会计软件中编码设计水平相差较大,尤其对多级科目、物码、部门码、人员码都要有系统考虑,要考虑选择与现有的管理水平和管理需要相适应的编码。

编码时,一级会计科目编码按企业会计制度规定;明细科目编码按照具体编码规则设置(一般采用42222结构形式)。

(三)规范各类账证表格式和会计核算方法与过程

手工方式下,会计人员按规定设置总账、明细账、日记账,按会计制度要求,填制记账凭证,登记明细账、日记账、总账。在信息化方式下,这种账务处理过程仍旧保持着,但部分会计资料格式要重新设计或部分修改,以便在信息化方式下处理,达到真实、准确、安全。在信息化前,要全面考虑各类会计资料的规范性格式,分清必须修改与必须保留的内容,使重新确认的会计账、证、表格式更适于信息化工作的特点。例如:记账凭证的类别,可以采用一种记账凭证或收、付、转三种凭证的形式;记账凭证的格式要按会计软件的要求进行统一规定,凭证格式是否适用最终影响系统的使用效果。凭证的主要信息有:日期、凭证类别、凭证号、摘要、会计科目代码、借贷方金额等,常常还要增加一些特殊需要的信息,如数量、单价、外币、汇率、支票号等。

信息化方式下,会计核算过程自动化程度很高,要求会计部门预先确定各项工作的数据传递次序,以充分发挥计算机的优势。不同模块间,如材料核算、账务处理、成本核算等模块,需要预先确定数据传递次序。同一模块要事先确定录入、审核、记账次序,尤其对操作人员执行录入——审核——记账,或录入——审核——修改的时间与责任,应做明确规定。

除上述几项会计规范化工作外,会计部门还要适应计算机特点,重新确定各种会计核算方法,如成本计算方法、折旧计提方法、工资分类汇总口径等,要充分体现计算机的特点。例如:在手工方式下,直线法提取折旧,均采用综合折旧率,这是出于能够节约工作量的考虑。而在电子计算机方式下,能够单项计算固定资产的折旧额,可用个别折旧率进行计算,以便提高计算精确度。

(四)会计软件初始化

会计软件初始化是确定会计软件的核算规则与输入基础数据的过程,即根据使用单位的业务性质,对会计软件进行的具体限定以及输入基础数据等一系列准备工作,用来完成将通用会计软件转化为适合本单位实际情况的专用会计软件,以及从手工处理方式转换成会计信息系统方式。例如:账务处理初始化的主要过程包括:系统总体参数设置(设置核算单位、启用日期、编码规则等),设置凭证类别,设置会计科目,输入期初余额,设置自动转账分录,以及其他初始设置。工资核算初始化的主要过程包括:设置部门编码,设置职工类型,设置工资项目,设置运算关系。成本核算初始化的主要过程包括:设置产品目录代码,输入期初在产品成本、定额资料。报表处理初始化的主要过程包括:报表注册,设置报表格式,设置计算公式和审核公式等。

(五)计算机与手工并行

计算机与手工并行是指会计软件使用的最初阶段人工与计算机同时进行会计处理的过程。在此阶段的主要任务是:检查建立的会计核算系统是否充分满足要求,使用人员对软件地操作是否存在问题,对运行中发现的问题是否还应进行修改,并逐步建立比较完善的信息化管理制度。

在试运行阶段,会计人员要进行双重劳动,但这是十分必要的。在此期间,通过进行手工与计算机处理结果的双向对比与检验,能够考查会计软件数据处理的正确性,能够考查相关人员的操作熟练程度和业务处理能力,并通过实践,进行信息化管理制度地建立。应该说,这是手工会计系统移至会计信息系统的试验阶段,也是手工系统与计算机系统相互适应的阶段。它的顺利进行,是此后一定阶段会计信息系统持续正常运行的前提。

试运行的时间,应放在年初、年末、季初、季末等特殊会计时期,且并行时间三个月以上(一般不超过六个月),这样才能最全面地比较人机数据,预先估计可能出现的问题。一旦出现问题,要及时采取措施,进行防错纠错。

　　在试运行阶段,前期以人工为主计算机为辅,后期则计算机处理为主。会计单位只有假设计算机在处理实际账务,才会充分考虑可能发生的问题,促进操作熟练程度的迅速提高。

　　计算机与手工并行工作期间,可以采用计算机打印输出的记账凭证替代手工填制的记账凭证,原始凭证应附于相关记账凭证的背面,根据有关规定进行审核并装订成册,作为会计档案保存,并据以登记手工账簿。如果计算机与手工核算结果不一致,要由专人查明原因并向本单位领导书面报告。

　　在试运行阶段,人工与计算机数据对比时,要进行如下工作:

　　1.检验各种核算方法:对信息化方式下采用的各种核算方法进行检验,发生偏差时及时调整。

　　2.检查会计科目体系正确性和完整性:通过数据对比,检查初始化阶段建立的会计科目体系的完整性、合理性,看其能否适应核算要求、报表要求、管理要求和会计制度要求。

　　3.考查操作熟练程度:通过数据对比发现差错时,如是人为原因,要确定责任人,及时纠正操作错误。

　　4.纠正会计软件程序错误或业务处理错误:通过数据对比发现错误时,如是软件设计错误或系统缺陷,要及时通知会计软件开发和销售单位,责成其迅速调整或改进功能。尤其当软件存在严重违反会计制度规定的业务处理功能或人机数据不符,原因是会计软件设计错误时,必须暂停会计软件试运行,通知设计人员修改。

　　此外,并行期间还要注意以下问题:

　　1.适当安排好实施进度,试运行期间及时总结、定期检查。实施效果不理想时,向软件公司咨询,修订实施方案,及时发现并解决试运行中存在的问题,尽量缩短手工与计算机并行时间。

　　2.实施复杂的大系统时,应向有关方面的专家顾问咨询,或向有经验的单位学习经验,尽量少走弯路。

　　3.做好申请替代手工账前的准备工作,争取一次性通过审查。

(六)替代手工记账的审批

　　用计算机替代手工记账是会计信息系统的目的之一,这不仅仅是会计核算和分析手段的变革,还涉及到会计核算单位内部和外部的各个方面。为提高会计信息系统后会计工作质量,以及保证符合国家的有关法规,得到上级管理部门的认可,单位在正式使用计算机代替手工记账之前,应进行验收。

验收工作主要包括软件的评审及以计算机替代手工记账的审批。会计核算软件评审主要是对使用的会计软件是否符合现行会计制度,以及对软件安全性和可靠性进行评价。商品化核算软件的评审工作主要由各级财政部门进行,对已评审的核算软件在验收中可不再进行软件的评审工作。除软件评审工作外,验收工作主要是检查与软件相配合的运行环境的建立情况和管理制度的建立情况。

财政部制定的《会计电算化管理办法》中明确规定,由各省、自治区、直辖市、计划单列市财政厅(局)和国务院业务主管部门制定用计算机替代手工中记账的具体管理办法。对此,各省、市财政部门都已做出相应的管理办法,可归纳为两种管理形式:一种形式是由财政部门直接负责对申请替代手工记账的单位进行审查,一般作法是财政部门会同国税、地税、审计、业务主管部门等,实地进行审查验收,验收合格发给替代手工账的许可证;另一形式是财政部门间接管理,由申请替代手工账的单位委托会计师事务所验收,由事务所出具合格报告,财政部门只负责对会计师事务所的审查报告审核后做出正式批复。

对替代手工记账的单位不论采取何种管理形式进行审查,依据的标准是《会计电算化管理办法》和《会计电算化工作规范》。审查计算机替代手工记账的过程是对替代手工账的单位在双轨并行期间会计工作的全面检查和总结,既能帮助企业达到会计信息化工作规范的要求,也起到咨询服务或交流经验的作用。因此,审查计算机替代手工记账不应马马虎虎走过场,而应认认真真地对待。替代手工记账审批主要有以下几个方面的内容:

1. 审查3个月并行期间手工账与计算机账的一致性
2. 审查会计档案保管制度
3. 审查岗位责任制度

以上所说的三个方面是针对使用的已经过财政部门评审的会计软

件而说的。有些申请替代手工记账的单位所使用的会计软件没有经过评审,如自行开发使用的、行业推广使用的、从国外购买的会计软件等。凡没有经过财政部门评审的软件,在使用单位申请替代手工记账时,应先按《会计核算软件基本功能规范》的要求进行模拟数据测试,达到规范的标准后再进行替代手工记账的审查工作。这样做有利于各种会计软件的推广使用,也能保证替代手工记账单位所使用的会计软件的质量。由于测试工作首先要对软件有所了解,出具模拟数据还要适应使用单位行业特点,相对来讲工作量大,必须提前做好各项准备工作。这项工作可以由财政部门来做,也可以委托会计师事务所承担。包括替代手工记账的审查工作都由会计师事务所来承担,是今后发展的方向,财政部门的主要任务是负责制定办法、监督检查。

第二节　会计信息系统的管理

会计信息系统实施完成后,如何才能有效地发挥会计信息系统的最大效能呢? 答案只有一个:就是必须加强会计信息系统的管理。下面从宏观管理和微观管理两个方面加以阐述。

一、会计信息系统的宏观管理

会计信息系统的宏观管理,是指各级财政部门对全国和本地区、本系统、本行业的会计信息系统工作实施的组织推动、制订规划、培训人员、制定制度等管理活动。它是相对于基层单位会计信息系统的组织与计划工作,即微观管理而言的。

会计信息系统宏观管理主要包括:发展规划和管理制度地制定、会计软件地评审、甩掉手工记账地审批、人才培养和理论研究等。

(一)制定会计信息系统发展规划

根据经济管理和新技术革命的要求,制定全国以及各地区、各行业的会计信息系统发展规划并组织实施,以统一领导、组织和协调全国的会计信息系统工作,是会计信息系统宏观管理的主要内容。

(二)制定会计信息系统管理制度

会计信息化是一件新兴事物，能否在一开始就用制度引导其走上规范化、科学化的轨道，关系到会计信息化事业是事半功倍还是事倍功半甚至一事无成的大事。因此，加强会计信息系统制度建设，是会计信息系统宏观管理的主要任务之一。建立健全会计信息系统各项规章制度并认真组织实施，是各级财政部门和业务主管部门的主要任务。

(三)搞好会计核算软件的评审

会计核算软件是一种比较特殊的技术产品，它的使用关系到财务会计制度是否正确贯彻执行和会计信息是否合法、安全、准确、可靠。因此，财政、财务部门应在会计核算软件投入使用或进行销售之前，对其进行评审，以确定它的合法性和可用性。

目前我国在会计软件开发、评审及销售管理方面，正在执行的主要是《会计电算化管理办法》和《会计核算软件评审规则》（以下简称《管理办法》和《评审规则》）两项制度。《管理办法》规定，在我国销售的会计核算软件必须通过评审并取得评审合格证，通过评审的软件在我国销售不受地区限制，开发单位必须为用户培训操作人员、提供软件维护和版本更新等售后服务，软件及其输出的会计资料要符合我国相关法律的规定等。《评审规则》规定的评审依据主要是《会计核算软件基本功能规范》，评审分为部和省两级。申请评审软件的功能模块数量为省级3个、部级6个以上，并且都包括账务和报表系统，试用单位的数量省级3个、部级10个，并且省级2个、部级5个以上单位使用了软件的全部功能模块并已达到替代手工记账的条件。通过省级评审1年以上，并经省级财政部门推荐的软件可参加部级评审。文件中还规定会计软件开发单位必须是在我国注册的经济实体，有与开发规模相适应的专职开发及售后服务人员；软件经销单位（包括分支及代理机构）有与销售规模相适应的售后服务人员，并都须依法经营。《评审规则》同时对参加评审应提交的书面资料内容、软件开发和经销单位售后服务的义务和责任、财政部门如何对通过评审后的软件进行管理和监督、以及违反规定收回评审合格证处罚措施等内容，也都做出了具体规定。

(四)搞好会计信息化单位甩掉手工记账的审批

会计信息系统的最终目的和表现形式就是用计算机全部替代手工操作,即实现通常所说的"甩掉手工账"。做不到这一点,就不是真正意义上的会计信息化,当然也就无法体现会计信息化的效益。但甩账问题是一个比较复杂的问题,若处理不好,就可能使会计工作产生混乱或造成数据丢失,给经营管理和国家、集体利益带来损失。财政、财务部门负责基层单位的会计工作,负责审查和批复基层单位的会计决算,由他们来对这些单位甩掉手工账的工作进行审批,并认可用计算机打印的决算报表等,是十分必要的。

(五)抓好会计信息系统人员培训和考核管理

大力抓好各类会计信息系统人才的选拔培训,造就一大批高素质的信息化会计信息系统开发、使用和高层次的财会管理人员,才能加快会计信息系统进程和提高财会工作整体水平。因此,统一组织全国会计人员的培训,正确划分培训层次,如划分为单位领导和一般会计人员;信息化系统操作员;系统管理员、维护员和程序员;系统分析设计人员四个层次较好。还应统一组织编写和选好教材;统一组织考试、命题、评卷;并与会计人员的上岗、晋升职称联系起来,这是推动会计信息系统工作健康发展必不可少的措施。

(六)推动会计信息系统理论研究

会计信息系统事业的发展,离不开会计信息系统理论地指导。各级财政、财务部门在宏观管理工作中应支持理论研究和学术团体活动,吸收理论研究的成果,培养理论研究人才。会计信息系统理论研究,要坚持四项基本原则,坚持百花齐放、百家争鸣,实行切实有力的政策和措施,积极鼓励和扶持开展深层的会计信息系统理论研究,使理论研究领先于实践,正确引导会计信息系统工作逐步深入健康发展。

二、会计信息系统的制度管理

财政部制定的《会计电算化工作规范》指出:"开展会计电算化的单位应根据工作需要,建立健全包括会计电算化岗位责任制、会计电算化操作管理制度、计算机硬件软件和数据管理制度、会计电算化档案管理制度的会计电算化内部管理制度"。实践证明,良好的会计管理工作是会计信息系统工作顺利进行的重要保障,制定和严格执行会计信息系统内部管理制度,是会计信息系统工作成功的基础。

(一)岗位责任制度

岗位责任制的建立将为会计信息系统工作地顺利实施提供保证。各单位应根据工作的需要,建立会计信息系统岗位责任制,明确每个工作岗位的职责范围,切实做到事事有人管,人人有专责,办事有要求,工作有检查。

1.电算主管的责任

(1)负责信息化系统的日常管理工作,监督并保证信息化系统的正常运行,达到合法、安全、可靠、可审计的要求。在系统发生故障时,应及时组织有关人员尽快恢复系统的正常运行。

(2)协调信息化系统各类人员之间的工作关系,制定岗位责任与经济责任的考核制度,负责对信息化系统各类人员的工作质量考证,以及提出任免意见。

(3)负责计算机输出账表、凭证的数据正确性和及时性检查工作。

(4)建立信息化系统各种资源(硬件资源和软件资源)的调用、修改和更新的审批制度,并监督执行。

(5)完善企业现有管理制度,充分发挥信息化的优势,提出单位会计工作的改进意见。

2.软件操作员责任制

(1)负责所分管业务的数据输入、数据处理、数据备份和输出会计数据(包括打印输出凭证、账簿、报表)的工作。

(2)严格按照操作程序操作计算机和会计软件。

(3)数据输入操作完毕,应进行自检核对工作,核对无误后交审核记账员复核记账。对审核员提出的会计数据输入错误,应及时修改。

(4)每天操作结束后,应及时做好数据备份并妥善保管。

(5)注意安全保密,各自的操作口令不得随意泄密,定期更换自己的密码。

(6)离开机房前,应执行相应命令退出会计软件系统。

(7)操作过程中发现问题,应记录故障情况并及时向系统管理员报告。

(8)每次操作完毕后,应按照有关规定填写上机记录。

(9)出纳人员应做到"日清月结",现金出纳每天都必须将现金日记账的余额与库存现金进行核对一致;银行出纳每月都必须将银行存款账户的余额与银行对账单进行核对一致。

(10)由原始凭证直接录入计算机并打印输出记账凭证的情况下,记账凭证上应有录入人员的签名或盖章;收付款记账凭证还应由出纳人员签名和盖章。

3.审核记账员的责任

(1)审核原始凭证的真实性、正确性,对不符合规定的原始单据不作为记账凭证依据。

(2)对不真实、不合法、不完整、不规范的凭证退还给各有关人员更正修改后,再进行审核。

(3)对操作员输入的凭证进行审核并及时记账,并打印出有关的账表。

(4)负责凭证的审核工作,包括各类代码的合法性、摘要的规范性、会计科目和会计数据的正确性,以及附件的完整性。

(5)对不符合要求的凭证和输出的账表不予签章确认。

(6)审核记账人员不得兼任出纳工作。

(7)结账前,检查已审核签字的记账凭证是否全部记账。

4.电算维护员的责任。

(1)定期检查信息化系统的软件、硬件的运行情况。

(2)应及时对信息化系统运行中软件、硬件的故障进行排除。

(3)负责信息化系统升级换版的调试工作。

(4)会计信息系统人员变动或会计科目调整时,负责信息化系统的维护。

(5)会计软件不能满足单位需要时,与本单位软件开发人员或商品化会计软件开发商联系,进行软件功能地改进。

5.会计档案资料保管员的责任

(1)按会计档案管理有关规定行使职权。

(2)负责本系统各类数据软盘、系统软盘及各类账表、凭证、资料的存档保管工作。

(3)做好各类数据、资料、凭证的安全保密工作,不得擅自出借。经批准允许借阅的会计资料,应认真进行借阅登记。

(4)按规定期限,向各类信息化岗位人员催交各种有关的软盘资料和账表凭证等会计资料。

6.电算审查员的责任

(1)负责监督计算机及会计软件系统的运行。

(2)审核信息化系统各类人员的工作岗位的设置是否合理,制定的内部牵制制度是否合理,各类人员是否越权使用软件,防止利用计算机进行舞弊。

(3)发现系统问题或隐患,应及时向会计主管反映,提出处理意见。

7.数据分析员的责任

(1)负责对计算机内的会计数据进行分析。

(2)制定适合单位实际情况的会计数据分析方法、分析模型和分析时间,为企业经营管理及时提供信息。

(3)每日、旬、月、年,都要对企业的各种报表、账簿进行分析,为单位领导提供必要的信息。

(4)企业的重大项目实施前,应通过历史会计数据地分析,为决策提供详实、准确、依据充分的事前预测分析报告;企业重大项目实施过程中,应通过对有关会计数据地分析,提供项目实施情况(如进度、成本、费用等)分析报告;企业的重大项目实施后,应通过对会计数据地分析,提供项目总结的分析报告。

(5)根据单位领导随时提出的分析要求,及时利用会计数据进行分析,以满足单位经营管理的需要。

8.软件开发员的责任

(1)负责本单位会计软件的开发和软件维护工作。

(2)按规定的程序实施软件的完善性、适应性和正确性的维护。

(3)软件开发人员不得操作会计软件进行会计业务的处理。

(4)按电算主管的要求,及时完成本单位会计软件的修改和更新,并建立相关的文档资料。

(二)操作使用管理制度

会计信息系统操作使用管理,包括操作权限和操作规程的管理以及会计业务处理程序三部分。

1.操作权限管理

系统管理人员、数据录入员、数据审核员、系统操作员,可上机分别运行本人权限控制范围内的功能,其他人员不得上机操作。所有人员都要经过专业培训并取得相应培训合格证书,经授权为现任在岗人员方可上机操作。系统开发人员、软硬件维护员、档案保管员、不在现岗人员、与系统无关人员不得上机操作使用系统。

为保证系统安全可靠运行,防止发生计算机舞弊等不良现象,应由会计部门负责人授权并经系统管理员具体操作,为所有上机人员分别设置权限和相应的口令密码。系统管理员口令密码只能由本人设置和修改,其他操作员口令密码由系统管理员设置并通知本人,可自己随便修改。所在上机人员的口令密码,不得泄漏、遗忘或告诉别人。

(1)操作员的增删及其操作权限管理,只能由系统管理员进行。机内自动记录的操作登记表,只能由系统管理员和审计人员查询和打印输出。系统管理员还负责系统的日常运行管理监督,进行系统重要数据维护,负责系统安全保密工作,负责提出软硬件维护申请并进行维护后的验收等工作。

(2)系统操作员和数据录入员最好分别设置,这样可相互制约和进行数据正确性控制。操作员和数据录入员负责数据的录入、核对、修改、查询、备份和恢复以及打印账表等工作。操作员必须严格执行凭证输入和修改数据有关规定,如发现凭证错误,不得自行修改凭证,应退回给有关会计人员修改后再重录入。若错误凭证已登记入账,则只能由会计采用编制冲销凭证的方法来更正错账。

(3)数据审核员负责系统所有录入数据的正确性、一致性检查,负责系统所有打印输出账表的审核、装订和分发工作。数据审核员不能由操作员兼任,操作员输入的所有凭证和数据,必须由审核员复核签字后才能生效,并登记入账。

(4)硬件维护员负责硬件的安装调试、日常检查保养、故障排除工作。他应该随时检查和保养所有计算机和其他硬件设备,发现硬件故障应及时报告系统管理员,经批准后启动备用设备使系统继续正常运行,然后才能对替换下来的设备实施维护。

(5)软件维护员负责会计程序的维护,发现故障或需进行功能扩充性维护时,应报请系统管理员和会计负责人批准,将原有系统程序和数据做好备份后,才能实施维护。维护时应在另行的机器上进行,不应影响系统正常进行。维护后的系统要经调试、试运行或验收,才能运行使用。

2.操作规程

操作规程主要是指系统运行操作中的注意事项,它们是保证系统正确、安全运行,尽量减少差错,防止出现计算机舞弊等现象的有力措施。其主要内容是:

(1)所有操作人员应进行操作登记,详细记录每次上机操作的开始与结束时间、操作员姓名和操作内容,以分清责任,监督控制登记的使用。如系统内没有自动管理的操作日志,应设操作登记簿,认真地进行手工记录。

(2)操作人员必须严格按授予的权限操作,不得越权或擅自操作,不得更改软件、增删机内系统参数,不得直接打开数据文件进行操作。

(3)严格保守各自的口令密码,系统工作人员之间不能相互熟悉而泄漏口令或代替工作,工作结束或离开前,应及时退出系统,以防别人趁机使用。在实际工作中,有些单位的制度不能严格执行,致使口令形同虚设,根本起不到应有的控制作用。要特别注意信息化条件下的内部控制重点就是控制系统内部人员非法越权和串通作弊,在已发现的计算机犯罪案例中的相当一部分,就是系统内部人员所为。对于不懂计算机技术的人和外单位人员,则很难接近和使用系统作弊。

(4)每次上机完毕,应及时做好数据备份工作。备份前要准备好足够的已格式化软盘、光盘和磁带,备份后注明时间、贴好标签和设置好防写缺口另处存放,以防发生意外事故。

(5)为避免计算机病毒地侵害,应禁止使用未经检测和杀毒的软盘,外来软盘一律先在另外的机器上检查和清除病毒后才能使用。要专机专用,不得进行与系统无关的其他操作,如玩游戏、相互拷贝软盘等。

(6)非系统管理人员不得在会计系统计算机上使用 PCTOOLS、DOSSHELL 等软件工具,不得使用 FORMAT、FDISK、DELTREE、ERASE 等 DOS 命令进行硬盘格式化、重新划分硬盘分区、删除目录和文件等操作。

(7)为防止计算机病毒,应该避免使用来历不明的软盘和非法拷贝的软件,以及在计算机上玩游戏,以防止计算机病毒的感染和传入。另外,采用安装防病毒卡等外部措施,以避免计算机病毒进入的危险。

3.会计处理程序管理

(1)要按照《会计基础工作规范》的要求处理会计业务。

(2)预防已输入计算机的原始凭证等会计数据未经审核而登记机内账簿,保证会计数据正确合法。

(3)替代手工记账后,各单位应做到当天发生的业务,当天登记入账,现金和银行存款日记账必须日清月结。

(4)要保证会计记账凭证的连续编号。

(5)要按规定程序编制转账凭证。

(6)期末要按规定时间及时结账。

(7)期末应及时生成和打印输出会计报表,打印输出会计报表应防止本期还有未记账的凭证。

(8)在保证凭证、账簿清晰的条件下,计算机打印输出的凭证、账簿中表格可适当减少。

(9)在当期所有记账凭证数据和明细分类账数据都存储在计算机内的情况下,总分类账可以从这些数据中产生,因此可以用"总分类账户本期发生额及余额对照表"替代当期总分类账。

(10)要按有关规定装订会计原始凭证、记账凭证、账簿、报表等。

(11)要灵活运用计算机对数据进行综合分析,定期或不定期地向单位领导报告主要财务指标和分析结果。

(三)计算机硬件、软件和数据的维护管理制度

会计信息系统的维护是指保证会计信息系统正常运行的各种工作,它贯穿于会计信息系统的整个使用过程,搞好会计信息系统的维护具有重要意义。从信息系统的角度来考虑,系统维护包括硬件维护、软件维护和数据维护三个方面,因此会计信息系统必须建设计算机硬件、软件和数据的维护管理制度。维护工作一般由电算维护员负责,但其权力应该有所限制并接受监督,在进行系统维护工作时,应该受操作员或电算主管的监督。

1.计算机硬件设备的维护

机房设备安全和计算机正常运行是运行会计信息系统的前提条件,计算机硬件的维护主要包括以下几点:

(1)要经常对有关设备进行保养,保持机房和设备的整洁,防止意外事故的发生。

(2)要定期对计算机场地的安全措施进行检查,如对消防和报警设备、地线和接地、防静电、防雷击、防鼠害、防电磁波等设备和措施进行检查,保证其有效性。

(3)在系统运行过程中,出现硬件故障时,及时进行故障分析,并做好检查记录。

(4)在设备更新、扩充、修复后,由系统管理员与维护员共同研究决定,并由系统人员实施安装和调试。

(5)硬件维护工作中,小故障的维护可以通过计算机命令或各种软件工具来解决,一般都由本单位的维护人员来做。较大的故障,本单位的技术人员没有能力解决的,一般需要与硬件生产或销售厂家联系,协助解决。

(6)机房应该设置必要的防火设备,经常检查其完好性。

2.会计软件和系统软件的维护

系统软件都是由系统软件开发商提供的,一般购买计算机时就已经配备,也可以通过购买得到。系统软件不需要修改,维护比较简单。系统软件维护的主要任务是检查系统文件的完整性、系统文件是否被非法删除和修改等,以及保证系统软件的正常运行。

会计软件的维护是会计信息系统维护的主要工作,包括操作维护与程序维护两方面。会计软件维护主要有以下内容:

(1)操作维护是日常维护工作,如通过操作软件进行索引,删除系统垃圾文件等。

(2)在日常使用软件过程中发现的问题,如不及时解决,将影响到企业正常的会计工作。在这种情况下,系统维护员应尽早排除障碍。如不能排除,应马上求助软件开发商的专职维护人员或本单位的软件开发人员。

(3)对于使用商品化会计软件的单位,软件的修改、版本升级等程序是由软件开发商负责的,单位的软件维护人员的主要任务是与软件开发销售单位进行联系,及时得到新版会计软件。

(4)对于自行开发软件的单位,程序维护则包括了正确维护、完善维护和适应性维护等内容。正确性维护是指诊断和改正错误的过程;适应性维护是指当单位的会计工作发生变化时,为适应变化了的工作而进行的修改活动;完善性维护是为了修改已有功能的需求而进行的软件修改活动。单位一般应配备专职系统维护员进行程序维护。

(5)对正在使用的会计核算软件进行修改、对通用会计软件进行升级和计算机硬件设备进行更换等工作,要有一定的审批手续。

(6)在软件修改、升级和硬件更换过程中,要保证实际会计数据的连续和安全,并由有关人员进行监督。

(7)系统维护员负责会计软件的维护工作,及时排除故障,确保系统的正常运行。

3.会计数据的安全维护

会计数据的安全维护是为了确保会计数据和会计软件的安全保密,防止对数据和软件的非法修改和删除,包括:

(1)必须经常进行备份工作(即每天数据发生变化后,就要进行数据备份;每月结账后,要进行数据备份,每月的数据备份不得覆盖;年度结账后,要进行数据备份,并作为档案保管。)以避免意外和人为错误造成数据丢失,每日必须对计算机内的会计资料在计算机硬盘中进行备份。

(2)需要做备份的内容,是能够完全恢复会计系统正常运行的最少的数据,一般包括系统设置文件、科目代码文件、期初余额文件、凭证、各种账簿、报表及其他核算子系统的数据文件。

(3)对磁性介质存在的数据要保存双备份,备份盘应定期复制,以保证数据没有丢失。

(4)系统维护一般由系统维护员或指定的专人负责,数据录入员、系统操作员等其他人员不得进行维护操作,系统管理员可进行操作维护但不能执行程序维护。

(5)在软件修改、升级和硬件更换过程中,要制定保证实际会计数据的连续和安全的工作程序。

(6)健全必要的防治计算机病毒的措施,预防、检测、清除计算机病毒。计算机病毒的存在是会计信息系统正常运行的隐患,它能够破坏会计软件和会计数据,因此应该避免使用来历不明的软盘和各种非法拷贝的软件,以及在财务专用计算机上玩游戏,以防止计算机病毒的感染和传入。另外,采用安装防病毒卡等外部措施,以避免病毒进入的危险,使用了防病毒卡应该及时地更换新版本。

(7)制定会计信息系统发生意外事故时会计数据的维护制度,以解决因发生意外事故而使数据混乱或丢失的问题。

实现会计信息系统的单位,必须健全计算机硬件和软件出现故障时进行排除的管理措施,保证会计数据的完整性。

(四)档案管理制度

会计信息系统档案管理是重要的会计基础工作,各单位必须加强对会计档案管理工作的领导,建立和健全会计档案的立卷、归档、保管、调阅和销毁管理制度,切实地把会计档案管好。单位实现会计信息系统后,会计档案具有磁性化和不可见的特点,而《会计档案管理办法》的有关规定没有包括这方面的内容,因此必须根据这些特点和《会计档案管理办法》的要点,修订本单位的会计档案管理制度。

1.会计信息系统档案的内容

会计信息系统档案,包括存储在计算机中的会计数据(以磁性介质或光盘存储的会计数据)和计算机打印出来的书面等形式的会计数据。

会计数据是指记账凭证、会计账簿、会计报表(包括报表格式和计算公式)等数据,以及会计软件系统开发运行中编制的各种文档及其他会计资料。

存储在计算机中的会计数据(以磁性介质和光盘存储的会计数据),是在会计信息系统情况下新的会计档案形式。采用磁带、磁盘、光盘、微缩胶片等介质存储会计账簿、报表,具有磁性化和不可见的特点。作为会计档案保存,其保存期限同《会计档案管理办法》中规定的相应会计数据(书面形式的会计账簿、报表)一致。

采用计算机打印输出书面会计凭证、账簿、报表,应当符合国家统一会计制度的要求,采用中文或中外文对照,字迹清晰,作为会计档案保存,保存期限按《会计档案管理办法》的规定执行。

通用会计软件、定点开发会计软件、通用与定点开发相结合会计软件的全套文档资料以及会计软件程序,视同会计档案保管,保管期截止该软件停止或有重大更改之后5年。

2.会计账簿、报表的生成与管理

(1)现金日记账和银行存款日记账要每天登记并打印输出,做到日清月结。现金日记账和银行存款日记账的打印,由于受到打印机条件的限制,可采用计算机打印输出的活页账页装订成册,每天业务较少、不能满页打印的,也可按旬打印输出。

(2)一般账簿可以根据实际情况和工作需要按月或按季、按年打印;发生业务少的账簿,可满页打印。

(3)在所有记账凭证数据和明细分类账数据都存储在计算机内的情况下,总分类账可用"总分类账本期发生额及余额对照表"替代。

(4)在保证凭证、账簿清晰的条件下,计算机打印输出的凭证、账簿中表格线可适当减少。

(5)由原始凭证直接录入计算机并打印输出记账凭证的情况下,记账凭证上应有录入人员的签名和盖章、稽核人员签名或盖章、会计主管人员的签名或盖章。收付款记账凭证还应由出纳人员签名和盖章。打印生成的记账凭证视同手工填制的记账凭证,按《会计人员工作规则》、《会计档案管理办法》的有关规定立卷归档保管。

(6)在手工事先作好记账凭证,然后录入记账凭证进行处理的情况下,保存手工记账凭证或机制凭证皆可。

(7)计算机与手工并行工作期间,可采用计算机打印输出的记账凭证代替手工填制的记账凭证,根据有关规定进行审核并装订成册,作为会计档案保存,并据以登记手工账簿。

(8)记账凭证、总分类账、现金日记账和银行存款日记账,还要按照有关税务、审计等管理部门的要求,及时打印输出有关账簿、报表。

(9)采用磁带、磁盘、光盘、微缩胶片等介质存储会计账簿、报表,作为会计档案保存的单位,不再定期打印输出会计账簿,还应征得同级财政部门的同意。

(10)各单位每年形成的会计档案,都应由财务会计部门按照归档的要求,负责整理立卷或装订成册。当年会计档案,在会计年度终了后,可暂由本单位财务会计部门保管一年。期满后,原则上应由财务会计部门编造清册移交本单位档案部门保管。

(11)各单位保存的会计档案应为本单位积极提供利用,向外单位提供利用时,档案原件原则上不得外借。

(12)各单位保存的会计档案必须进行科学管理,做到妥善保管、存放有序、查找方便。

3.安全和保密措施

(1)对存档的会计资料要检查记账凭证上录入人员的签名和盖章、稽核人员签名或盖章、会计主管人的签名或盖章,收付款记账凭证还应由出纳人员签名和盖章。

(2)对会计信息系统档案管理要做好防磁、防火、防潮、防尘、防虫蛀、防霉烂和防鼠咬等工作,重要会计档案应准备双份,存放在两个不同的地点,最好在两个不同建筑物内。

(3)采用磁性介质保存会计档案,要定期进行检查,定期进行复制,防止由于磁性介质损坏而使会计档案丢失。

(4)大中型企业应采用磁带、光盘、微缩胶片等介质存储会计数据,尽量少采用软盘存储会计档案。

(5)存在会计信息磁性介质及其他介质的会计档案,在未打印成书面形式输出之前,应妥善保管并留有副本。一般来说,为了便于利用计算机进行查询及在信息化系统出现故障时进行恢复,这些介质都应视同会计资料或档案进行保存,直到其中会计信息完全过时为止。

(6)严格执行安全和保密制度,会计档案不得随意堆放,严防毁损、散失和泄密。

(7)各种会计资料包括打印出来的会计资料以及存储会计资料的软盘、硬盘、计算机设备、光盘、微缩胶片等,未经单位领导同意,不得外借和拿出单位。

(8)经领导同意借阅的会计档案,应该履行相应的借阅手续,经手人必须签字记录。存放在磁介质上的会计资料借阅归还时,还应该认真检查病毒,防止感染病毒。

4.其他

对违反会计档案管理制度的,应该进行检查纠正,情节严重的,应当报告本单位领导或财政、审计机关严肃处理。

第三节　会计信息系统的管理咨询

许多企业在购买和应用大型会计信息系统时目标很明确,就是规范企业管理、提高生产效率、取得更好的经济效益。但是企业在购买财务软件后却发现软件很难真正运行起来,有的企业即使按要求进行了软件实施,让系统运行起来了,但效果并不像软件开发商当初描述的那样优化流程、产生利润。企业主或者认为大型会计软件系统不好用,不符合本企业管理模式,或者是不愿意让计算机软件改变自己的工作习惯,换句话说,他们购买和应用大型企业管理软件系统,并没有真正领会这些软件系统所提供的规范管理模式与先进的管理思想,还是习惯于自己传统的落后管理模式与决策程序。

一、大型会计软件系统应用失败的教训——缺乏管理咨询

建立大型会计信息系统的关键性工作是购买和应用大型会计软件系统,具体包括软件选型的调研、软件系统实施以及系统运行的后续管

理这三项工作。决定大型会计信息系统建设成败主要有三个因素:

1.企业决策层是否明白自己真正需要什么样的大型会计软件

大型会计软件系统实际上也是企业管理信息系统,重点落在管理上。而许多企业在选购大型会计软件系统时,就是让软件开发商在半天、一天之内将软件演示一遍,然后决定买或者不买。一套大型会计软件系统往往大到有上千个屏幕,在一天或半天之内看一看演示都让人头大,怎么能决定这套软件适合不适合自己企业呢? 还有一点,对于企业本身的需求,企业有没有做过细致地分析? 没有充分地调研,怎能确定什么样的软件适合自己? 当然,企业在实施大型会计软件系统之前,多少都做过一些需求分析,但往往是一些懂计算机的人和懂业务的人各自在自己的专业领域进行分析和猜测,真正知道企业管理存在的问题又懂得现代管理软件的人并不多。概括来说,需求不明晰、调研不充分,是大型会计软件系统应用失败的一个重要原因。

2.企业决策层是否真正明白和接受大型会计软件系统提供的管理思想

一个大型会计软件系统通常都带有自己的管理思想和管理模式,企业在准备购买和应用大型会计软件系统之前,就应该清楚地意识到即将应用的大型会计软件系统将会对自己原有的管理思想与管理模式产生冲击。

在实施大型会计软件系统过程中一项很重要的活动就是要对原有的全部流程进行重组,包括业务流程的定义、评价与调整,以建立新的规范化业务处理流程。一般来说,这项工作既复杂又耗费资金和人力,通常需要专业管理咨询公司的管理专家提供帮助。

一个新的管理软件系统的实施是改变和优化业务处理过程的催化剂。整个软件实施过程要求将业务流程调整和重新设计与软件功能应用紧密结合在一起,同步进行。其中对企业管理将产生的冲击可能包括:对竞争策略的改变、组织机构的调整及各部门职责的重新界定、对每个人工作职责及怎样完成自己工作的改变等。这些变化会更有利于企业商业目标的实现,同时也是对每个员工,包括所有管理人员和业务人员的挑战,企业决策层能否理解和接受这种改变对于软件实施的成功至关重要。

3.企业决策层是否真正明白职工培训的内容及其意义

这就是大型会计软件系统应用过程中人的因素。在生产过程中,复杂的数据处理要靠计算机,生产的流水线靠计算机控制,但企业的生产作业计划、在制品定额和原材料采购等环节的控制决策却需要人来完成,人可以根据数据作判断。大型会计软件系统应用失败的很多原因是没有将人和计算机有机结合起来。大型会计软件系统应用的是其管理思想,而不仅仅是软件安装和初始化。许多企业在应用大型会计软件系统时,只是将以前手工的数据处理变为计算机处理,业务处理人员并没有真正按照软件要求的规范流程去工作。而且大多数业务人员用起计算机后,对待工作的认识还是以前沿袭的那一套,整个工作流程没有按照现代管理思想去改造,大型会计软件系统应用也就失去意义。实施大型会计软件系统的同时也是对人的一次大改造和人员素质的培训与提高,如果在系统应用过程中不将人与计算机结合为一个整体,指望软件系统发挥效率就很难了。许多软件开发商在实施大型管理的同时,对企业员工进行培训,培训内容是教他们如何操作那些名目繁多的屏幕功能及其操作,培训结果只是教会用户操作技能,而不是掌握软件中所包含的先进的管理思想,不能真正体会认真处理的数据会产生什么样的管理价值。业务人员在软件流程中的作用没有充分体现出来。操作者的责任心和对待数据的态度不认真,将会使管理软件的信息流质量大打折扣。不是因为有了计算机,就可以使人的工作量减轻,或者进行裁员,从而获得更高的利润。使用计算机的目的是使人的作用发挥得更大,生产效率得到真正的提高。

大型会计软件系统应用失败大多是在上述三个方面出了问题,主要原因也就是在大型会计软件系统和企业之间缺乏一个环节,这就是对大型会计软件系统应用的咨询工作。企业在实施企业管理软件前进行专家咨询,实施过程交给咨询专家组织,系统交付运行后进行专家不定期审核是至关重要的。在国外,任何一家企业在实施大型会计软件系统之前,他们首先要找的不是软件开发商,而是专业的管理咨询公司,聘请兼具行业知识和企业管理软件知识的专家组来对企业进行充分调研和需求分析,甚至对管理流程重新设计,将企业的核心问题归纳出来,分析企业最需要什么样的管理和什么样的管理软件。对企业员工进行管理意识培训,而不是完全手把手地操作技能培训。在企业实施管理软件过程中,管理咨询专家又会根据自己的丰富经验为企业进行业务流程重组和监督软件系统的实施进度,看其是否偏离管理目标。在系统交付运行后,又会定期进行系统运行效率评估,及时调整管理软件在企业管理中出现的误区。目前国内许多企业尚未认识到管理咨询的重要性,而不愿将钱花在"看不见摸不着"的咨询上,这种价值观本身就不利于大型会计软件系统的成功应用。

二、大型会计软件系统应用的关键环节——软件实施过程

大型软件系统在功能、系统结构、数据关联复杂性以及软件应用难度等方面完全不同于众所周知的财务软件或其他小型应用软件,主要表现在以下几个方面:

1.管理领域扩大

财务管理只是企业管理的重要组成部分,主要对企业资金流进行管理,而大型会计软件系统则是对企业进行全面管理的计算机软件系统,涵盖企业管理全部业务流程,包括企业资金流、物流、信息流的全面一体化管理。

2.功能齐全

大型会计软件系统一般包括四个方面的功能:财务管理、供应链管理、生产管理、人力资源管理。由于企业管理模式千差万别,企业管理软件的商品化需要软件适应各种企业管理模式的要求,这对于企业管理软件功能的适应性提出了很高的要求。

3.数据关联复杂

大型会计软件系统是一个一体化设计、集成运行的软件系统,由于涉及到企业整个业务流程或多个部门,系统内不仅要实现数据共享,还要对数据一致性与安全性进行严格控制,因此整个系统内的数据关联关系复杂。

4.软件应用难度大

由于大型会计软件系统功能丰富、结构复杂,每个人很难在一两年掌握系统全部功能的操作使用。一般情况下,应用大型会计软件系统的企业,每个业务部门或岗位上的人只能掌握自己的业务处理功能,数据在系统内形成一个流程,与企业实际业务处理流程相匹配。业务处理的各个环节要相互配合,才能使整个软件系统正常运行,从而规范企业管理。

一般的财务软件或其他小型应用软件,只要软件开发商或经销商对用户稍做培训,用户便可以操作软件,软件应用效果好坏主要取决于软件本身的质量,软件"实施"这个环节基本上不存在。企业管理软件则大不相同,企业管理软件能否成功应用受诸多环节诸多因素的影响,事先不进行充分地准备和制定缜密的计划,往往会导致应用失败。领导重视并作为"一把手工程"来抓,是企业管理软件成功应用的前提,对应用软件进行规范化"实施"则是其中最重要的环节。这正是人们通常所说的"三分软件,七分实施"的道理。

大型管理软件"实施"这个概念目前在我国尚不能被社会广泛接受,甚至连大多数计算机技术人员也不能理解其内涵。对大型会计软件系统"实施"这个概念的理解应该包括以下几个方面:

1.企业管理软件的实施难度很大,需要有实施方法论的指导,需要一支职业化专门从事软件实施的队伍,需要针对软件编制标准化培训的教材。

2.企业管理软件实施不仅仅是对用户进行软件操作培训,更重要的是应首先对企业进行业务流程重组,理顺和规范企业管理。这是企业管理软件实施的一个重要步骤。

3.企业管理软件实施不仅仅是指导用户如何使用软件,而且要协助用户进行信息标准化和规范化编码。

4.企业管理软件实施不仅仅要求企业适应软件提供的规范管理模式,还要求在实施过程中也能根据用户的特殊业务处理需求对软件进行客户化改造。

5.企业管理软件实施是一个耗费时间、人力与资金的过程,实施周期短则半年,长者两至四年。实施费用少则与软件价格相当,多则达到购买价的数倍。

三、大型会计软件系统实施成功的保障——专业咨询公司

对于大型会计软件系统而言,软件开发和经销一般由软件开发商完成,而软件实施、技术支持与运行维护则需要一支专业化咨询服务队伍,这些咨询专家组成独立的管理咨询公司,为企业应用大型企业管理软件提供专业化咨询服务。这不仅是大型会计软件系统"实施"过程复杂性所要求的,也符合企业管理软件国际发展经验以及现代化发展的分工细化原则。

1.组织软件实施的咨询顾问一般具备多方面的综合能力与素质,主要包括:财务知识与财务管理能力、对各行业企业实际管理模式与业务处理流程的理解能力与经验、对计算机技术的综合运用能力、与客户交往及对客户心理的把握、培训与讲解能力等。这是专门从事计算机软件产品开发公司的技术人员不完全具备的。

2.管理咨询公司培训和拥有一支专业化实施顾问队伍,可以为多家企业的管理软件组织实施,进而可以掌握各家企业管理软件产品的特点,从而可以根据企业特定的业务需求为企业选择合适的软件产品。

3.根据产品分工细化原则,专业化发展有利于发挥各自的优势。软件开发商在开发软件方面占具优势,在软件产品激烈竞争的市场中,可以集中精力不断改进和完善自己的产品。管理咨询公司则在软件实施方面占具优势,可以不断改进软件实施方法,积累在各行业实施管理软件的经验,提高软件实施的成功率。

管理咨询公司作为企业管理软件开发商与应用企业之间的桥梁,不仅对企业管理软件开发商在推出软件产品之后的进一步发展起推动作用,而且对于推动企业管理软件在企业进行成功应用,从而实现企业管理规范化与现代化也是非常必要的。

在企业选择与应用大型会计软件系统时,专业咨询顾问人员的主要工作内容包括:

1.准确把握与描述企业应用需求。

2.为企业制定合理的技术解决方案。

3.辅助企业选择合适的应用软件。

4.对企业原有业务流程进行重组,制定规范合理的新的业务处理流程。

5.辅助软件在企业的安装、调试和系统集成。

6.结合软件功能和新的业务流程,组织软件实施过程。

7.组织用户培训。

8.负责使应用软件系统在企业进入正常运转。

9.根据应用软件,为企业编制衡量管理绩效的数据监控体系和内部管理报表体系。

10.为企业编制决策数据体系和决策数据分析方法。

11.辅助企业建立计算机信息系统的管理制度。

12.负责系统正常运行后的运行审查。

本章小结:

本章从会计信息系统应用的全过程讲解了一个单位开展会计信息系统各主要环节的工作内容,主要包括会计信息系统的规划、会计信息系统实施条件及步骤、替代手工账的内容步骤以及应注意的问题、会计信息系统宏观管理和制度管理、会计信息系统下的管理制度的内容等。本章最后还对管理咨询在企业建立大型会计信息系统过程中的重要性以及管理咨询服务的内容进行了一般性介绍。本章是学生掌握的重点,也是企业推行会计信息系统工作的基本内容和重要组成部分。学生在学习课本知识的基础上,结合财政部会计信息系统初级、中级培训大纲的内容以及企业推行会计信息系统实例加以应用,能起到事半功倍的效果。

思 考 题

1.企业建立会计信息系统的主要工作环节有哪些?

2.常见的硬件配置形式?

3.会计信息系统需要哪些系统软件?

4.会计信息系统实施的基本步骤?

5.替代手工账的步骤及基本内容?

6.甩账验收应准备的基本内容?

7.会计信息系统下的岗位设置?

8.会计信息系统下应建立哪些管理制度?

9.会计信息系统管理制度应包括哪些内容?

10.大型会计软件系统应用成败的三个主要因素是什么? 其实质性症结是什么?

11.大型会计软件应用的关键环节是什么?

第八章 人工智能与会计决策支持系统

第一节 决策支持系统的基本概念

一、决策支持系统(DSS)的概念

20 世纪 70 年代初管理信息系统(MIS)的出现使企业的信息获得了系统的开发和利用,将企业的管理水平提高到了一个新的层次。然而,面对一些半结构化和非结构化的决策支持要求,MIS 无能为力。决策支持系统 DSS(Decision Support System)应运而生。

(一)决策问题的类型

决策是人们在改造客观世界中为实现主观目的而进行策略或方案选择的一种行为,它必然带有决策者的大量主观因素。决策问题的范围很广,结构化程度也不同。按照问题的结构化程度也即决策过程的可描述程度的不同可将决策划分为三种类型:结构化决策、半结构化决策和非结构化决策。

1.结构化决策问题具有很强的规律性,过程结构比较简单。对某一决策过程的环境及规则,可以用定量的数学方法、明确的语言(数学的或逻辑学的,形式的或非形式的,定量的或推理的)和模型加以描述,以适当的算法产生决策方案,并能从多种方案中选择最优解的决策问题。它能实现决策过程的基本自动化,不用 DSS 也能较好地解决。早期的多数管理信息系统能够求解这类问题,例如,应用解析方法、运筹学方法等求解资源优化问题,财务管理中的最优库存模型地确定、求解等。

2.非结构化决策问题的决策过程十分复杂,往往毫无规律可循,一般难以用定量数学方法、明确的模型和语言来描述其决策过程,而只能凭决策者的主观行为(学识、经验、直觉、判断力、洞察力、个人偏好和决策风格等)做出判断,更无所谓最优解的决策问题,往往是决策者根据掌握的情况和数据临时做出决定。现实世界中更多的决策问题,例如维系企业生存与发展的战略规划地制定、投资方向地选择等是无法用明确表达的规则来解决的。再如突发战争中的决策问题、疑难病症诊治中的决策问题及新产品研制规划中的决策问题。

3.半结构化决策问题介于以上二者之间,兼有它们各自的部分特点,其决策过程和决策方法有一定规律可以遵循,但又不能完全确定,即有所了解但不全面,有所分析但不确切,有所估计但不确定。这类决策问题可以建立适当的模型,产生决策方案,使决策方案中得到较优的解,但无法确定最优方案。它最适于用交互式的计算机软件系统来解决。如原材料价格变动等。

非结构化和半结构化决策一般用于一个组织的中、高管理层,其决策者一方面需要根据经验进行分析判断,另一方面也需要借助计算机为决策提供各种辅助信息,及时做出正确有效的决策。

各类决策问题的结构化程度越低,就越难以实现决策的程序化。应当指出,决策问题的结构化程度并不是一成不变的,当人们掌握了足够的信息和知识时,非结构化问题有可能转化为半结构化问题,半结构化化问题也有可能向结构化问题转化,这是人们对客观事物不断提高认识的过程。

结构化、半结构化和非结构化决策问题三者之间的差异如表 8.1所示。

表 8.1 决策问题的差异

类型	模型	问题识别程度	数据来源	决策方式
结构化	统计和运筹学等模型	确定型定量化识别	内部数据为主	可完全或大部分由计算机程序自动实现
半结构化	模糊性数学模型	半确定型较难量化	内部数据外部数据	启发式,人机交互式,使用分析、类推和判断等求解方法
非结构化	很难用定量模型	不确定型很难定量化		

(二)决策支持系统

决策支持系统是一种以计算机为工具,应用决策科学及有关学科的理论与方法,以人机交互方式辅助决策者解决半结构化和非结构化决策问题的信息系统。该系统能够为决策者提供决策所需的数据、信息和背景材料,帮助决策者明确决策目标和进行问题的识别,建立或修改决策模型,提供各种备选方案,并且对各种方案进行评价和优选,通过人机交互功能进行分析、比较和判断,为正确决策提供必要的支持。它是信息处理系统中继电子数据处理系统 EDPS(Electronic Data Processing System)、管理信息系统 MIS(Management Information System)后又一个信息系统,它在信息系统中处于高层次,它具有人——机接口,让决策者在依靠自己经验的基础上,主动地利用 DSS 的各种支持功能,在人机交互过程中反复对各种决策方案进行分析和判断,直到得出自己认为最佳的方案。这种人机对话式的决策方式,弥补了完全由计算机自动运算给出决策结果的不足,加强了人的思维的能动性,充分利用决策者的经验和判断力,从而提高了管理决策的效果。

(三)信息系统的发展

电子数据处理系统 EDPS 在 20 世纪 50 年代中期形成,特点是数据处理的计算机化,目的是提高数据处理的效率。从发展的阶段来看,它可以分单项数据处理和综合数据处理两个阶段。它是用计算机实现辅助管理和决策的基础部分,适用于企业组织的作业事务级,为日常事物性数据处理提供了自动处理的手段,替代了具体业务人员的重复性的繁重劳动并提高了工作效率。例如，工资计算，统计产量、销售额计算、人事统计报表生成等。它是具有较低操作级的信息系统，主要体现在数据和文件的自动存储、处理的流程上。电子数据处理 EDP 提高了工作效率，把人们从繁琐的事务处理中解脱出来。但缺点是仅局限于具体信息处理，不能共享，不能考虑整体或部门情况。

管理信息系统 MIS 在是 20 世纪 70 年代初随着数据库技术、网络技术的发展和科学管理方法的推广，计算机在管理上的应用日益广泛，管理信息系统逐渐成熟起来。它是以分析和管理已有的信息为出发点，根据管理人员提供的信息，运用一些确定的决策模型得到管理决策所需要的信息。例如财务预算、销售预报、生产计划的管理和控制方案等。它的最大特点是高度集中，能将组织中的数据和信息集中起来，进行快速处理，统一使用；MIS 也可以整体分析，系统设计，信息共享，部门协调；并能利用定量化的科学管理方法，通过预测、计划优化、管理、调节和控制等手段来支持决策。但是管理信息系统主要是解决结构化决策问题，为管理者提供预定的报告，难于适应多变的内、外部管理环境，对管理人员的决策帮助十分有限。

决策支持系统 DSS 在 20 世纪 70 年代中期提出并逐步发展，主要解决难度更大、意义更深远的半结构化和非结构化问题。在人和计算机交互的过程中帮助决策者探索可能的方案，为管理者提供决策所需的信息。

可见 EDPS 是面向业务的低层次信息系统，MIS 是面向管理的较高层次信息系统，DSS 是面向决策的高层次信息系统。EDPS、MIS、DSS 在信息处理系统中的层次关系如图 8.1 所示。

二、决策支持系统的任务

决策的正确性关系到经营效果和事业成败，决策理论、决策方法和决策工具的科学化和现代化是正确性的重要保证。决策支持系统作为一种新兴的信息技术，不仅要在内容上对决策者提供帮助，而且也要在整体决策过程中对决策者提供分析问题、建立模型、模拟决策过程和方案的环境支持，调用各种信息资源和分析工具，减轻管理者从事低层次

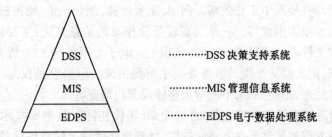

DSS ··········DSS 决策支持系统

MIS ··········MIS 管理信息系统

EDPS ··········EDPS 电子数据处理系统

图 8.1　信息系统的层次关系图

信息处理和分析的负担,使得他们专注于最需要决策智慧和经验的工作,帮助决策者提高决策的科学化程度。因此决策支持系统的主要任务是将计算机强大的信息处理能力和人的灵活判断能力结合起来,以交互方式支持决策者对半结构化和非结构化问题进行有序的决策,尽可能获得令人满意的方案,从而提高决策的质量和效率。

三、决策支持系统的发展

(一)国外 DSS 发展历程

1.20 世纪 70 年代

20 世纪 70 年代中期,Keen 和 Scott Morton 首次提出了"决策支持系统"一词,标志着利用计算机与信息支持决策的研究与应用进入了一个新的阶段,并形成了决策支持系统新学科。

在整个 70 年代,研究开发出了许多较有代表性的 DSS。例如:支持投资者对顾客证券管理日常决策的 Portfolio Management System;用于产品推销、定价和广告决策的 Brandaid;用于支持企业短期规划的 Projector 及适用于大型卡车生产企业生产计划决策的 Capacity Information System 等等。

到 70 年代末,DSS 一词已非常流行,并大都由模型库、数据库及人机交互系统等三个部件组成,它被称为初级决策支持系统。

2.20 世纪 80 年代

80 年代初,DSS 增加了知识库与方法库,构成了三库系统或四库系统。知识库系统是有关规则、因果关系及经验等知识的获取、解释、表示、推理及管理与维护的系统。知识库系统知识的获取是一大难题。方法库系统是以程序方式管理和维护各种决策常用的方法和算法的系统。

80年代后期,人工智能AI(Artificial Intelligence)技术与DSS相结合,充分利用两者优点,形成了高级别的、具有知识处理能力的智能决策支持系统IDSS,提高了DSS支持非结构化决策问题的能力。

3.近年来

DSS与计算机网络技术结合构成了新型的能供异地决策者共同参与进行决策的群体决策支持系统GDSS(Group Decision Supporting System)。群体决策支持系统GDSS是指在系统环境中,多个决策参与者共同进行思想和信息的交流,群策群力,寻找一个令人满意和可行的方案,但在决策过程中只由某个特定的人做出最终决策,并对决策结果负责。群体决策支持系统从DSS发展而来,通过决策过程中参与者的增加,使得信息的来源更加广泛;通过大家的交流、磋商、讨论而有效地避免了个体决策的片面性和可能出现的独断专行等弊端。

在GDSS的基础上,为了支持范围更广的群体,包括个人与组织共同参与大规模复杂决策,人们又将分布式的数据库、模型库与知识库等决策资源有机地集成,构建分布式决策支持系统DDSS。DDSS研究内容广泛,难度很大,目前尚不成熟。

DSS的研究和应用已经从早期的结构化问题发展到现今能够支持处理高度复杂的半结构化和非结构化的决策问题,已经从一般的简单支持发展到高度复杂和智能的支持水平,从主要支持个人决策的系统发展到支持群体决策活动的系统和能够提供具有灵活支持能力的新体系。随着DSS研究与应用范围的扩大和层次的提高,新技术、新方法的不断推出与引入,DSS的形式与功能会逐步走向成熟,实用性与有效性会进一步提高。

现在决策支持系统已经逐步推广应用于企业预算与分析、预测与计划、生产与销售、研究与开发等职能部门,并开始用于军事决策、工程决策和区域规划等方面。

(二)我国 DSS 研究现状

我国决策支持系统的研究始于 80 年代中期,其应用最广泛的领域是区域发展规划。大连理工大学、山西省自动化所和国际应用系统分析研究所合作完成了山西省整体发展规划决策支持系统,这是一个大型的决策支持系统,在我国起步较早,影响较大。随后,大连理工大学、国防科技大学等单位又开发了多个区域发展规划的决策支持系统。天津大学信息与控制研究所创办的《决策与决策支持系统》刊物,对我国决策支持系统的发展起到了很大的推动作用。我国不少单位在智能决策支持系统的研制中也取得了显著成绩,如以中国科学院计算技术研究所史忠植研究员为首的课题组研制并完成的"智能决策系统开发平台 IDSDP"就是一个典型代表。目前我国在 DSS 领域的研究已有不少成果,但总体上发展较缓慢,在应用上与期望有较大的差距,这主要反映在软件制作周期长、生产率低、质量难以保证、开发与应用联系不紧密等方面。

第二节　会计决策支持系统

一、会计决策支持系统的概念

(一)会计决策支持系统

会计决策支持系统 ADSS(Accounting Decision Support System)是 DSS 的理论和方法在会计决策领域的具体应用,是以计算机为基础和工具,应用现代决策会计的理论和方法,充分利用会计信息系统提供的各种信息,辅助中、高层决策者进行决策的系统。它改善和加强了管理信息系统的"决策支持"能力,更加强调管理决策中人的作用,支持面向决策者,处理半结构化和非结构化的会计决策问题。如构造各种经济模型,对未来财务状况进行预测等。

现在,会计决策支持系统已成为计算机应用领域中最引人注目的内容之一。近年来国外计算机在企业管理中应用的重点已由核算转向管理控制、计划和分析等高层管理决策和策略制定,并收到了良好的效果。而在国内,计算机在会计中的应用还主要停留于核算领域,对ADSS还是一个相当薄弱的领域,无论从理论研究上,还是实践应用上来看都与西方发达国家存在很大的差距。

(二)会计决策支持系统所支持的决策

从实际应用角度出发,会计决策支持系统所支持的决策包括:

1.目标利润预测与决策。企业利润是反映和衡量企业财务成果的综合指标。在企业总体经营规划中,目标利润是企业生产经营活动所要达到的利润目标,是预计未来的一种理想利润,是企业必须经过努力才能达到的利润。它与预计的销售收入和成本有密切的关系,所以目标利润的预测与决策是企业经营管理决策的核心,是会计决策支持系统所支持的主要会计决策问题。

2.筹资决策。资金筹措是企业资金运动的准备阶段,对企业资金运动的流向、流量、流速和效益均有重大的影响,正确进行筹资决策是现代企业会计决策的重要任务。企业要筹集资金,首先要确定需要筹集资金的数量,还要根据资金的预计使用去向与相应的预期投资收益率、可能的筹资渠道与相应的资金成本,比较预期投资收益率与资金成本的大小,确定投资、筹资是否经济可行。

3.经营决策。经营决策是指影响企业的收支和盈亏的决策,它是在现有的技术装备和经营条件的基础上,就如何经济、有效地开展生产经营活动,争取最佳经济效益所作的决策。

4.投资决策。又称"资本支出决策",长期对企业的生产经营活动产生重要影响,决定着企业长远的发展方向,属于战略性决策,必须高度重视。进行投资决策要考虑货币的时间价值、风险因素、现金流量、回收期、报酬率等。

5.风险性与不确定性会计决策。企业未来的资金运动具有一定的风险性与不确定性。风险性与不确定性会计决策主要是指利用有关资料确定或核算出事件发生的概率,来预计未来的期望利润,或与其它期望经营成果进行比较,以选择最佳决策方案,提高决策的效果。

二、会计决策支持系统的特征

会计决策支持系统 ADSS 是以计算机系统为基础,以决策为主体,为决策者提供良好的决策环境的人——机信息系统。决策者通过系统对问题进行调查和分析,并对系统给出的信息加以判断和评价。用户可以根据需要与 ADSS 交互对话,进行多次决策方案的求解,直到结果满意为止。这样,ADSS 既能保证充分发挥决策者的经验、智慧和判断力,又能充分发挥系统提供的大量信息,通过数学模型对信息进行仿真计算的能力。因此,ADSS 的主要特征包括:

1. 面向决策者

决策支持系统主要是支持中、高层领导或知识工作者(如工程师),辅助制定企业会计决策问题。ADSS 的输入输出,起源和归宿都是决策者,因此在分析和设计 ADSS 时,考虑主管人员在这种系统中的主导作用,决策者的偏好、技能、知识不同,决策过程不同,对 ADSS 的要求也不同。

2. 主要解决半结构化或非结构化的决策问题

结构化的决策问题,可由计算机系统自动做出,半结构化或非结构化决策问题,既要利用自动化数据处理,又要靠决策者的直观判断,因此,对人的技能要求不同于传统的数据处理系统。

3. 强调 ADSS 的支持作用,是"支持"而不是"代替"

结构化决策问题可以在无人干预下解决,而会计决策支持系统是靠人最后做出有效的决定,人是决策的主体,会计决策支持系统力求为决策者扩展做出决策的能力,而不是取而代之,在决策过程中不能过分强调计算机的作用。

4. 模型与用户共同驱动

即决策过程和决策模型是动态的,是根据决策的不同层次、周围环境、用户要求以及现阶段人们对于决策问题的理解和已获得的知识等动态确定的。ADSS 除存储与活动有关的各种数据外,还存储与决策有关的各种专门知识和经验的知识库,各种数学模型和经济管理模型与方法,也以一定的组织形式存储于模型库中,以备灵活调用。由数据库、模型库、方法库、知识库组成的知识系统是 ADSS 的基础。

5.具有灵活、方便的人机交互功能。

用户可使用接近自然语言的方式下达指令,输入方便,格式自由,输出结果大量采用图表方式,直观形象,易于非计算机专业人员掌握和理解。通过大量、反复、经常性的人机对话方式将计算机无法处理的因素(如人的偏好、主观判断力、经验、价值观念等)输入计算机,并以此规定和影响着决策的过程。

6.推理规则

ADSS 是将数据模型、算法和推理方法结合起来的问题处理系统。ADSS 并不取代决策者本人的工作,它只是根据系统积累的数据、知识和经验,利用管理模型、方法和推理规则,协助决策者处理决策过程中的问题,并且可以对决策者提出的问题迅速做出反应,提供有关的背景材料,供决策者分析、比较各种方案。

三、会计决策支持系统的结构

根据研究对象和研究方法的不同,ADSS 的结构可以采取不同的形式,一般认为较成熟的 ADSS 结构是由交互语言系统、问题处理系统和知识系统构成的。ADSS 的基本构成与解题过程如图 8.2 所示。

ADSS 求解问题的一般过程是:用户通过交互语言系统将关于问题的描述和要求输入 ADSS,交互语言对此进行识别和解释。问题处理系统利用数据库系统或知识库收集与该问题有关的各种数据、信息和知识,对该问题进行识别,判定问题的性质和求解过程;通过模型库系统选择解决问题所需要的数学模型;在方法库中选择求解数学模型所需要的计算方法,对模型进行分析求解,并对计算结果加以分析和评价。所得到的结果再经过交互语言系统转换为用户容易理解的表达形式并进行输出。这样对用户提出的问题和要求完成了一次求解过程,用户可根据对结果的分析与判断,与 ADSS 继续交互对话,进行多次求解,直到得出满意的决策方案为止。

(一)交互语言系统

交互语言系统或称对话生成子系统,它是用户与 ADSS 的接口,为

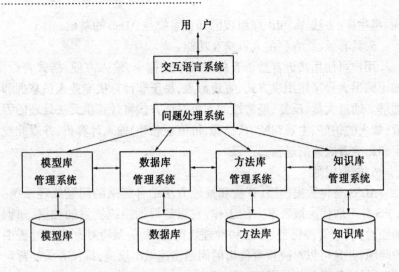

图 8.2　ADSS 的基本构成与解题过程

用户提供交互处理的接口软件和硬件环境,提供或选择用户与 ADSS 联系的交互方式(同一系统中可以有多种交互方式),也提供对某一具体问题进行求解分析的管理功能。它一般应包括两个基本部分:交互语言系统,为用户提供输入、检索和处理功能,随时输出各种处理结果信息;提示系统,为方便用户使用 ADSS 而提供的一套屏幕提示功能。ADSS 的所有功能以及各种要求都必须通过语言系统把用户与 ADSS 联接起来才能实现。

交互语言系统应具有以下功能:

1.具有使用多种输入/输出设备的方式,方便用户与 ADSS 交互对话的能力;

2.具有多种输入方式,方便用户按照自己的需要选择输入方式;

3.具有多种灵活的输出方式,方便用户阅读结果;

4.具有对各种输出结果进行解释的功能,帮助用户提高理解、分析和处理问题的能力;

5.具有方便用户的系统帮助功能,为用户提供灵活、方便、可靠的支持能力。

人机交互部分是决策支持系统的人机交互界面,它贯穿在整个会计决策支持系统中,用以接收和检验用户请求,调用系统内部功能软件为决策服务,使模型运行、数据调用和知识推理达到有机地统一,有效地解决决策问题。

(二)问题处理系统

问题处理系统是 ADSS 求解具体决策问题的核心部分,是交互语言系统与知识系统的中间接口,它实质上是用某种程序设计语言编制的软件,用于提供利用语言系统和知识系统求解分析某一具体问题的手段。在求解问题时,通过交互语言系统得到用户对问题的描述和求解问题的要求;通过数据库和知识库获取与问题有关的数据和知识,对问题加以识别和定义;通过模型库系统选择适于描述和求解问题的数学模型;通过方法库选择求解数学模型的计算方法,最后对问题的求解给出分析与评价,并通过交互语言系统将结果输出,提供给用户,因此,问题处理系统是解决问题的手段。

(三)知识系统

知识系统是 ADSS 处理问题的后援资源库,由数据库系统、知识库系统、模型库系统和方法库系统组成。由于会计决策没有现成的决策规则和步骤,系统开发人员很难全面清楚地列出系统的功能规格要求来,会计决策支持系统的开发只能是一个反复替代的过程,也就是使用原型法。即确定用户的基本信息需求,开发初始原型系统,使用原型系统来澄清用户的需求,修正和改进原型系统,如此反复。

1.数据库系统。数据库系统包括数据库和数据库管理系统。它是建立 ADSS 的基本条件,它提供解决问题所需要的各种数据,包括系统的内部数据和外部数据。数据库提供会计数据来源于会计核算系统。

数据库系统应有以下功能:

(1)管理各种数据的能力,保证用户和 ADSS 的需求;

(2)将不同来源、不同类型的数据结合起来,构成 ADSS 所需要的数据;

(3)有较强的数据库维护功能;

(4)处理各种数据结构的功能。

数据库及其管理系统不仅能支持数据的存储、记忆,而且能支持决策者对数据进行查询、提取、统计、汇总、归并等多种操作。数据库管理系统负责管理和维护决策支持系统中使用的各种数据库文件和运行结果所产生的各种决策信息,如模型分析信息、判断推理信息、决策方案等,常以报表形式和图形方式存放在数据库中,通过屏幕、打印机或绘图仪输出。总之,数据库管理系统能有效地实现与模型库、方法库及用户接口部件方便、迅速地连接,实现数据地有效输出,以达到决策支持的目的。会计决策支持系统中的数据有:会计核算产生的内部数据,如资金、成本、销售、利润等方面的数据,包括当期数据和历史数据;从MIS 数据库转来的数据,如固定资产、物资、技术工艺等方面的数据;计划数据,如有关利润、成本、销售收入、产量、费用等方面的各种计划数据;与会计决策有关的其他数据,如证券市场信息、产品市场信息等。

2.知识库系统。知识库系统由知识库与知识库管理系统构成。ADSS 处理的问题有许多难以用通常定量的数学方法进行描述,更多地需要利用用户的经验和判断力来定性地给出解决。因此,需要将各种知识类似收集数据一样收集起来而建立知识库,在求解问题时,在知识库中寻找有关知识,然后利用 ADSS 的规则模型进行推理和判断,得出问题的决策方案。知识库存放日常会计核算知识,包括有关定义、规则等。知识库系统主要包括以下功能:

(1)对各种知识进行描述、识别、处理、解释和输出;

(2)与模型库相结合,进行判断、推理,提供 ADSS 所需要的知识;

(3)对知识库进行有效的管理。

知识库是知识子系统的核心,是会计决策支持所需知识的集合。知识库中存储的主要是那些既不能用数据表示也不能用模型方法描述的与决策相关的知识和经验。具体可分为事实性知识和规则性知识。事实性知识指与对象有关事实的陈述,如财务管理有关的概念、定义及所处环境和条件等;规则性知识是告诉人们怎样做才能达到给定的目标。

3.模型库系统。模型库系统由模型库和模型库管理系统构成,模型库系统集成构造解题所需要的规则模型或数学模型,主要功能如下:

(1)允许用户自己根据需要选择和使用合适的模型;

(2)允许用户根据需要构造新的模型；

(3)对模型库进行有效的管理。

模型库及其管理系统是决策支持系统的核心，它是 ADSS 中最复杂与最难实现的部分。模型库中存储了辅助会计决策所需的各种模型。会计决策支持系统的常用模型有：投资决策模型、筹资决策模型、销售预测与决策模型、成本预测与决策模型、利润分析模型，以及这些模型的子模型。如筹资模型下设有筹资方式、偿还决策等子模型。模型库管理系统应能提供模型的新建、修改，模型的集成、连接和模型的删除功能，还要有和数据库、方法库连接的功能。

4.方法库系统。方法库系统由方法库及其管理系统构成，它为各种模型的求解提供合适的计算方法。方法库存放常用的计算方法，主要有以下功能：

(1)提供求解各种模型所需要的各种标准算法模块，供用户选择使用；

(2)与数据系统、模型库系统、知识库系统方便地集成；

(3)对方法库进行有效地管理和维护。

方法库及其管理系统存储和管理各种数值方法和非数值方法，包括方法地描述、存储、删除。在某些决策支持系统中，把方法库纳入模型库中，这是因为方法与模型具有许多相似之处，模型是为解决某一具体的决策问题而建立的，模型地建立、求解、计算需要一定的方法。从这一角度看，将方法库与模型库合并是可行的，但随着决策支持系统的发展和完善，方法库中的方法不仅是某一具体模型的一种方法，它可以被多种模型地建立、求解、计算所采用。会计决策模型中常用的方法有时间序列分析法、回归分析法、线性规划等统计分析方法，量本利分析方法、各种成本计算方法、净现值法、投资回收期法等各种财会决策方法和其他数学方法。

四、会计决策支持系统的功能分析

ADSS 目标要通过所提供的功能来实现，系统的功能由系统结构所决定，不同结构的 ADSS 功能不尽相同。

根据前述系统结构,为有效地辅助决策,DSS 应具备以下主要功能:

(一)提供与决策问题有关的数据

1.提供系统内有关决策问题的数据。如订单要求、库存状况、生产能力与财务报表等。

2.提供系统外有关决策问题的数据。如政策法规、经济统计、市场行情、同行动态与科技进展等。

3.提供各有关决策方案的反馈数据。如订单或合同执行进程、物料供应计划落实情况、生产计划完成情况等。

(二)提供与决策问题有关的模型和方法

能以一定的方式存储和管理与决策问题有关的各种数学模型,如定价模型、库存控制模型与生产调度模型等。能够存储并提供常用的数学方法及算法,如回归分析方法、线性规划、最短路径算法等。提供研究各类决策问题的模型和方法,通常可以有四种方法:数学方法、逻辑表达式方法、自然语言描述方法及图形描述方法。

(三)提供数据库、模型库和方法库的管理功能

提供对数据和模型、方法进行查询、修改、增加、删除和连接的功能,决策者在使用系统时,要能方便地完成上述操作。如数据模式的变更、模型的连接或修改、各种方法的修改等。

(四)提供综合信息和预测信息

运用各种模型和方法,灵活地对数据进行加工、汇总,通过分析和预测,提供综合信息和预测信息。

(五)提供各种方案模拟运行的功能

提供对各种备选方案或决策方案进行模拟运行的功能,通过对模拟运行结果地分析和评价,为正确选取决策方案提供依据。

(六)提供人——机会话的功能

提供方便的人——机会话接口,决策人员的知识、经验和判断能力的主动作用,需要通过及时的人——机会话才能体现。

(七)提供数据通信功能

提供良好的数据通信功能,以保证及时收集所需数据并将加工结果传送给使用者。

第三节　人工智能与专家系统

一、人工智能的概念

(一)人工智能

"人工智能"(Artificial Intelligence)简称 AI。它是研究、开发用于模拟、延伸和扩展人的智能的理论、方法、技术及应用系统的一门新的技术科学。也即研究如何用计算机去模拟、延伸和扩展人的智能;如何把计算机用得更聪明;如何设计和建造具有高智能水平的计算机应用系统;如何设计和制造更聪明的计算机以及智能水平更高的智能计算机等。

人工智能是计算机科学的一个分支,是计算机科学技术的前沿科技领域,同时它的研究还涉及到脑科学、神经生理学、心理学、语言学、逻辑学、认知(思维)科学、行为科学和数学以及信息论、控制论和系统论等许多学科领域。因此,人工智能实际上是一门综合性的交叉学科和边缘学科,同时也是一门极富挑战性的学科。

美国数学家、计算机科学家约翰·麦卡锡(JohnMcCarthy)是人工智能的早期研究者。1956 年,他和其他一些学者在达特茅斯(Dartmouth)大学联合发起召开了世界上第一次人工智能学术大会,首次提出"人工智能"一词,从那以后,研究者们发展了众多理论和原理,人工智能的概念也随之扩展。

在现代科技高速发展的今天,许多科技理论都有赖于数学提供证明,有赖于数学对其仿真。人工智能的发展也不例外,如何把人们的思维活动形式化、符号化,使其得以在计算机上实现,就成为人工智能研究的重要课题。在这方面,逻辑的有关理论、方法、技术起着十分重要的作用,它不仅为人工智能提供了有力的工具,而且也为知识的推理奠定了理论基础。

中国也制定了"七·五"攻关计划和"863"高技术计划,把人工智能列为重点研究技术之一。在这期间，分布式人工智能(DAI)的研究也受到各国科学家的重视，并投入大量的人力进行研究。

对于人工智能，目前学术界尚没有统一的说法和定义，可以理解为它是研究用人工的方法(以计算机为主要工具)来完成能表现出人类智能的任务的学科，主要包括计算机实现智能的原理和如何制造类似于人脑的智能机器或智能系统。所谓智能，一般指人类在认识和改造世界的活动中，由脑力劳动表现出来的能力，它包括感知、理解、抽象、分析、推理、判断、学习和对变化环境的适应等等。因而也可以说人工智能是研究怎样使计算机模仿人脑所从事的感知、推理、学习、思考、规划等思维活动，来解决需要用人类智能才能解决的问题。

(二)人工智能研究内容

1.知识表示。知识表示是指将知识转换成计算机能识别或运用的形式，知识表示是相当重要的。知识表示方法主要有逻辑、产生式、语义网络、框架等。

2.启发式搜索理论。搜索的方法很多，如回溯、图搜索、启发式等等，主要是给定一些经验做指导，提高搜索效率。该方面的研究已经有了比较成熟的技术。

3.推理方法。常识推理有知识不完全、不够用等问题，如鸟会飞，但是鸵鸟不会飞。

4.人工智能语言和工具。Lisp 语言主要在美国，Prolog 语言主要在欧洲使用比较广泛。

可以形象的将人工智能的研究内容理解为：利用计算机模拟人的行为(研究鸟飞行原理)；利用计算机构造智能系统(研究制造飞机)。

(三)人工智能应用

人工智能目前在计算机领域内得到了愈加广泛的重视，并在机器人、经济政治决策、控制系统、仿真系统中得到应用。

目前人工智能的应用主要有以下方面：

1.专家系统。计算机中存有人类专家的知识并具有推理能力，从而可解决诊断、规划、调度、预报、决策等要靠人类专家才能完成的任务。如探矿等。

2.自然语言理解,使计算机理解人们交流所用的自然语言以达到和人灵活自如的交流,也包括用计算机实现不同语种的翻译。

3.机器人学和智能控制。涉及的知识领域广泛,已取得了很多实质性的成果,是应用前景最好的分支之一。

4.感知,即计算机视觉、听觉(语音识别)、触觉等。

5.自动程序设计。所有学计算机的人都希望该研究分支有实质性的成果。

此外还有博弈(主要问题是机器学习和搜索)、定理证明、组合调度、决策支持。

(四)人工智能研究的特点

1.人工智能是一门知识的科学,以知识为对象,研究知识的获取、表示和使用。

2.人工智能的系统过程是,数据处理 – > 知识处理,数据 – > 符号。符号表示的是知识而不是数值、数据。

3.问题求解过程有启发,有推导。

4.人工智能是引起争论最多的科学之一。

二、专家系统的基本特征

(一)什么是专家系统

专家系统 ES(Expert System)是目前人工智能中最活跃、最有成效的一个研究领域,它是一种具有特定领域内大量知识与经验,拥有类似人类专家思维的推理能力,并能模拟该领域专家对该方面问题提供专家服务的具有智能特点计算机系统。也就是说,专家系统是一种模拟专家决策能力的计算机系统。专家系统把某领域内专家们的知识提炼出来,建成一个知识库,把有关专家的知识和经验进行编码,并且制定一系列的通用规则,然后给予计算机推理、演绎、判断和决策的能力,解决该领域的有关问题和决策。

应用专家系统,可以使无经验的人在解决问题当中达到有经验的专业人员的水平。例如,一个医学专家系统就能够像真正的专家一样,诊断病人的疾病,判别出病情的严重性,并给出相应的处方和治疗建议等等。目前,专家系统在各个领域中已经得到广泛应用,并取得了可喜的成果,如个人理财专家系统、寻找油田的专家系统、贷款损失评估专家系统、各类教学专家系统等。

一般来讲,专家系统是一个智能计算机程序系统,其内部具有大量专家水平的某个领域的知识和经验,能够应用人工智能技术利用人类专家的知识与解决问题的方法和经验进行推理和判断,模拟人类专家的决策过程,以解决那些需要专家决定的复杂问题。专家系统可以解决的问题一般包括解释、预测、诊断、设计、规划、监视、修理、指导和控制等。随着人工智能整体水平的提高,专家系统也不断获得发展。目前,高性能的专家系统也已经从学术研究开始进入实际应用研究。

专家系统辅助决策者进行定性分析。20 世纪 90 年代初,传统决策支持系统与专家系统相结合,形成了集定量分析、定性分析于一身的智能决策支持系统,进一步提高了辅助决策能力。

我国从七十年代开始,在国家的支持下,做了一些专家系统的研究,其中医疗诊断系统最多,尤其是中医医疗诊断系统。相对于美国很多探矿、化学等专家系统来说,我国的医疗诊断专家系统也是相当成功的,但是由于医疗风险等问题,投入实际使用的难度比较大。

专家系统与决策支持系统的主要区别在于:决策支持系统是被动的工具,它要求使用者有较强的利用决策模型进行决策的能力;通常提供多个可能的结果,让决策者选择最优方案。而专家系统是一个主动的教员或伙伴,它能指引决策者进行操作,提供唯一的结果,因而使用者无需很多的专业知识。

(二)专家系统特点

1.启发性:专家系统能运用专家的知识与经验进行推理、判断和决策。

2.透明性:专家系统能够解释本身的推理过程和回答用户提出的问题,以便让用户能够了解推理过程,提高对专家系统的信赖感。

3.灵活性:专家系统能不断地增长知识,修改原有知识,不断更新。

4.专业性:解决特定领域的具体问题,尤其是非结构化问题。

5.易用性:用户无需很多专业知识便能使用专家系统辅助决策者

定性分析。

(三)专家系统与人类专家的区别

专家系统不同于人类专家主要表现在以下几方面:

1.不受时间限制:人类专家的工作时间有限,但专家系统是恒久的,一旦开发完成,可随时使用,并可二十四小时持续运作。

2.操作成本低:人类专家稀少且昂贵,虽然专家系统在起步发展时必须花一笔不小的经费,但日常操作的成本比起人类专家便宜许多。因此在专家不在或经济上请专家不合算的情况下,利用专家系统仍能处理与专家相等水准的工作。

3.易于传递及复制:专家与专家知识是稀有的资源,在知识密集的工作环境下,新进人员需要作相当多的训练,而关键人物的知识随着人事变动而不能储存,传递起来亦是耗时费力。但专家系统则不然,它能轻易地将知识传递或复制。

4.具有一致性:人类专家判断决策的结果常会因时或因人而异,而专家系统对于所处理的问题则具有一致性的输出。

5.可处理费时及复杂的问题:由于专家系统具有既定的知识库与严谨的推理程序,因此往往比人类专家还能胜任一些执行起来较费时、复杂度较高的工作,如需要庞大计算量的问题。另外,如果工作的重复性很高,专家系统尤其能比人类专家有更佳的表现。

6.使用于特定领域:由于知识库及推理规则的构建有一定的困难,因此专家系统通常只使用于小范围的特定知识领域。而当问题的知识牵涉较广,或是没有一定的处理程序时,就必须靠人类专家的智慧来处理。

近年来专家系统技术逐渐成熟,广泛应用在工程、科学、医药、军事、商业等方面,而且成果相当丰硕,甚至在某些应用领域,还超过人类专家的智能与判断。

三、专家系统的构成

专家系统有六个部分组成:知识库及其管理系统、数据库及其管理系统、知识获取机构、推理机、解释器、人——机接口。其中知识库系统和推理机是专家系统的核心。如图8.3所示。

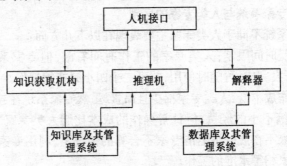

图8.3　专家系统构成

(一)数据库及其管理系统

数据库又称综合数据库或事实库,用来存储有关领域的初始事实、推理过程中得到的各种中间状态或结果,系统的目标结果也存于其中。在求解问题开始时,它存放用户提供的初始事实和对问题的基本描述;在推理的过程中所得到的中间结果也存入其中;推理机将数据库中的数据作为匹配条件去知识库(规则库)中选择合适的知识(规则)进行推理,再把推理的结果存入数据库中;这样循环往复,继续推理,直到得到目标结果。例如在医疗专家系统中,数据库存放的是当前患者的情况,如姓名、年龄、基本症状等以及推理过程中得到的一些中间结果,如引起症状的一些病因等。

数据库不仅是推理机进行推理的依据,也是解释器为用户提供推理结果解释的依据。

数据库管理系统负责对数据库中的数据进行增、删、改以及维护工作,以保证数据表示方法与知识表示方法的一致性。

(二)知识库及其管理系统

知识库又称规则库,是专家系统的知识存储器,存放领域知识、相关知识以及专家的经验知识。知识库中包含有分析处理问题用的各种数据和求解复杂问题用的各种知识。有各种事实和规则,还带有启发性的知识。建立知识库的关键是知识的获取和知识的表示问题。知识的获取:对知识源数据进行分析、识别、理解、分类、关联、归纳等数据挖掘手段抽取出知识,建立知识库。知识表示:将知识转换成计算机能识别或运用的形式。有了知识库,推理机在求解问题时就可以到知识库中搜索所需的知识。因此,知识库是专家系统质量是否优越的关键所在,即知识库中知识的质量和数量决定着专家系统的质量水平。

(三)知识获取机构

由一组程序组成,基本任务是从知识工程师那里获得知识或从训练数据(例子或样本)中自动获取知识,并把得到的知识送入知识库中。也就是说专家的知识与经验通过知识获取机构进入知识库。

(四)推理机

是一组程序,它根据用户的提问,依据数据库中的当前数据或事实,按照一定的策略从知识库中选择所需的专家知识,依据该知识对当前的问题进行推理、思维,并判断输入综合数据库的事实和数据是否合理,为用户提供最终的推理结果。

推理方式有正向推理、反向推理或双向混合推理,推理过程可以是确定性推理(演绎推理)或不确定性推理,可根据情况确定。由此可见,推理机就如同专家解决问题的思维方式,知识库就是通过推理机来实现其价值的。

正向推理即从前件匹配到结论。也就是从原始数据或原始症兆出发,向结论方向的推理。推理机根据原始症兆,在知识库中寻找能与之匹配的规则,如匹配成功,则将该知识规则的结论作为中间结果,再去寻找可匹配的规则,直到找到最终结论。

反向推理即先假设一个结论成立,看它的条件有没有得到满足。也就是先提出假设,然后由此假设结论出发,去寻找可匹配的规则,如匹配成功,则将规则的条件作为中间结果,再去寻找可匹配的规则,直到找到可匹配的原始症兆,则反过来认为此假设成立。

以上两种推理均为单向推理。单纯的正向推理,目的性不强,搜索效率低;单纯的反向推理,初始假设盲目性大。因此通常采用正反向混合推理。正反向混合推理先根据重要症兆,通过正向推理得出假设,再以假设去反向推理,寻找必要条件,如此反复。

(五)解释器

是一组程序,与人机接口相连的部件,负责对专家系统的行为进行解释,并通过人机接口界面提供给用户。

(六)人机接口

人机接口是用户与专家系统交换意见、进行对话的装置,由一组程序与相应的硬件组成。如领域专家或知识工程师通过人机接口可以实现知识的输入与更改;用户通过人机接口输入要解决问题的描述,专家系统通过人机接口向用户输出关于决策问题的解决方案。这种接口装置的智能化程度高于决策支持系统的接口装置。

在企业信息管理中,专家系统可用于数据处理、预测和决策推理等,可以发现企业管理中存在的问题,对企业生产经营进行监控;针对企业运行状况,选择企业解决方案;接受管理人员的咨询,指导管理行为或解答技术问题等。

四、会计专家系统

会计专家系统是专家系统在会计领域的应用。它主要支持某些灵活的、不经常重复出现的非结构化的财会决策问题(如特殊的投资策略,非正常的价格调整策略等)的专家系统。会计专家系统是一种智能化的决策系统,它在计算机会计中具有良好的应用前景。如国际上一些大会计公司内部使用的培训专家系统,和辅助会计专业大学生实践的专家系统。实践证明,这些系统可以让没有专业经验的人员有效获得解决某些具体问题的相关知识。

此外,还有虚假会计信息的专家识别系统。鉴别虚假会计信息是一个专业性强、复杂程度极高的问题,为此建立一个基于计算机的人机协同作用的会计信息处理系统,即虚假会计信息的专家识别系统。它是一个具有大量专门知识与经验的程序系统,可以应用人工智能技术,根据财务专家提供的特殊领域知识、经验进行推理和判断,通过科学的决策程序和决策方法,利用会计数据和模型,对会计数据进行不同层次、不同角度、不同时期地观察和分析,从而得到财务结果产生的内在原因,揭示会计数据之间隐含的关系,达到识别虚假会计信息的目的。

企业会计专家系统是一种基于财务知识的系统,能够获取企业财务方面的专业知识,通过对各种财务问题进行推理而得出相应的结论,或者提出合适的建议,适用于对企业财务状况进行诊断或对企业的财务管理发出相应的指令,为企业分析"发生了什么问题?"和回答"该做什么?"等,相当于会计信息系统的财务决策分析和选择阶段。

会计专家系统主要由专家知识库、推理机系统及人机接口三大部分组成。构建会计专家系统,首先就要构建系统的知识库与推理机。知识库要将各项会计专业知识分门别类地储存在会计专家系统的知识库中,以供推理机在进行具体会计工作时调用。这些知识是目前可能获得的所有会计法律、法规和制度,如《会计法》、《会计准则》、《注册会计师法》和《公司法》等,更应包括会计专家在长期实践中积累的会计经验。知识库中储存的信息可以通过人机对话界面得到会计专家的进一步确认,也可以通过数据接口定期更新。推理机是根据系统知识库的信息对单位的会计资料(包括各种凭证、账簿和报表)进行分析与判别,得出会计决策的结论。所以,推理机是整个系统的关键。系统能否顺利地执行人工智能功能,推理机起到了决定作用。

五、智能会计决策支持系统

智能决策支持系统是以信息技术为手段,应用计算机科学、管理科学及有关学科的理论和方法,针对半结构化和非结构化的决策问题,通过提供背景材料、协助明确问题、修改完善模型、列举可能方案、进行分析比较等方式,为管理者决策提供帮助的智能型人机交互信息系统。它是人工智能 AI 技术与 DSS 相结合的结果。

当前日趋激烈的全球化的市场竞争,以及飞速发展的信息技术、Internet 和电子商务浪潮构成了企业生存和发展的宏观环境,使传统的财务管理受到新的挑战,尽快提高企业财务管理决策水平迫在眉睫。计算机技术的快速发展,使得以往复杂得令人望而却步的许多会计模型和方法的实现变得简单易行。数据仓库与数据挖掘技术可以实现从海量数据中提取隐含在其中的、人们事先不知道的有用信息和知识,而人工智能技术则可以实现专家求解复杂问题所利用的知识和推理能力的模拟。这些技术为财务分析和会计信息系统的创新提供了强有力的支持,利用它们建立相应的智能会计决策支持系统,是实现会计信息系统由核算型向经营决策型转变的有效途径。

智能会计决策支持系统 IADSS(Intelligence Accounting Decision Supporting System)是智能决策支持系统在会计领域中的具体应用,是会计信息化由传统的核算转变为管理、决策到智能决策的必然发展趋势。特别是近年来,企业经营环境的国际化、网络化、信息化发展趋势,要求企业必须更快、更准确地做出决策,而传统财务系统远远不能满足复杂问题的求解要求。为了使系统更加有效地工作,利用计算机领域的相关新兴技术,如数据库系统、决策支持系统(DSS)、神经网络、模糊系统、面向对象的技术以及基于事例的推理、数据仓库及数据挖掘等,研究和设计智能化会计决策支持系统,以辅助决策者进行战略决策和战术决策,实现财务决策的动态化、智能化。

智能会计决策支持系统的主要特点是:

1.允许决策者能自始至终地介入系统的决策过程,并要求系统有一定的学习能力,可以逐步做到使决策者与决策支持系统的决策能力在实际的决策过程中同步提高;

2.实现知识推理和数值运算相结合,从而提供比初级的决策支持系统更有力的决策支持能力;

3.建立更为通用的决策支持系统的结构,以扩大系统的服务领域,也使系统对环境的变化和决策方式的变化具有一定的适应性。

智能会计决策支持系统应实现的主要功能有:财务分析、财务计划与控制、投资决策、筹资决策、成本决策、销售决策、存货决策、利润分配决策等。

我国在智能会计决策支持系统开发应用方面,近几年也取得了一定的进展,用友、金蝶相继推出海博龙(Hyperion)和 Brio 商业智能软件,上海博科则研制成功了我国第一套商业智能软件博科财务智能仓(BI－FIW),并进行了大规模的市场推广。商业智能继 ERP/ERPII 之后,已经成为我国管理软件市场的又一个应用新热点。但目前国内的智能财务系统还大多局限在利用图表对现有状况进行描述,属于智能财务分析的范畴,而把专家的经验融进软件,解决企业普遍的管理与决策问题仍然处于研究探索阶段。

本 章 小 结

本章主要介绍了决策支持系统、会计决策支持系统、人工智能与专家系统三个方面的内容。通过学习熟悉决策支持系统的含义及发展历程,重点掌握会计决策支持系统的特征、结构及应具备的功能,理解人工智能、专家系统的含义、特征及构成,了解智能会计决策支持系统的发展状况。

思 考 题

1.什么是决策支持系统?
2.什么是会计决策支持系统?
3.什么是人工智能?
4.什么是智能会计决策支持系统?
5.决策问题的类型有哪些?
6.会计决策支持系统的特征是什么?
7.会计决策支持系统的功能有哪些?
8.人工智能主要应用在哪些方面?
9.专家系统的基本特征是什么?

第九章　网络技术与电子商务

第一节　网络技术

一、网络的概念及功能

(一)网络的概念

计算机网络是现代计算机技术与通信技术密切结合的产物,是随着社会对信息共享和信息传递的日益增强的需求而发展起来的。现在计算机网络的应用范围非常广泛,已经渗透到国民经济以及人们日常生活的各个方面,它不仅可以满足局部地区的一个企业、公司、学校和办公机构的资料、文件传输需要,而且可以在一个国家甚至全世界范围进行信息交换、储存和处理,同时可以提供语音、数据和图像的综合性服务,具有诱人的发展前景。

什么是计算机网络?在计算机网络发展过程中,人们对计算机网络提出了不同的定义。其中的资源共享观点将计算机网络定义为:用通信线路和通信设备,将分布在不同地点的具有独立功能的多个计算机系统连接起来,在网络软件(即网络通信协议、信息交换方式和网络操作系统)的管理下,实现数据通信和资源共享的系统。

(二)计算机网络的功能

1.快速数据传输。这是计算机网络最基本的功能,也是实现其它功能的基础。该功能实现计算机与终端、计算机与计算机间的数据传输。如发送电子邮件、进行电子商务、远程登录等。

2.资源共享。这是计算机网络最常用的功能。计算机网络的主要目的是共享资源。共享的资源有硬件资源、软件资源、数据资源。资源共享指的是网上用户都能部分或全部地享受这些资源,使网络中各地理位置的资源互通信息,分工协作,并对共享数据资源集中处理及管理和维护的能力,从而极大地提高系统资源的利用率。

3.提高处理能力的可靠性。计算机网络一般都属分布式控制方式,网络中一台计算机或一条传输线路出现故障,网络可通过不同路由来访问这些资源,也即可通过其它无故障线路传递信息,在无故障的计算机上运行需要的处理。

4.均衡负荷与分布式处理功能。计算机网络用户可根据情况合理选择网上资源,对于较大型的综合性问题可以分解成一个个小问题,分散到网上不同计算机上执行,以达到均衡使用网络资源、实现分布处理的目的。

二、网络类型

可以按许多不同的方法对计算机网络进行分类。

(一)计算机网络按其覆盖的地理范围分为局域网、城域网和广域网

1.局域网 LAN(Local Area Network)

一般限定小于 10 千米的范围区域内,通常采用有线的方式连接起来。局域网通常用于一个单位、一座大楼或相应楼群之间。局域网络主要特点有:覆盖范围较小;传输速率高(10－100Mb/s)且误码率低(<10－8);建网周期短、成本低,易于维护和扩展。

2.城域网 MAN(Metropolitan Area Network)。城域网介于 LAN 和WAN 之间,其范围通常覆盖一个城市或地区,距离从几十千米到上百千米。

3.广域网 WAN(Wide Area Network)也称远程网。其分布范围可达数百至数千千米,网络跨越国界、洲界,甚至全球范围。我们平常讲的Internet 就是最大最典型的广域网。

(二)计算机网络按其传输介质可以分为:有线网络和无线网络

1.有线网络:采用同轴电缆、双绞线或光纤来连接的计算机网络。同轴电缆网是常见的一种连网方式。它比较经济,安装较为便利,传输率和抗干扰能力一般,传输距离较短。双绞线网是目前最常见的连网方式。它价格便宜,安装方便,但易受干扰,传输率较低,传输距离比同轴电缆要短。光纤网也是有线网的一种,光纤网采用光导纤维做传输介质,光纤传输距离长,传输率高,可达数千兆 bps,抗干扰能力强,不会受到电子监听设备的监听,是高安全性网络的理想选择。不过由于其价格较高,且需要高水平的安装技术,所以现在尚未普及。

2.无线网络:无线电通信、微波通信、红外线通信以及激光通信的信息载体都属于无线传输介质。随着便携式计算机的出现和普及,以及在军事、野外等特殊场合下移动产品的通信联网需要,促进了无线通信网路的发展。目前无线网联网费用较高,还不太普及。但由于联网方式灵活方便,是一种很有用途的连网方式。

(三)计算机网络按其采用的拓扑结构主要有星型网、环型网、总线网、树型网、网型网

网络拓扑结构是指用传输媒体互联各种设备的物理布局。计算机网络的拓扑结构影响着整个网络的设计、功能、可靠性和通信费等重要指标。实际建网过程中是以采用其中的一种或几种的复合形式实现的。

1.星型。又称集中式网络拓扑结构,其每个站点都通过连接电缆与主控机相联,相关站点之间的通信都由主控机进行,所以要求主控机有很高的可靠性,这种结构是一种集中控制方式。其优点是结构简单,便于控制和管理,易于维护和安全,建网容易,增加工作站点容易;但可靠性较低,一旦中央节点出现故障将导致全网瘫痪。另外,其所需要的电缆长度较长。见图9.1所示。

这种网络拓扑结构的一种扩充便是星型树,如9.2所示。每个 Hub 与端用户的连接仍为星型,Hub 的级连而形成树。然而,应当指出,Hub 级连的个数是有限制的,并随厂商的不同而有变化。

2.总线型(见图9.3)。总线形结构网络中各个工作站通过一条总线连接。信息可以沿着两个不同的方向由一个站点传向另一站点,是目前局域网中普遍采用的一种网络拓扑结构形式。其优点是安装方便,工作站接入或从网络中退出都非常方便。系统中某工作站出现故障也不会影响其它站点之间的通信,系统可靠性较高,结构简单。电缆长度短,成本低,容易布线,增加节点时便于扩充。但由于一条公共总

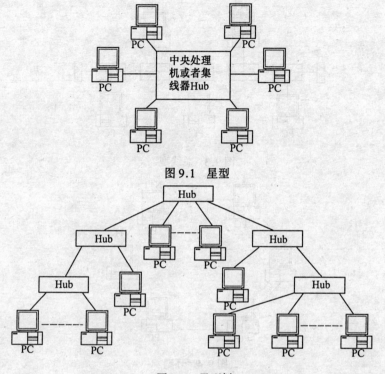

图 9.1 星型

图 9.2 星型树

线具有一定的负载能力,因此总线长度有限,其所能连接的节点数也有限,必要时须增加总线驱动设备;传输的信息容易发生冲突,需要有某种形式的访问控制,来决定下一次哪一个站点可以传输,故不易用在实时要求高的场合;故障诊断较为困难,一个地方出问题会影响一大片。

3.环型(闭合的总线型,见图 9.4)。环型结构的网络中各工作站依次互相连接组成一个闭合的环,信息沿着环型线路传输,由目的站点接收。环型网适合那些数据不需要在中心主控机上集中处理而主要在各自站点进行处理的情况。其优点是结构简单,电缆长度短,成本低;缺点是节点故障会引起全网故障,故障诊断也较困难。

4.网型网。网络上的站点两两相连,从而提高了直接的通讯途径。优点是故障诊断比较容易,冗余的链路增强了容错能力;缺点是安装和

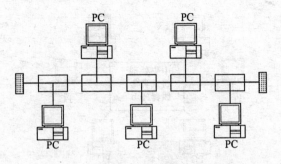

图 9.3　总线型

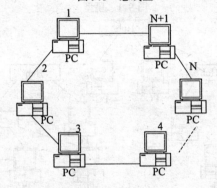

图 9.4　环型

维护困难,冗余的链路增加了成本。

(四)按交换方式可分为电路交换网络、报文交换网络和分组交换网络

1.电路交换方式类似于传统的电话交换方式,用户在开始通信前,必须申请建立一条从发送端到接收端的物理通道,并且在双方通信期间始终占用该通道。早期的计算机网络就是采用此方式来传输数据的,数字信号经过变换成为模拟信号后才能在线路上传输。

2.报文交换是一种数字化网络。当通信开始时,源机发出的一个报文(这个报文无长度限制)被存储在交换器里,交换器根据报文的目的地址选择合适的路径发送报文,这种方式称作存储——转发方式,这有点像古代的邮政通信,邮件由途中的驿站逐个存储转发一样。

3.分组交换方式也称包交换方式。采用分组交换方式通信前,发送端先将数据划分为一个个等长的单位(即分组),这些分组逐个由各中间节点采用存储转发方式进行传输,最终达到目的端。由于分组长度有限,可以在中间节点机的内存中进行存储处理,其转发速度可大大提高。由于分组交换优于电路交换和报文交换,具有许多优点,因此它已成为计算机网络的主流。

另外,也可以把计算机网络分为资源子网和通信子网两个部分,通信子网负责网络信息的传输,而资源子网负责信息的处理。例如,对于局域网而言,资源子网是由 LAN 中的各台计算机(服务器和客户机)及其外部设备组成,而通信子网则是由传输介质、网卡和网络其它连接设备组成;按通道的带宽分为窄带网和宽带网等。

影响网络效率的因素主要有:

一是网络的大小。网络所连接的工作站愈多,传输的速度也愈慢;

二是网络的形态。例如,选择总线结构,一旦某段线路发生故障,则整个网络将无法使用;

三是网络传输的媒介。传输所用缆线的质量愈好,比如光纤,传输的速度愈快且稳定;

四是通讯距离的远近。网络的距离愈远,传输的速度也愈慢;

三、国际互联网 Internet

(一)什么是 Internet

Internet 规范的中文译名叫因特网(有人译作英特网),也叫互联网。Internet 是一个在全球范围内,将成千上万个计算机网络连接起来形成的统一的、全球性的网络,又称网际网。它是当今世界上最大的国际性计算机互联网络,是最典型的广域网。用户只要连入 Internet,就可以利用它搜索和阅读各种信息,如新闻、股市行情、招聘信息等,也可以自行发布信息。可以说,Internet 是一组全球信息资源的总汇,它以相互交流信息资源为目的,基于一些共同的协议,并通过许多路由器和公共线路互联而成,是一个信息资源和服务共享的集合。

Internet 之所以发展如此迅速,是因为 Internet 从一开始就具有开放、共享、平等、合作和免费的特性所推动的。也正是这些特性,使得 Internet 成为二十一世纪的商业"聚宝盆"。

1.开放性。Internet 是开放的,可以自由连接,而且没有时间和空间的限制,没有地理上的距离概念,只要遵循规定的网络协议,任何人随时随地可加入 Internet。

2.共享性。网络用户在网络上可以随意调阅别人的网页或拜访电子广告牌,从中寻找自己需要的信息和数据。

3.平等性。Internet 上是"不分等级"的,用户都是平等。

4.低廉性。目前,网络上大部分内容是免费的。

5.交互性。网络的交互性是通过两个方面实现的。其一是通过网页实现实时的人机对话,这主要是设定了超链接。其二是通过电子公告牌或电子邮件实现异步的人机对话。

另外,Internet 还具有虚拟性、个性化和全球性的特点。

(二)TCP/IP 协议、IP 地址和域名

1.Internet 使用 TCP/IP 协议

通信协议是计算机之间交换信息所使用的一种约定和规程。Internet 上的计算机使用的是 TCP/IP 协议。

TCP/IP(Transmission Control Protocol/Internet Protocol)协议,它代表一组协议,即传输控制协议 TCP 和网际协议 IP。其中 TCP 协议用于负责网上信息的正确传输,而 IP 协议则是负责将信息从一处传输到另一处。TCP 和 IP 协同工作,它的作用是在发送和接收计算机系统之间维持连接,提供无差错的通信服务,保证数据传输的正确性。

2.IP 地址和域名

(1)IP 地址

Internet 的网络地址是指连入 Internet 网络的计算机地址编号,它类似于电话号码。在 Internet 网络中,网络地址唯一标识一台计算机。在 Internet 中将用户信息的数据包从一处移到另一处的是网际协议 IP,因此,Internet 中计算机的地址编号就称为 IP 地址,它是 Internet 主机的一种数字型标识。

IP 地址具有固定、规范的格式。IP 地址用一个 32 位(即 4 个字节)二进制数表示,为阅读方便将其分成四组十进制数表示,每组数字取值范围为 0~255,组与组之间用"."分割,书面表达形式为:xxx.xxx.xxx.

xxx。

如 32 位地址 10100110 01101111 000010000 0110011 便写成四组十进进数 166.111.8.51；再如，202.202.96.33、106.278.123.5 和 112.123.124.89 都是有效的 IP 地址。

IP 位址不能任意使用，在需要使用时，必须向管理本地区的网络中心申请。

(2)域名

IP 地址用四组数字表示非常难记，为了使 IP 地址便于用户使用，同时也有利于维护和管理，Internet 建立了域名管理系统 DNS（Domain Name System），该系统用分层的命名方法对网络上的每台计算机赋予了一个直观的唯一标识名，称为域名。域名实际就是网络世界的门牌号码。域名一般用通俗易懂的缩写字表示。

域名一般表示格式为：主机名.单位名.类别名.国家代码

按层次结构对应为：四级域名.三级域名.二级域名.顶级域名

如中国南开大学计算机系的 Internet 域名是 cs.nankai.edu.cn

其中 edu 表示教育机构，cn 表示中国。此外我国类别域名还有如 com 表示商业组织、gov 表示政府机构、org 表示非盈利组织、net 表示互联网服务机构、mil 表示军事单位、ac 表示科研机构等。

(三)Internet 提供的服务

1.远程登录(Telnet)。就是利用网络进入远程的计算机系统，像使用本地计算机一样使用远程计算机。所谓的远程计算机可以在同一间屋子里或同一校园里，也可以在数千里之外。

2.电子邮件(Electronic Mail，简写为 E - mail)，有人把它叫做"伊妹儿"。电子邮件是 Internet 最普遍最基本的应用。电子邮件实际上就是利用计算机网络的通信功能实现普通信件传输的一种服务，利用它可传送多种类型的信息，如文字、声音、图像、视频和程序等。

3.文件传输 FTP(File Transfer Protocol)。FTP 的作用，就是让用户连接上远程的计算机，查看远程计算机上有哪些文件(包括获取各种软件、图片、声音等)，然后把需要的文件从远程计算机上拷贝(即下载)到本地计算机上，或把本地计算机上的文件送到(即上载)远程计算机。

简单地说 FTP 的作用是用户可以根据需要上传或下载。

4.电子公告板 BBS(Bulletin Board System)。电子公告是一种交互性强、内容丰富而及时的因特网电子信息服务系统。其性质和街头或校园内公告栏相似,只不过 BBS 是通过因特网来传播或取得消息。可以说,BBS 突破了空间、文化背景、社会阶层的界限,成为人们在网上探讨问题、交友的主要方式之一。同时,BBS 是完全免费的,用户不需要为它支付任何费用(上网费用除外)。总的来说,BBS 的主要功能是共享数据资源及相互进行交流。BBS 实际上是一个信息发布与广播系统。

5.新闻组(News Group)。新闻组可以看成是一个全球性的庞大的 BBS,人们可以对共同感兴趣的主题交换信息,发表自己的意见和建议。现在已有许多关于技术和非技术专题的新闻组,涵盖社会、科学、娱乐和政治等方面的内容。

6.浏览全球信息网 WWW

WWW 是 World Wide Web 的缩写,中文名字为"万维网"。WWW 是由日内瓦欧洲粒子研究中心(CERN)于 20 世纪 90 年代初推出的一个分布式超媒体系统。它是 Internet、超文本(hypertext)和超媒体(hypermedia)技术相结合的产物。

四、企业内联网 Intranet

Intranet 又称企业内部网,它是把 Internet 技术应用于企业局域网的产物,也是汲取了 Internet 和企业局域网两者优点而有机组成的专用开放网络。这里所指的"企业内部网络"并不表示地域概念,而是针对 Internet 的共有性质提出的企业私有网络(即内部的信息只允许被授权的人访问),根据企业具体情况,Intranet 可能是局域网,也可能是广域网,或者是二者的结合。

Intranet 的主要特征表现在以下几个方面:

1.Intranet 除了可实现 Internet 的信息查询、信息发布、资源共享等功能外,更主要的是其可作为企业全方位的管理信息系统,实现企业的生产管理、进销存管理和财务管理等功能。这种基于网络的管理信息系统相比传统的管理信息系统能更加方便有效地进行管理、维护,可方便快捷地发布、更新企业的各种信息。

2.在 Internet 上信息主要以静态页面为主,用户对信息的访问以查询为主,其信息由制作公司制作后放在 Web 服务器上。而 Intranet 则不同,其信息主要为企业内部使用,并且大部分业务都和数据库有关,因此要求 Intranet 的页面是动态的,能够实时反应数据库的内容,用户除了查询数据库外,还可以增加、修改和删除数据库的内容。

3.Intranet 的管理侧重于企业内部的管理,其安全防范措施要求非常严格,对网上用户有严格的权限控制,以确定用户是否可访问某部门的数据,并且通过防火墙等安全机制,控制外部用户对企业内部数据的获取。

4.Intranet 与传统的企业网相比,虽然还是企业内部的局域网络(或多个局域网相连的广域网),但它在技术上则以 Internet 的 TCP/IP 协议和 Web 技术规范为基础,可实现任意的点对点的通信,而且通过 Web 服务器和 Internet 的其它服务器,完成以往无法实现的功能。

比如,通过企业内部网站,可以将企业的规章制度、操作规范、对外报价、主要业绩、企业当前的主要任务等公布出来便于员工随时掌握,也可将员工奖惩措施、人事安排等随时发布,同时,为员工与领导进行交流提供了方便的途径,便于领导随时了解员工的想法,以便加强管理。

近年来由于供应链概念的兴起,又出现了把 Internet 技术应用于几个密切相关企业之间的网络概念 Extranet,这种界于共有与私有性质之间的网络可以归结为一个虚拟企业(VirtualEnterprise)的内部网络,是 Intranet 的扩大。

Extranet 又称外联网,即企业外部网,是一个使用 Intranet/Internet 技术使企业与其客户和其它企业相连来完成其共同目标的合作网络。Extranet 可以作为公用的 Internet 和专用的 Intranet 之间的桥梁,也可以被看作是一个能被企业成员访问或与其它企业合作的 Intranet 的一部分。Extranet 通常与 Intranet 一样位于防火墙之后,但不像 Intranet 那样只为企业内部服务和不对外公众公开,也不像 Internet 那样完全对公众开放,而是有选择地对外开放,或向公众提供有选择的服务。Extranet 访问是半私有的,用户是由关系紧密的企业结成的小组,信息在信任的 圈内共享。Extranet 非常适合于具有时效性的信息共享和企业间完成 共同利益目的的活动。

第二节　电子商务概述

一、电子商务内涵

当前世界经济向全球化、一体化方向发展,使商务活动的范围迅速 扩展到全世界的每一个地方,如何跨越不同的国家和地区快捷地完成 企业之间的交易过程也就成为企业的当务之急。Internet 的发展为整 个商务活动的自动化创造了有利的条件和全新的信息空间。商务活动 作为人类最基本、最广泛的联系方式,自然会渗透到这个空间中,于是 人们想到了用数字信号在网上开展商务活动。因此可以说,电子商务 是人类经济、科技、文化发展的必然产物。

电子商务作为信息时代的一种新的商贸形式,不仅仅对商务的运 作过程和方法产生了巨大的影响,也对人类的思维方式、经济活动方 式、工作方式和生活方式有着很大的影响。

电子商务的定义至今仍不是一个很清晰的概念,各国政府、学者、 企业界人士根据自己所处的地位和对电子商务的参与程度,给出了许 多表述不同的定义。我们所谈及的电子商务,狭义上称作电子交易(E – commerce),主要是指利用 Web 提供的通信手段在网上进行的商业贸 易活动,包括买卖产品和提供服务。广义上则指包括电子交易在内的 利用 Web 进行的全部商务活动,亦称作电子商业(E – business),如网上 广告、订货、付款、客户服务、货物递交、市场分析、资源调配、企业决策 以及企业间的商务活动等。归纳起来,电子商务是指在全球各地广泛 的商业贸易活动中,通过信息化网络所进行并完成的各种商务活动、交 易活动、金融活动和相关的综合服务活动。

电子商务的一个重要技术特征是利用 Web 的技术来传输和处理

信息。因此有人称:电子商务 = WEB + IT。完整的电子商务内涵应包括四个方面的内容:

(一)电子商务的前提是电子信息技术

电子商务的目标是商务,但电子商务的前提是"电子"。这里的"电子"是指现代信息技术,包括计算机技术、数据库技术、计算机网络技术,特别是计算机网络技术中的 Internet 技术。电子商务与传统商务的区别在于,电子商务利用了现代电子工具进行商务活动,而传统商务主要依赖手工系统来实现商务活动。

(二)电子商务的核心是人

首先,电子商务是一个社会系统,社会系统的中心必然是人;其次,电子商务系统实际上是由围绕商品交易的各方面代表和各方面利益的人所组成的关系网;第三,在电子商务活动中,虽然充分强调工具的作用,但归根结底起关键作用的仍然是人,因为工具的发明、制造、应用和效果的实现都是靠人来完成的。所以,必须强调人在电子商务中的决定作用。也正因为人是电子商务的主宰者,进而有必要考察什么样的人才是合格的。很显然,电子商务是信息现代化与商务的有机结合,所以能够掌握运用电子商务理论与技术的人必然是掌握现代信息技术、掌握现代商贸理论与实务的复合型人才。一个国家、一个地区能否培养出大批这样的复合型人才,就成为该国、该地区发展电子商务的最关键因素。

(三)电子商务的基础是电子工具的使用

这里所指的电子工具并不是泛泛而言的电话、电报之类的电子工具,而是指能跟上信息时代发展步伐的系列化、系统化的电子工具。

从系列化讲,强调的电子工具应该是包括商品需求咨询、商品订货、商品买卖、商品配送、货款结算、商品售后服务等,伴随商品生产、流通、分配、交换、消费甚至再生产的全过程的电子工具,如电视、电话、电报、电传、计算机以及电子货币、电子商品配送系统、电子数据交换 EDI、MIS、DSS 等。

从系统化讲,强调商品的需求、生产、交换要构成一个有机整体,构成一个大系统,同时,为防止"市场失灵"还要将政府对商品生产、交换的调控引入该系统,而能达到此目的电子工具主要是电子网络,如互联网(Internet)、企业内联网(Intranet)和企业外联网(Extranet)。

电子商务由 Intranet 开始。只有先建立良好的 Intranet,建立好比较完善的标准及各种信息基础设施,才能顺利扩展到 Extranet,最后扩展到 EC 或 EB。在电子商务活动中,人们通过建立各自的网页并将其信息搬上网,通过 Internet 提供厂家与客户联络的新渠道。而当公司的业务流程和工作流程实现了自动化,就进入企业内部联网的 Intranet。将众多的 Intranet 连接在一起,就使上下游企业的合作成为可能,工作流不仅在企业内部流动,而且也在企业间流动,这一外联网 Extranet 使企业的网上商务活动水到渠成。而如果没有以上的计算机网络系统,电子商务也就失去了基础。

(四)电子商务的对象是商务活动

从社会再生产发展的环节看,在生产、流通、分配、交换、消费这个链条中,发展变化最快、最活跃的就是中间环节的流通、分配、交换。这些中间环节又可以看成是以商品的交换为中心来展开的。即商品的生产主要是为了交换,围绕交换必然产生流通、分配等活动,它连接了生产和消费等活动。于是,我们说,以商品交易为中心的各种经济事务活动可以统称为商务活动。通过电子商务,我们可以大幅度地减少不必要的商品流动、物资流动、人员流动和货币流动,减少商品经济的盲目性,减少有限的物质资源、能源资源的消耗和浪费。

二、电子商务的特点

电子商务作为一种新型的交易方式,将生产企业、流通企业以及消费者和政府带入了一个网络经济、数字化生存的新天地。

1.全球化:电子商务突破地理界限,利用网络工具使世界各地的商业资源得到有效利用,互联网几乎遍及全世界的各个角落,用户只需接通电话线就可以方便地与贸易伙伴传递商业信息和文件,将自己的商品与服务带到全世界。

2.商务性:电子商务最基本的特征是商务性。通过万维网信息连接数据库,企业可以记录下每次的访问、销售、购买形式和购货动态及客户对产品的偏爱,这样企业就可以通过统计这些数据获知客户购买心理,确定市场划分及营销对策。

3.低成本性:电子商务没有店铺成本,没有专门的销售人员,没有库存压力,这也是电子商务交易优于传统商务的突出特征之一。低成本对交易双方都是十分有利的,在具体实践中,尽管电子商务的模式有很多,但最终都体现了低成本这一优势,这也是电子商务被称为先进生产力的理由之一。

4.电子化:书写电子化。无论是电子货币、电子提单、还是作为商品的软件,就其物理层面看,都是"0"、"1"的数据形式,没有任何具体含义,当且仅当它代表某个信息时,才代表着一定的价值。也就是说,电子商务中的经济资源并不是以其传统的物化形式出现,而是被虚拟为多种数据形式的符号。这种虚拟的信息资源给商家的商业信用提出了更高的要求。由于计算机处理、储存的和 Internet 上传输的都表示一定信息的电磁信号,于是以 Internet 为载体,计算机处理为特征的电子商务双方的谈判记录、使用的资金,甚至标的本身都是数据化、信息化的。

5.便捷性:电子商务是互联网应用的最高层次,从售前服务到售后支持的各个环节均实现了电子化、自动化,给当前的商务活动提供了极大的便捷。企业还可通过网络发布和寻找交易机会,通过电子单证交易、电子商务跟踪货物、电子资金转账等手段完成整个交易过程,给人类经济活动带来了极大的便利。

6.协调性:商务活动本身是一种协调过程,它需要客户与公司内部、生产商、批发商、零售商间的协调,在电子商务环境中,它要求银行、配送中心、通讯部门、技术服务等多个部门的通力协作,往往电子商务的全过程是一气呵成的。协调性好可以使得供应链中的各个公司联系更加紧密,减少物流的重复环节,缩短物流流动的时间,从而提高现代物流的效率和效果。同时电子商务的标准化使包括编码、工具、设施等均符合国际标准,这是经济全球化、国际化商务活动协调互通的需要。

7.安全性:在电子商务中,安全性是一个至关重要的核心问题,它要求网络能提供一种端到端的安全解决方案,如加密机制、签名机制、安全管理、存取控制、防火墙、防病毒保护等等,这与传统的商务活动有着很大的不同。

8.服务性:电子商务在很大程度上区别于传统商务的特色在于它的服务性。开展电子商务活动的企业、组织和个人都可以充分利用电子网络的优势向内部和外部提供电子化的无时间、空间限制的信息服务。

9.整体性:电子商务能够规范事务处理的工作流程,将人工操作和电子信息处理集成为一个不可分割的整体,这样不仅能提高人力和物力的利用,也可以提高系统运行的严密性。网络使企业可以自动处理商务过程,不再像以往那样强调公司内部分工。企业在万维网上可进行客户服务,使消费者更加便利。

10.机会均等性:Internet 在技术层面上绝对不存在中央控制问题,网络的应用实现了信息共享,对大、中、小企业带来机遇和挑战,且机会均等。中小企业可以和大企业一样通过网络对原材料、市场、汇率等诸多因素进行深入、全面、准确和快捷地分析预测和判断,轻松进行制造、营销、管理,从而有效地参与竞争。

12.自由性和开放性:电子商务是基于 Internet 的,而 Internet 的最大特征就是开放和自由。在 Internet 上,只要进入同一信息系统的人是互相平等的,每个人都有可能隐藏自己的用户标识和计算机地址,通过假名、匿名的方式加入网上洽谈、报价、询价、签订合同甚至支付等。由于交易对象的全球性,交易各方有可能来自不同的国度,这对交易各方的网络伦理规范提出了较高的标准。

三、电子商务的应用模式

在传统经营模式下,信息的传递、交易的完成,通过单据、合同等纸介质形式,信息处理的工作量大、速度慢、差错率高、资源浪费严重,效率低下。电子商务改变了传统的经营模式,给企业的发展带来了新的机遇和挑战。

电子商务模式可以按照不同的标准划分为不同的类型,按交易对象来分,电子商务模式主要有 4 类:企业对消费者的电子商务模式

(Business to Consumer,B to C),企业对企业的电子商务模式(Business to Business,B to B),企业对政府的电子商务模式(Businessto Government,B to G)及消费者对消费者的电子商务模式(Consumer to Consumer, C to C)。

(一)B to C 模式

企业对消费者的电子商务模式是指企业通过 Internet 为消费者提供一个新型的购物环境——网上商店,实现网上在线商品零售和为消费者提供所需服务的商务活动,并保证与其相关的付款方式的电子化的电子商务运营模式。由于这种模式节省了客户和企业双方的时间和空间,大大提高了交易效率,节省了不必要的开支,因此网上购物将成为电子商务的一个热门话题。

1.无形产品的电子商务 B to C 模式

无形产品和服务的电子商务主要有 4 种:网上订阅模式、付费浏览模式、广告支持模式和网上赠予模式。无形产品有新闻、音乐、电影、数据库、软件及各类知识商品,它们是数字化的产品。提供的各类服务,如安排旅游、在线医疗诊断和远程教育等。

2.有形商品的电子商务 B to C 模式

这种模式是指产品或服务是在国际互联网上成交的,而实际产品和劳务的交付仍然要通过物流配送方式,不能够通过计算机的信息载体来实现。如书籍、鲜花、服装、食品、汽车、电视等等。

对于商家而言,建立网上商店,完全更新了原有的市场概念,打破了传统意义上的商务圈,客户扩展到了全国乃至全世界,形成了真正意义上的国际化市场,赢得了前所未有的商机。另外,网上商店交易成本比传统店堂销售成本大大降低,可以节省大量商业流通费用,降低了经营成本,使商家更具竞争力。

(二)B to B 模式

BtoB 模式是指采购商与供应商主要通过 Internet 或专用网方式进行谈判、订货、签约、接受发票和付款以及索赔处理、商品发送管理和运输跟踪等所有商务活动。它是电子商务应用模式中最重要和最受企业重视的形式。企业间的电子商务具体包括以下功能:

1.供应商管理。减少供应商数量,降低订货成本,缩短周转时间,用更少的人员完成更多的订货工作;

2.库存管理。缩短"订货——运输——付款"环节,从而降低存货成本,促进存货周转;

3.销售管理。接受网上订货;

4.信息传递。管理交易文档,安全及时地传递订单、发票等所有商务文档信息;

5.支付管理。进行网上电子货币支付。

企业对企业的电子商务又可以分为两种:一种是非特定企业间的电子商务,它是在开放的网络中对每笔交易寻找最佳伙伴,并与伙伴进行从订购到结算的全面交易行为。另一种是特定企业间的电子商务,它是指过去一直有交易关系而且今后要继续进行交易的企业间围绕交易进行的各种商务活动。特定的企业间买卖双方既可以利用大众公用网络进行,也可以利用企业间专门建立的网络完成。这种企业间商务模式,使交易双方能以一种更简便、更快捷的方式进行联系和达成交易。

(三)B to G 模式

企业对政府的电子商务(B to G)主要包括:政府机构通过互联网进行工程的招投标和政府采购。政府采购一方面可以提高采购效率,降低成本,另一方面便于建立监督机制,尽量避免腐败行为的发生;政府利用电子商务方式实施对企业行政事务的管理——管理条例发布以及企业与政府之间各种手续的报批;政府利用电子商务方式发放进出口许可证,为企业通过网络办理交税、报关、出口退税、商检等业务。总之,在电子商务中政府有着两重角色:既是电子商务的使用者,进行购买活动,属商业行为;又是电子商务的宏观管理者,对电子商务起着扶持和规范的作用。对企业而言,政府既是电子商务的消费者,又是电子商务中企业的管理者。

(四)C to C 模式

消费者对消费者的电子商务(C to C)的特点是消费者与消费者讨价还价进行交易。实践中较多的是进行网上个人拍卖。如易趣个人物品竞标网(www. eachnet. com)是中国第一个真正的网上个人物品竞标站。易趣网提供一个虚拟的交易场所,就像一个大市场,每一个人都可以在这个市场上开出自己的"网上商店",不用事先交付保证金,凭借独有的信用度评价系统,借助所有用户的监督力量来营造一个相对安全的交易环境,使买卖双方能找到可以信任的交易伙伴。

此外还有企业内部电子商务。它主要是通过企业内部网(Intranet)的方式处理与交换商贸信息。企业内部电子商务是指在企业内部通过网络实现内部物流、信息流和资金流的数字化。它的基本原理同企业间电子商务类似,只是在企业内部不同部门进行交换时,交换对象相对确定,交换的安全性和可靠性要求较低。而企业间电子商务实现的是两个不同企业主体之间的交易。交易双方存在信用管理、安全可靠等问题,因此比企业内部电子商务要求要高。企业内部电子商务的实现主要在企业内部信息化的基础上,将企业的内部交易网络化,它是企业外部电子商务的基础,而且比外部电子商务更容易实现。

现代许多大中型企业,机构庞大,在非网络化环境下,即使是公司内部的信息传送也难以做到及时。企业内部网(Intranet)目前已经成为一种有效的商务工具,它能够给企业内各部门、各员工之间提供快速、安全的交流通道。企业的信息系统间可以加强信息传递,也可自动进行业务处理。总之,企业内部网能增加商务活动处理的敏捷性,对市场状况能更快地做出反应,更好地为客户提供服务。随着企业规模和业务的扩展,企业内部电子商务将大有作为。

第三节　电子支付与安全技术

所谓电子支付,是指从事电子商务交易的当事人,包括消费者、厂商和金融机构,使用安全电子支付手段通过网络进行的货币支付或资金流转。也就是买主和卖主之间的在线资金交换。

与传统的支付方式相比,电子支付具有以下特征:

一是电子支付是以电子形式来实现款项的支付;而传统的支付方式则是通过现金的流转、票据的转让及银行转账等实体形式来完成款项支付的。

二是电子支付的工作环境是基于一个开放的系统平台(即因特网)之中;而传统支付则是在较为封闭的系统中运作,如某一银行的各个不同地区分行之间。工作环境的开放性有利于更多商家和消费者方便参与和使用。

三是电子支付使用的是最先进的通信手段,如因特网、Extranet;而传统支付使用的则是传统的通信媒介。电子支付对软、硬件设施的要求很高,一般要求有联网的微机、相关的软件及其它一些配套设施;而传统支付则没有这么高的要求。

四是电子支付具有方便、快捷、高效、经济的优势。用户只要拥有一台上网的 PC 机,便可足不出户,在很短的时间内完成整个支付过程,支付费用仅相当于传统支付的几十分之一,甚至几百分之一。

就目前而言,电子支付主要存在三种形式:电子信用卡、电子支票和电子货币

一、电子信用卡(electronic credit cards)

信用卡具有购物消费、信用借款、转账结算、汇兑储蓄等多项功能,可在商场、饭店等许多场合使用。发卡银行根据客户的信用等级,给持卡人规定信用额度,持卡人无需先在发卡机构存款,即可按此信用额度透支消费,属于"延时付款"一类,给用户带来了方便。

信用卡的交易有以下优点:

一是携带方便,不易损坏。二是安全性好。信用卡有账户和口令,丢失可以挂失,而且还有口令保护。三是具备电子支付和信贷功能。使用信用卡可能通过电话或计算机网络进行电子支付,可进行一定信用额度的透支。

随着技术的发展,信用卡的卡基由磁条发展为能够读写大量数据、更加安全可靠的智能卡,称之为电子信用卡。智能卡最早在法国问世。20 世纪 70 年代中期,法国 RolandMoreno 公司采取在一张信用卡大小的塑料卡上安装嵌入式存储器芯片的方法,率先成功开发了 IC 存储卡。经过 20 多年的发展,真正意义上的智能卡,即在塑料卡上安装嵌入式

微型控制器芯片的 IC 卡,由摩托罗拉和 BullHN 公司共同于 1997 年研制成功。在美国,因为智能卡存储信息量较大,适用范围较广,安全性也好,而且既可脱机使用(在不超额消费或非法透支下方可使用),也可在线使用,因而逐渐引起人们的重视。在中国 IC 卡还未真正应用于电子商务活动,但前景和优势却十分明显。

智能卡(Smart Card)是一种将具有微处理器及大容量存储器的集成电路芯片嵌装于塑料基片上而制成的卡片,也称集成电路卡(integrated circuit card, IC 卡)。由于智能卡内带有微处理器和存储器,因而能储存并处理数据,可进行复杂的加密运算和密钥密码管理,卡上有个人识别码(PIN)保护,安全性和可靠性高。智能卡应用范围广泛,可一卡多用。目前,金融 IC 卡大多是智能卡(或 CPU 卡)。

多功能的智能卡内嵌入有高性能的 CPU,并配备有独自的基本软件(OS),能够如同个人电脑那样自由地增加和改变功能。这种智能卡还设有"自爆"装置,如果犯罪分子想非法打开卡获取信息,卡内软件上的内容将立即自动消失。

在电子商务交易中,智能卡的应用类似于实际交易过程。只是用户在自己的计算机上选好商品后,键入智能卡的号码登陆发卡银行,并输入密码和在线商店的账号,完成货款的支付过程。

目前,我国智能卡的推广应用中还存在一些障碍,主要表现为:智能卡制作成本较高;不能实现一卡多能、一卡多用;不同种类的智能卡和读写器之间不能跨系统操作等。

二、电子支票(electronic check)

顾名思义,电子支票是传统纸质支票的电子替代物,与传统支票一样,它是用于支付的一种合法方式,它借鉴了传统支票转移支付的优点,是一种利用数字传递将钱款从一个账户转移到另一个账户的电子付款形式。这种电子支票的支付是在与商户及银行相连的网络上以密码方式传递的,多数使用公用关键词加密签名或个人身份证号码(PIN)代替手写签名。电子支票是一种"即时付款"的支付办法,避免收到传统支票时发生的无效或空头支票的现象。电子支票的数字化流转方式加快了支票解付速度,缩短了资金的在途时间,降低了处理成本,克服了传统支票的处理速度慢、在途资金占用量大、处理成本高等缺点。此系统必须在线操作,但不允许透支。

当用户想使用电子支票进行支付的时候,安装了电子支票系统的计算机会在屏幕中显示空白电子支票样本,为用户填写了收款人、付款日期、支付金额等信息,右下角的代码为付款人的数字签名(相当于传统支票的签名)。当电子支票填写好后,用户向商家发出电子支票,同时向银行发出付款通知单。商家通过验证中心对用户提供的电子支票进行验证,验证无误后将电子支票送交其银行索付。银行在商家索付时也要通过验证中心对用户提供的电子支票进行验证,验证无误后即向商家兑付或转账。

三、电子货币 electronic money

电子货币是指模拟现金流通的电子支付手段,目前其主要有电子现金和电子钱包等。

(一)电子现金 Electronic Cash

电子现金,又称为数字现金。简单来说,就是以电子方式存在的货币现金。它通过把用户银行账户中的资金转换成为一系列的加密序列数,通过这些序列数来表示现实中各种金额的币值。用户在开展电子现金业务的银行开设账户并存入货币后,就可以用这些加密的序列数在接受电子现金的商店购物了。支付过程中不直接对应任何账户,持有者事先预付资金,便可获得相应货币值的电子现金(以 IC 卡或硬盘文件形式存放),因此可以离线操作,是一种"预先付款"的支付系统。这个离线操作是指收付款双方通过电子现金系统本身可以进行真伪鉴定,不需任何机构的连线确认和支持,也几乎没有交易费用,因此交易效率更高。

电子现金就是纸质现金的电子化,电子现金具有人们手持现金的基本特点,同时又具有网络化的方便性、安全性、秘密性。因此,电子现金必将成为网上支付的主要手段之一

电子现金的特点:

电子现金兼有纸币和数字化现金的优势,具有安全性、匿名性、方便性、成本低、可分解性等特点。

1.安全性:随着高性能彩色复印技术和伪造技术的发展,纸币的伪造变得更容易了,而电子现金是高科技发展的产物,它融合了现代密码技术,提供了加密、认证、授权等机制,只限于合法人使用,能够避免重复使用,因此防伪能力强。并且由于电子现金无需随身携带,因此减少了遗失和被偷窃的风险。

2.匿名性:客户用电子现金向商家付款,除了商家以外,没有人知道客户的身份或交易细节。如果客户使用了一个很复杂的假名系统,甚至连商家也不知道客户的身份。

3.方便性:纸币支付必须定时、定点,而电子现金的数字化流转形态使得用户在支付过程中不受时间、地点的限制,使用更加方便。

4.成本低:纸币的交易费用与交易金额成正比,随着交易量的不断增加,纸币的发行成本、运输成本、交易成本越来越高,而电子现金的发行成本、交易成本都比较低,而且不需要运输成本。

5.持有风险小、安全和防伪造。普通现金有被抢劫的危险,必须存放在指定的安全地点,如保险箱、金库,保管普通现金越多,所承担的风险越大,在安全保卫方面的投资也就越大。而电子现金不存在这样的风险。电子现金由于采用安全的加密技术,不容易被复制和篡改。

6.不可跟踪性:电子现金是以打包和加密的方法为基础,它的主要目标是保证交易的保密性与安全性,以维护交易双方的隐私权。除了双方的个人记录之外,没有任何关于交易已经发生的记录。因为没有正式的业务记录,连银行也无法分析和识别资金流向。正因为这一点,如果电子现金丢失了,就如同纸币现金一样无法追回。

(二)电子钱包 electronic purse

电子钱包是一个可以由持卡人用来进行安全电子货币交易和储存的软件,就像生活中随身携带的钱包一样。电子钱包具有如下功能:

一是电子安全证书的管理。它包括电子安全证书的申请、存储、删除等。

二是安全电子货币交易。在进行交易时用来辨认用户的身份并发送交易信息。

三是交易记录的保存。用来保存每一笔交易记录以备日后查询。

使用电子钱包购物,通常需要在电子钱包服务系统中进行。电子商务活动中的电子钱包软件通常都是免费提供的,用户可以直接使用与自己银行账号相连接的电子商务系统服务器上的电子钱包软件,也可以通过各种保密方式利用 Internet 上的电子钱包软件。

电子钱包的功能和实际钱包一样,可存放信用卡、电子现金、所有者的身份证、所有者地址以及在电子商务网站的收款台上所需的其他信息。电子钱包的主要特点是可以在线使用,不必携带任何现金、货币、各种卡或钱包,只要记住自己电子钱包的保密方式和密码就可以了。

电子钱包可提高购物的效率,用户选好商品后,只要点击自己的钱包就能完成付款过程,这种电子支付方式称为单击或点击式支付方式。在客户点击时,电子钱包将帮助用户将所需信息自动输入到收款表里时,从而大大加速了购物的过程。因为客户在网站选好货物后,到收款台来进行付款,这时会出现一页或两页要求输入姓名、地址、信用卡号和其他个人信息的表。消费者必须填完所有信息才能完成结账,而填写这些表格很繁琐,很多人因不愿意填写表格而在收款台前丢下电子购物车扬长而去。要人们不断填写过长的表格会使电子商务行业失去交易的机会,而电子钱包就可以解决这一问题。

四、电子支付安全

计算机技术、网络技术以及其他高科技技术的发展,使得社会生活中传统的犯罪和不道德行为更加隐蔽和难以控制。人们从面对面的交易和作业变成网上相互不见面的操作,没有国界、没有时间限制,可以利用因特网的资源和工具进行访问、攻击甚至破坏。

(一)电子支付安全威胁

一般来说,在电子支付系统中可能会遇到以下一些安全威胁。

1.在网络的传输过程中信息被截获。攻击者可能通过因特网、公共电话网、搭线或在电滋波辐射范围内安装截收装置等方式,截获传输的机密信息,或通过对信息流量和流向、通信频度和长度等参数地分析,推断出有用信息,如消费的银行账号、密码等。

2.传输的文件可能被篡改。攻击者可能从三个方面破坏信息的完整性。一是篡改。改变信息流的次序,更改信息的内容,如购买商品的出货地址等。二是删除。删除某个消息或消息的某些部分。三是插入。在消息中插入一些信息,让收方读不懂或接收错误的信息。

3.伪造电子邮件。一是虚开网站和商店,给用户发电子邮件,收订货单。二是伪造大量用户。发电子邮件,穷尽商家资源、使合法用户不能正常访问网络资源,使有严格时间要求的服务不能及时得到响应。三是伪造用户,发大量的电子邮件,窃取商家的商品信息和用户信用等信息。

4.假冒他人身份。冒充他人消费,栽赃;冒充网络控制程序,套取或修改使用权限、通行字、密钥等信息;接管合法用户,欺骗系统,占用合法用户的资源。

5.不承认或抵赖已经做过的交易。发信者事后否认曾经发送过某条消息或内容;收信者事后否认曾经收到过某条消息或内容;购买者不承认确认了订货单;商家卖出的商品因价格差而不承认原有的交易。

(二)电子支付系统的基本安全要求

为了保障交易各方的合法权益、保证能够在安全的前提下开展电子商务,以下基本要求必须得到满足。

1.授权合法性。安全管理人员能够控制用户的权限、分配或终止用户的访问、操作、接入等权利,被授权用户的访问不能被拒绝。在电子商务过程中要求保证信息确实为授权使用的交易各方使用,使他们有选择地得到相关信息与服务,防止由于电子商务交易系统的技术或其他人为因素造成电子商务系统对授权者拒绝提供信息与服务,反而为未授权者提供信息与服务。

2.身份的真实性。网上交易的各方相隔很远、互不了解,要使交易成功,必须互相信任、确认对方是真实的,对商家要考虑客户是不是骗子,对客户要考虑商店是不是黑店、是否有信誉。

3.信息的保密性。在利用网络进行的交易中,必须保证发送者和接收者之间交换信息的保密性。电子商务作为一种贸易的手段,其信息直接代表着个人、企业或国家的商业机密;而电子商务系统是建立在一个较为开放的网络环境上的,维护商业机密是电子商务全面推广应用的重要保障。因此,要预防信息大量传输过程中被非法窃取,确保只有合法用户才能看到数据,防止信息被窃看。

4.信息的完整性。由于数据输入时的意外差错或欺诈行为,可能导致贸易各方信息的差异;此外,数据传输过程中的信息丢失、信息重复或信息传送顺序差异也会导致贸易各方信息的不同。信息的完整性将影响到贸易各方的交易和经营策略。

5.信息的不可抵赖性。不可抵赖性也称不可否认性,是指信息的发送方不能抵赖曾经发送的信息、不能否认自己的行为。在无纸化的电子商务方式下,不可能像在传统的纸面交易中通过手写签名和印章进行双方的鉴别,一般通过电子记录和电子合约等方式来表达。

6.系统的安全可靠性

电子商务系统是计算机系统,其可靠性是指:防止由于计算机失效、程序错误、传输错误、硬件故障、系统软件错误、计算机病毒和自然灾害等所产生的潜在威胁,并加以控制和预防,确保系统安全可靠性。

(三)电子支付安全措施

1.确定通信中贸易伙伴身份的真实性。常用的处理技术是身份认证,即依赖某个可信赖的机构(CA认证中心)发放证书,双方交换信息之前通过认证中心获取对方的证书,并以此识别对方。安全电子交易(SET)规范为在 Internet 上进行安全的电子商务提供了一个开放的标准。电子认证是 SET 的主要功能。

2.保证电子单证的保密性。防范电子单证的内容被第三方读取,常用的处理技术是数据加密和解密。加密实质是一种数据形式的交换,将被传输的单证(称为明文)变换成难以识别和理解的密文,并进行传输,同时在接收方进行相应的逆变换(称为解密),从密文中还原出明文,以供本地的信息处理系统使用。

3.确定电子单证内容的完整性。单证传输完整性主要采用散列技术来防止非法用户对单证的篡改,通过散列算法对被传输的单证进行处理,产生一个依赖于该单证的短小的散列值(通常在 100－200 比特之间),并将该散列值附接在单证之后传输给接收方,以便接收方采用相同的散列算法对接收的单证进行检验。散列算法保证对于不同的单证产生相同的散列值的概率极小。

4.确定电子单证的真实性。鉴别单证真实性的主要手段是数字签名技术,其基础是数据加密中的公开密钥加密技术,实用中常结合单证完整性一起考虑,利用发方的密钥对散列值进行加密。

5.不可抵赖性。实现不可抵赖性通常要求引入认证中心进行管理,由认证中心发放密钥,传输的单证及其签名的备份发至认证中心保存,作为可能争议的仲裁依据。

6.存储信息的安全性。规范内部管理,使用访问控制权限和日志,以及敏感信息的加密存储等。当使用 WWW 服务器支持电子商务活动时,应注意数据的备份和恢复,并采用防火墙技术保护内部网络的安全性。

第四节　电子商务环境下的会计

一、电子商务环境下的会计信息系统

随着电子商务的发展,企业会计信息系统必须与之相适应,建立电子商务环境下的会计信息系统,使前台电子商务与后台会计信息系统相结合,以达到提高企业整体运作效率,提高企业管理水平的目的。

1.做好企业调查,制定全面规划

在电子商务环境下,企业应把会计信息系统作为企业管理信息系统中的一个子系统,从企业信息系统的整体出发,规划设计会计信息系统。为此,企业应先调查对互联网的需求,了解哪些应用对企业的收益较大,选择好适合企业的技术(例如基于 WEB 平台、数据库技术)。对企业进行全面规划包括规划信息化基本平台、后台会计信息系统以及前台电子商务。

2.建立会计信息系统

要建设及发展有竞争力的电子商务,首先必须建立基于网络应用的、以信息流为核心的会计业务一体化信息平台,信息流不畅通必然导致资金流和物流的堵塞。如果把电子商务称之为前台,那么企业内部构建的会计信息系统和相关管理信息系统则可称之为后台。没有后台系统的支持,前台电子商务只是一句空话。因此,要真正开展电子商务,必须先建立后台财务管理及企业管理信息系统。

建立财务子系统。财务子系统能够从资金流的角度,正确地记录、计算、汇总企业本身发生的各种经济业务,及时准确地提供各种会计账簿和报表,实现对资金流的核算和管理。财务子系统的良好运行是保证网上付款、网上纳税、远程报账等电子交易的前提。

建立购销存子系统。购销存子系统是指包括采购、销售、存货核算和管理的子系统。该系统能够从物流的角度,正确地记录、计算、汇总企业采购、存货以及销售等经济业务,及时准确地提供各种管理报表,实现对物流的核算和管理。购销存子系统的良好运行是保证网上采购、网上销售等电子交易的前提。

建立其它子系统。与电子商务最密切的子系统就是财务子系统和购销存子系统。如果这两个子系统建立之后,便可以考虑建立电子商务环境下其他子系统的建设。企业在有能力的条件下,可以建立工资核算子系统、固定资产核算子系统、成本核算子系统、集团管理子系统、决策分析子系统等。

3.建立前台电子商务。建立动态 WEB 站点和企业介绍型网站,是企业面向大众和客户的窗口,内容包括企业介绍、产品介绍、企业新闻、广告服务、电子邮件等。这是企业在电子商务应用中迈出的第一步,电子商务的真正应用是将企业后台系统与电子商务紧密结合起来,直接在网上开展电子商务活动,如开展网上采购和供应商管理,开展网上销售和客户管理,开展网上付款和结算管理,开展网上纳税和提交财务报告等。

二、电子商务对传统会计的影响

电子商务的一个重要技术特征是利用 Web 技术来传输和处理商

业信息,因其具有降低采购成本、减少库存、缩短交易周期、增加销售机会等优势,正以巨大的能量冲击着传统商务活动。同时,电子商务特殊的运作方式,也对传统会计产生了深刻的影响。

(一)对会计理论的影响

电子商务作为网络应用的重要方面,极大地改变了传统会计的环境,也必然对会计理论带来影响。

1.对会计假设的影响

在电子商务环境下,传统会计理论中的会计主体、持续经营、会计分期及货币计量等会计假设都受到相应地冲击。因此我们需要重新认识和理解,使之能够满足互联网上会计信息使用者决策的需要。

(1)对会计主体假设的影响。在传统财务会计理论中,会计主体是个有形的实体。随着商务电子化程度的不断增强,出现了一种新型经济组织形式虚拟企业,它可以是一种临时结盟体,可以是一个独立的公司,也可以是众多公司之间关联程度较高业务的有机组合。由于这种企业在网络空间中非常灵活,会计主体变化频繁,这就给会计主体的认定、判别带来了困难,传统的会计理论定位在这种条件下已失去意义。所以,如何在互联网环境中对会计主体做出新地界定或对会计主体假设本身进行修正是网络财务无法回避的问题。

(2)对持续经营假设的影响。持续经营假设指假定会计主体将持续经营下去,在可以预见的未来,企业不存在清算和破产的可能。电子商务时代,由于会计主体变化频繁,存续时间长短有很大的不确定性。对随时可能解散的虚拟企业而言,持续经营假设将面临挑战。在传统财务会计中,非持续经营条件下应使用清算会计。所以,在网络会计中是使用清算会计,还是创建新的会计体系或方法,做出相应理论拓展,值得考虑。

(3)对会计分期假设的影响。传统会计为了及时向信息需求者提供会计主体的财务状况、经营成果和现金流量的信息,人为地将持续不断的经营过程按照一定的时间间隔分割开来,形成一个个的会计期间。随着电子商务活动的不断扩大,可以使一笔交易在瞬间完成,虚拟企业可能在某项交易完成后立即解散,其存续周期长短具有很强的伸缩性,寿命周期可能很长,也可能很短,而且会计信息在网上进行实时披露成为可能。这样,要进行传统会计分期,势必很难,而且意义又不大。因此,网络会计应对成本费用的分配和摊销做出相应的规定。

(4)对货币计量假设的影响。在传统会计中,货币作为商品价值的表现形式而成为核算中最佳计量单位。电子商务的发展将传统意义上货币计量发展为电子货币计量,使货币出现无纸化趋势。电子货币的出现,弱化了记账本位币的币种惟一,使资金在企业、银行间高速运转,资本决策可瞬息完成,加大了货币风险,冲击了币值稳定,动摇了货币计量假设。此外,电子商务的应用给企业带来了应变能力、服务质量以及企业竞争能力等的提高,这些因素对企业的生存至关重要却无法用货币计量,因而在计量方面,应附加非货币化的环境信息与报表的附加说明。

2.对历史成本计价的影响

历史成本计价是指会计人员在进行资产计价时并不考虑资产的现时成本或变现价值,而是根据它的原始购置成本计价。由于它具有客观、可靠、可验证性,在传统财务会计记录和报表上得以广泛应用。在电子商务环境下,虚拟企业在交易中会涉及到数字产品,由于它已超越了资源限制的约束,数量和内容可以无限制地复制,按历史成本计价反映实物产品购、销、存的传统理论已失去意义。在具体会计核算上,这些产品无法反映具体存货数量和金额,只有销售数量和销售额。再说虚拟企业属于临时性的结盟组织,依靠网络实现统一经营,交易完成后即告解散,生命周期极短。所以,采用现行市价法或变现价值法作为计价基础会更好地反映企业会计要素的现实质量状况,提供准确的会计信息,更具有现实意义。

3.电子商务对权责发生制原则的影响。现行会计制度中,收入与费用的确定采用权责发生制,而不是收付实现制。在电子商务时代,虚拟公司存续的短暂性,决定了它不存在费用的跨期摊提问题。

(二)对会计实务的影响

1.对财务会计报告模式的影响

传统会计报表只能对外提供一种"历史"信息,无法动态地反映网络环境下企业的实时情况。采用事项会计核算之后,企业实时提供有关事项信息,并实现了由信息使用者自己提取和加工信息,进行信息多元重组,则可以打破会计报表时间和空间上的局限,可以得到任何时点、任何时段的信息,也可以得到企业单个分部、几个分部、全部企业的个别信息和汇总信息。会计信息报告模式可以使用表格、图像和声音等。这种会计信息报告模式,称之为实时报告系统(Real – Time Reporting System)。运用实时报告系统,将正确的信息实时流入关键人手中,管理者可根据订单组织生产,产品完工实时交货,做到准时生产和接近零库存的境界。财务人员可以根据在线数据库上涵括的网上所有企业的信息,得到同行业其它企业有关财务指标,进行比较分析,正确预测企业今后趋势。企业外部信息需求人士也可以动态得到企业实时财务信息,从而相应做出正确决策,减少决策风险。具体表现在以下几个方面:

(1)表现在会计报告目标上,传统会计侧重为投资者和债权人提供反映管理人员经营责任的信息,将来更侧重于向使用者提供有助于决策的相关信息。(2)表现在报告周期上,建立在分期假设和成本效益原则约束之上的定期报告模式,将被不受时空限制的实时动态报告模式所代替。(3)表现在报告内容上,不但反映企业财务状况、经营成果和现金流量等情况的财务会计信息,而且还能够及时提供其它有关方面的信息,如前瞻性信息、管理部门的计划、公司背景数据等信息,信息的披露更加充分。

2.对会计信息质量的影响

在电子商务方式下,电子符号代替了会计数据,磁介质代管了纸介质,财务数据流动过程中签字盖章等传统确认手段不复存在,从而使网上信息的真实性受到质疑。作为信息接受方,跨地区、跨国经营的总公司随时会收到来自不同地域发来的财务数据,出于缺乏有效的确认标识,有理由怀疑这些数据的真实性。因此,对数据信息合法性的确认就成为一个急需解决的重要问题。

3.对会计内部控制的影响

电子商务是网络环境下的必然产物,随着电子商务的逐步普及,网上交易越来越普遍。电子商务给企业经营带来无限的生机,又给网络会计系统的内部控制带来了新的挑战。会计内部控制系统是为保障会计目标实现而对会计客体所做的约定和规范。电子商务使用的是电子货币,它可经过网络传送,也可实现匿名支付。电子货币是数字信息,它有被伪造的危险。从技术上说,电子签名比纸币上使用的水印更难伪造,但电子货币和其他数字信息一样容易被复制。因此,企业建立会计信息网络以满足企业管理和商务活动需要的同时,要加强内部控制,加强信用卡号码及密钥的管理,为了防止重要数据信息的泄露,还要对数据进行加密,以保证数据的安全。

可以看到网络环境下的电算化会计信息系统更为复杂,因此要使用内部控制与外部控制相结合,只有从企业的内部稽核与外部审计两个方面进行全方位控制,才能达到在网络环境下电算化会计信息系统的有效控制。网络环境下电算化会计信息系统的控制,将是会计发展史上的一次重大革命。

(三)电子商务对会计组织的影响

1.提高会计工作效率。通过电子支付使资金结算工作效率大幅度提高,会计信息的交流更加方便与直接,网上交易信息的及时获取提高了财会系统的应变能力。

2.会计工作岗位的调整与合并。电子商务方式下,许多工作由机器自动完成,一些工作岗位将会消失或合并。

3.进一步提高会计人员素质。电子商务方式下,会计人员不仅要精通会计的相关理论和技能,也要通晓计算机网络的相关知识,更要掌握电子商务的具体操作方法与技能,此外,internet 上的公司多数是国际企业间的相互合作,涉及不同的语言、商务、会计处理方法和社会文化背景,这同样要求网络会计人员必须提高自身的综合素质,更要熟悉国际会计及商务惯例,并具有较为广博的国际社会文化背景知识,还应具备知识创新和知识运用的能力,以适应网络经济发展的需要。

(四)对国际会计的影响

电子商务的发展产生了一些跨国经济运行方式。电子技术的飞速发展和电子计算机信息网络的普遍应用,使得人们能够在很短的时间之内将巨额资金在世界各大城市之间相互流转。从资本流转的程度和广度来看，地球正变得越来越小，并逐渐成为一个所谓的"地球村"。电子商务活动的开展，使得企业之间的国际竞争日趋激烈，企业为了谋求自身的生存，必须不断加强新产品研制和技术改造工作，在这个过程中往往需要巨额资金的支持，从而筹集国际资金就成为多数企业的迫切需要，相应的国际会计业务也需要进行调整。一个国家的资金贷出单位，为了更好地制定信贷决策，必须对外国借款单位的信用状况进行调查，要求他们提供符合国际惯例的标准化的会计报表。另外，电子商务使得国际贸易迅速发展，而进行国际贸易必须首先了解企业的信用和财务状况，也必须要有一个统一的会计规范和程序。因此可见，电子商务促进了会计准则的国际化发展。

三、电子商务环境下会计发展的趋势

电子商务是综合运用信息技术，以提高贸易伙伴间商业运作效率为目标，将交易全过程中的数据和资料通过电子方式实现，是在商业的整个运作过程中实现交易无纸化和直接化的全新商务运作方式。电子商务打破了地域分离，缩短了信息流动的时间，降低了物资流、资金流及信息流的处理成本，推动企业向网络会计方向发展。

网络会计是指建立在网络环境基础上的会计信息系统。一般说来，网络环境包含两部分：一方面是企业外部网络环境，通过外部网络使企业同外界贸易伙伴和消费者进行信息交流和共享；另一方面是企业内部网络环境，通过组建企业内部网络可实现企业内部部门之间的信息交流和共享。与传统会计相比，网络会计特点主要表现为：

（一）会计数据电子化，数据传递网络化

互联网的发展使电子单据网络传递，无论身处何处均可以与世界各地的商品生产商、销售商、消费者进行交流、订货、交易、实现快速准确地双向式数据交流。与此同时，商品交易的资金支付、结算通过网络系统完成，因而支付手段的高度电子化使资金活动实际上转变为信息的流动。另外，企业内部网络结构的建立，还使得企业业务流程中产生的各种书面凭证都被电子凭证所代替。在网络时代，电子符号取代了

会计数据。

(二)信息的实时跟踪性

计算机网络化在企业中的使用,缩小了传统会计的时间和空间距离,会计信息系统实现了实时跟踪。具体表现在经济组织内生产、财务、销售等部门的网络化,使每一笔经济业务的发生能够立刻反映为经济处理的会计信息,实现了信息的实时传递和处理。同时网络环境下,财务人员还可以借助在线数据库进行实时的同行业有关财务指标的比较分析,预测企业发展趋势。政府、投资者等也可以通过浏览企业的网站查询实时的财务信息。在网络会计方式下,动态核算将逐步取代静态核算,业务活动的反映可由定时转为即时,财务报告可突破原有会计周期的限制,使提供的会计数据、会计信息更具有及时性、有效性。

(三)远程处理与集中监控

随着网络技术的日益发展,财务管理能力能够延伸到全球的任何一个节点,可以顺利实现远程报账、远程报表、远程查账、远程审计,使各项财务活动不仅达到远程处理和实时处理的要求,而且可以实现财务的远程监控。一方面,公司的各级管理员均可以根据授权,管理自己的财务会计信息领域,诊断、改正财务会计信息中出现的问题。另一方面,上级主管部门可以方便地对下一级财务人员所处理的财务进行全面检查、管理、测试,并最终汇总、编报会计报表。

(四)会计管理与经营业务的协同

网络时代,企业对会计管理和经营业务间的协同提出了更高、更新的要求。不仅要求实现企业内部财务部门与企业供应链、销售链之间的协同,还要求实现企业与社会相关部门,如工商、税务、金融、保险等之间的协同。

本 章 小 结

本章主要对网络及电子商务进行了简要地介绍。希望读者通过这部分地学习,了解网络的功能和分类,了解互联网与企业内部网的区别;熟悉电子商务的内涵,电子商务的应用模式;理解电子信用卡、电子支票、电子货市等电子支付方式的含义及安全性措施;重点把握电子商务对传统会计理论、会计实务、国际会计、会计组织的影响及电子商务下会计的发展趋势——网络会计。

思 考 题

1. 网络的功能有哪些？
2. 网络按地理范围、拓扑结构怎样分类？
3. 企业内部网、企业外部网及互联网的区别是什么？
4. 如何理解电子商务的内涵？
5. 电子商务的应用模式有哪些？
6. 电子支付方式有哪些？并简要说明。
7. 电子商务对会计理论有哪些影响？

第十章 信息技术环境下的企业内部控制

第一节 信息技术环境下企业内部控制概述

一、信息技术环境下会计系统存在的风险

所谓风险,是指可能发生的遭遇损失或失败的可能性。实践证明,设置内部控制是防范及降低风险的一种有效途径。

电算化会计信息系统相对于手工会计信息系统面对的安全隐患更多。

(一)存储介质不同引起的风险

电算化会计信息系统中使用磁性介质存储数据资料。磁性介质相对于纸张来说,所存储的数据更易于被不留痕迹地破坏或丢失。

(二)数据传输过程带来的风险

手工会计信息系统会计资料的传递要严格遵守企业内部的授权制度。电算化会计信息系统具有远程通信能力,可以使得不同地理位置的操作人员随时进行数据的处理和使用。但是,通过电子通信线路,未经授权的人(比如网络黑客)也可能远程地访问计算机篡改数据。

(三)处理过程不生成中间数据带来的风险

电算化会计信息系统中存在着处理一体化的倾向,即数据由用户部门产生以后,提交给电算化会计信息系统进行运行,所有的处理过程都集中在计算机内操作,不生成中间数据,这就降低了数据的独立性。

二、内部控制的概念

内部控制是指被审计单位为了保证业务活动的有效进行,保护资产的安全和完整,防止、发现、纠正错误与舞弊,保证会计资料的真实、

合法、完整而制定和实施的政策与程序。具体到与会计系统有关的内部控制,其设计和运行是为了达到以下目标:

1.保证业务活动按照适当的授权进行;

2.保证所有交易和事项以正确的金额,在恰当的会计期间及时记录于适当账户,使会计报表的编制符合会计准则的相关要求;

3.保证对资产和记录的接触、处理均经过适当的授权;

4.保证账面资产与实存资产相符。

三、内部控制的重要性

内部控制系统是保证企业正常运转的前提与基础。现代企业内部控制制度,其范围相当广泛,其作用已远不止防弊纠错,比较完善的内部控制制度可以发挥以下四个方面作用:

1.能够保护财产物资的安全完整。内部控制制度对财产物资的保管和使用采取各种控制手段,可以防止和减少财产物资被损坏,杜绝浪费、贪污、盗窃、挪用和不合理使用等问题的发生。

2.能够提高会计资料的正确性和可靠性。正确可靠的会计数据是企业经营管理者了解过去、控制目前、预测未来、做出决策的必要条件,而内部控制系统通过制定和执行业务处理程序,科学地进行职责分工,使会计资料在相互牵制的条件下产生,从而有效地防止错误和弊端的发生,保证会计资料的正确性和可靠性。

3.能够保证国家对企业的宏观控制。国家制定的一系列财政纪律及法规,都要求企业通过建立内部控制制度来落实,企业通过实施内部控制制度进行自我约束,遵守国家的财政纪律和法规。

4.能够保证企业高效率经营。科学的内部控制制度,能够合理地对企业内部各个职能部门和人员进行分工控制、协调和考核,促使企业各部门及人员履行职责、明确目标,保证企业的生产经营活动有序、高效地进行。

四、内部控制的分类

(一)内部会计控制、内部管理控制

根据控制范围不同,内部控制可分为内部会计控制和内部管理管制。

1.内部会计控制

内部会计控制由组织计划和所有保护资产、保护会计记录可靠性或与此有关的方法和程序组成。设计内部会计控制制度,主要是为了及时完整地提供可靠的会计信息,建立健全财务会计信息系统,包括授权与批准制度,记账、编制财务报表、保管财务资产等职务的分离,财产的实务控制以及内部审计等控制。例如,货币资金内部控制制度、存货内部控制制度、固定资产内部控制制度等。

2.内部管理控制

内部管理控制由组织计划和所有为提高经营效率、保证管理部门所制定的各项政策得到贯彻执行或与此直接有关的方法和程序组成。

内部管理控制制度虽不直接涉及财务会计活动,但也有间接地相关反映,它是内部会计控制制度的前提和基础,是内部会计控制制度的出发点。所以若要建立有效的内部会计控制制度,必须先建立有效的内部管理控制制度。例如,采购内部控制制度、产品生产内部控制制度等。

(二)手工控制、程序化控制

按照控制手段不同,可将内部控制分为手工控制,程序化控制。

1.手工控制

该控制是指以手工方式进行控制。在手工会计信息系统中所存在的控制方法基本上都是手工控制。

2.程序化控制

该种控制是指以计算机为工具进行的控制,在电算化会计作息系统中存在着手工控制和程序化控制两种,而且大量依赖程序化控制。审计人员必须利用各种计算机辅助的方法才能对这些程序化控制进行测试。

(三)一般控制、应用控制

电算化会计信息系统内部控制可分为一般控制和应用控制。

1.一般控制

一般控制指那些保证计算机环境安全的控制手段。一般控制又可分为管理控制和系统开发控制。管理控制指采用各种管理措施保证数据和系统的安全性,保证系统平稳运行。系统开发控制是要保证新系统不会对环境造成新的危险。一般控制包括:

(1)组织控制;

(2)操作控制;

(3)硬件及系统软件控制;

(4)系统安全控制;

(5)应用系统开发和维护控制。

2.应用控制

应用控制是针对特定的、具体的应用环节所采取的控制,是整合在系统运作过程中,保证处理的信息是正确的、完全的、经过授权的、并且对所做处理留有审计线索的。应用控制包括:

(1)输入控制;

(2)计算机处理与数据文件控制;

(3)输出控制。

第二节 会计信息系统的一般控制

一、组织控制

组织控制指采取职能分离、合理分工等手段保证电算化会计信息系统正常运行。

(一)电算化部门和用户部门职能的分离

电算化部门和用户部门之间职能分离表现在以下几个方面:

1.用户部门的职能

用户部门负责业务的授权、产生、执行、记录、资产的保管等。用户部门内部的职能分离基本上同手工系统。

2.电算化部门的职能

电算化部门负责电算化会计信息系统的建立、使用和管理。当然，在建立一个新的电算化系统或者对现有的电算化系统进行修改时，需要用户部门地积极参与。

3.用户部门和电算化部门之间的关系

(1)电算化部门根据用户部门的需要进行数据地处理。用户部门将业务过程中发生的原始数据经过整理和校验后，交给电算化部门。电算化部门接收到用户部门的数据后，先要进行登记并记录下控制总数，然后再根据用户部门的需要进行输入、处理和输出。输出的结果进行控制总数的核对后并进行登记，然后交给用户部门。

(2)当然，用户部门也可以将已经产生的原始数据进行整理并转化为计算机可读的形式，然后传递给电算化部门。这样电算化部门就不再需要负责数据的输入，但要对数据进行校验，校验以后，就可以进行处理了。

(3)电算化部门只能根据用户部门的要求进行数据的输入、处理和输出，而不能自行增加、修改或减少相应的数据。

(4)电算化部门和用户部门保持独立，用户部门不可以根据自己的需要自行修改处理结果或者处理程序。

4.对错误的处理方法

在数据处理过程中发生的错误，除了由于电算化部门人员的误操作而产生的错误可以由电算化部门自行改正外，其他错误均不能由电算化部门人员改正，而必须交由用户部门的人员进行判断和修改。也就是说，错误是由哪个部门造成的，就责成哪个部门修改。

(二)电算化部门内部的职能分离

电算化部门能够接触到大量敏感、关键资源，而且越来越多的内部控制集中到电算化部门，加强电算化部门内部的职能分工变得很重要。电算化部门的工作一般分为两类：一类是电算化会计信息系统的开发、维护工作，一类是电算化会计信息系统的使用工作。这是互不相容的岗位。

1.电算化会计信息系统开发小组

电算化会计信息系统开发小组负责电算化会计信息系统的开发和

维护工作。小组成员包括系统分析员、系统设计员、程序员、数据库管理员等。他们对于整个信息系统的构造非常了解。如果他们有机会操作信息系统,则可能更有能力利用这种便利进行舞弊。

2.电算化会计信息系统使用小组

电算化会计信息系统使用小组负责电算化会计信息系统的日常操作和处理工作。小组成员包括数据输入人员、数据处理人员、数据控制人员、数据资料保管人员等。对于使用小组的人员,应该限制、不允许他们接触系统的开发文档,以免他们对系统的内在工作原理过于了解,这样有可能会出现舞弊。

(三)加强对员工的管理

1.强化安全意识

(1)要在企业文化中提倡、培育安全观念。

(2)在企业制度条款中要包括对一些敏感问题的详细规定。例如有关内幕交易问题、客户资金的使用问题、敏感数据的访问问题等。

(3)在员工的聘用合同里,要包括有安全、保密方面的条款。尤其对于那些有一定职权的员工,在聘用合同中要列明责任。

(4)要加强领导的管理和内部审计部门的监督。

2.识别敏感岗位

企业每一个岗位的敏感程度是不同的。这里所谓的敏感程度,指的是该岗位可能的舞弊程度。根据下面的原则可以判断不同岗位的敏感程度:

(1)该岗位接触到关键资源的机会;

(2)是否能够有实施舞弊行为的时间;

(3)作为个人是否具有舞弊的能力;

(4)作为个人是否具有舞弊的动机。

3.加强对敏感岗位的控制

数据库管理员、系统分析员等这些都是敏感岗位。对于敏感程度较高的岗位,需要特别关注。可以考虑以下控制方法:

(1)聘用员工时,要仔细考核,不仅考核其业务水平,还要考核其品质;

(2)岗位轮换。定期或不定期地实行岗位轮换;

(3)强制休假;

(4)计算机使用记录。对于计算机的使用情况自动留下相应日志记录;

(5)进一步加强内部审计和监控。

二、操作控制

操作控制是指通过对操作手册和操作程序等的严格规定和遵守,来保证电算化会计信息系统操作的正确性。单位应根据工作需要,建立健全各类人员操作管理制度、计算机软硬件和数据管理制度、电算化会计档案管理制度等,保证会计信息化工作的顺利开展。

一般的操作控制制度包括以下几个方面:

1.严格的上机操作手册;

2.严格的软件操作规程;

3.硬件和软件的使用记录制度;

4.系统运行指标的考核;

5.定期的维护和保养;

6.系统错误记录和分析报告;

7.保证机房设施安全和电子计算机正常运转的措施;

8.会计数据和会计核算软件安全保密的措施。

三、系统硬件控制与软件控制

电算化会计信息系统的硬件和软件构成了系统的主要运行环境,加强对硬件和软件地控制是保证电算化会计信息系统正常运行的重要基础。

(一)硬件控制

常见的硬件控制措施包括:

1.冗余校验

它是在数据编码中设置冗余位,依据冗余位编码与数据编码的逻辑关系来检测是否所有读入的数据均已正确地传送到计算机的其他部位的控制方法。

2.回波校验

将输入设备所接收的数据传送到数据的来源处,一般与原始数据进行比较。

3.重复处理校验

这是通过重复进行同样的操作处理,将结果进行比较以发现错误的一种控制:例如,写后读校验是将已经写出的数据再次读入,以便与内部处理单元中的数据进行核对;重读校验是重复将输入数据读入,再将这两次读入的数据进行比较。

4.设备校验

这是将控制手段构造在计算机集成电路板中,检查并更正错误的一种方法。具体控制功能包括错误自动诊断和自动重新输入。

5.有效性校验

这是利用计算机实际操作与有效操作进行对比而检测错误的一种控制。具体包括操作有效性、字符或字段有效性、地址有效性。

6.作业控制

这是指由人来完成的各种计算机硬件控制。包括存储介质控制、计算机工作环境控制、电源控制、设备维修与更新、偶然事件控制等。

(二)系统软件控制

系统软件的主要功能包括管理系统操作、辅助和控制应用程序的运行等内容。较为理想的系统软件控制包括以下几个方面:

1.错误处理

系统软件能检测和纠正因为硬件和软件问题引起的一些错误。例如读写错误处理、记录长度检查、存储装置检查等。

2.程序保护

这项控制的目的是防止在处理过程中各应用程序相互干扰,防止程序调用的错误,防止未经授权而对应用程序进行改动。例如,边界保护、程序调用控制等。

3.文件保护

这项控制是要防止未经授权使用或修改数据,具体包括内部文件标签检查、存储保护、内存清理、地址比较等。

4.安全保护

这项控制是要防止未经授权使用计算机系统控制。具体包括日志控制、口令控制等。

5.自我保护

需要对系统软件本身加以保护,防止被滥用。例如:加强系统软件开发阶段的监控;记录系统软件的维护情况;尽量将系统软件的维护工作与其他工作分离开来等。

四、系统安全控制

电算化会计信息系统的安全问题,指组成电算化会计信息系统的各方面资源的安全问题,包括:硬件、软件、数据、人员。

(一)硬件的安全

1.硬件运行环境的控制

计算机系统是由大量电子设备、机械设备和机电设备组成的,这些设备易受环境的影响,对周围环境的要求比较严格。为计算机硬件运行提供安全环境,可以充分发挥计算机的性能,确保安全可靠运行,能够延长计算机系统的使用寿命。

一般计算机房应安装抽湿设备,配备火警预警器和灭火装置,并应配备不间断电源(UPS)。此外机房应选择在不易遭受自然灾害的地区,建筑物坚固,并远离有害化学气体,易燃、易爆物品存放处,远离强电磁场干扰源。机房内保持清洁,保持温度、湿度在允许的范围以内,并注意防止火灾、防静电、防电击、防水害等。

2.防止系统故障

(1)系统购置时应谨慎选择供货厂家,不仅要求硬件和软件性能可靠,而且要求厂家能提供完善的售后服务和维修。

(2)加强对在职人员的培训,提高操作人员的操作任凭。

(3)建立后备系统。通过建立双重的计算机系统,可提高机器的可靠性,系统出现故障,可以由备用系统继续工作。

3.硬件接触控制

要采取各种措施防止未经授权的人接触硬件。比如：

(1)机房地址不要选择在人流热闹的地方；

(2)对机房加锁。可以规定必须两个人或两个人以上同时到场，才可能将机房打开，也可以在开锁的同时，要求输入口令；

(3)对进出机房的人采用身份识别技术。例如，检查证件、通过指纹识别、触摸识别等。

(4)采用闭路电视进行多角度地监控；

(5)计算机设备上可以加上标签，这样当有人试图将其带出时，会发出警报。

(二)软件的安全

1.软件的接触控制

为了防止未经授权的人员擅自使用软件，可以要求每一个使用者必须进行注册，并输入相应的口令，并且使用的口令应该定期更改，口令的位数不应过短等。对于合法的注册用户，必须根据他们的工作岗位和性质限定他们对于各个功能的使用。一般来说，对于管理人员，他们主要使用的是查询和分析模块；对于具体的业务人员使用的大多是输入、处理模块。在初始化设置时，需要设定各个用户的权限。只有通过了权限的考核，才允许打开该软件进行运行。

2.防止计算机病毒的侵害

计算机病毒是指编制或者在计算机程序中插入的破坏计算机功能或者毁坏数据、影响计算机使用、并能自我复制的一组计算机指令或者程序代码。

防范措施主要有：

(1)加强机房管理，避免使用来路不明的软盘和非法拷贝的软件，不接收异常的电子邮件，在下载时也要小心；

(2)购置反病毒软件，经常对硬盘和软盘进行病毒检测；

(3)对重要资料进行经常的备份；

(4)制定一旦病毒入侵需要采取的方案，制定相应的恢复保证制度。

(三)数据的安全

1.数据的接触控制

(1)口令控制方式

对于敏感机密数据可以采用口令控制的方式,只有经过授权的用户才可以访问。

(2)加强对存储介质的管理

应该加强对磁性介质的管理。例如,磁盘不要随意摆放,使用完以后要加锁保护起来等。

当要删除存储在磁性介质上的数据时要注意:数据虽然被删除了,但是在没有新的信息覆盖在磁性介质上时,那些被删除的数据依然可以被恢复。

计算机打印出来的数据如果废弃不用的话,应该用碎纸机进行粉碎,这样可以防止有人窃取数据。

(3)磁介质上数据的加密保护

可以采用硬加密的防复制技术、软加密的防解读技术和防跟踪技术。数据加密即是对明文(未经加密的数据)按照选用的加密算法进行处理,而成为难以识读的密文(经加密后的数据),在数据进行处理时再解密。

2.数据的备份制度

数据备份是一种普遍应用的恢复性控制手段。这里的数据备份是指对数据文件、数据库、程序以及有关资料进行双重或多重复制,使用中的数据丢失以后,还可以使用备份资料。进行数据备份应注意:

(1)至少应有一份备份文件存放在远离计算机机房的地方;

(2)备份文件应尽可能反映文件的变化或最新状态,因此备份的周期不能太长,一般最长不能超过一个月;

(3)对于备份文件的保存期限应有明确的规定。

第三节　会计信息系统的应用控制

应用控制是指对会计信息系统的具体数据处理活动所进行的控

制,一般包括输入控制、处理控制和输出控制三个方面。应用控制具有特殊性,因为不同的应用系统有着不同的处理环节、处理方法、控制重点、控制要求和具体的控制措施。例如,存货系统控制的重点是库存量,报表系统控制的重点是表中数据的来源,账务处理系统控制的重点是凭证的正确性,网络系统控制的重点是数据存取权限及其安全保密性等等。

一、输入控制

(一)输入控制的重要性

在电算化系统中,由于计算机处理数据的过程是自动进行的,因此,输入数据的正确与否,是整个系统数据正确性的关键。输入数据的正确性控制,通常由程序自动控制和人员分工控制两方面来完成。数据输入控制要求输入数据的人员应经过必要的授权,程序通过科目级别借贷平衡、总数控制、平衡校验、存在性校验等内部校验来检测数据的正确性。

(二)会计信息系统输入控制方法

1.数据采集控制。采集数据是用户部门的工作。数据采集控制的目的在于确保应用系统在合理授权的基础上完整地收集、正确地编制、安全地传递输入数据。其控制措施主要有:

(1)用户部门内部的职责分离。资产保管与数据采集职能分离、业务授权与资产保管职能分离、业务授权与原始凭证填制职能分离、填制原始凭证与审核原始凭证职能分离;

(2)标准化的凭证格式。设计和使用标准凭证格式能减少发生错误的概率;

(3)制定凭证编制程序。明确要使用的凭证、编制凭证的时间、编码的使用、凭证传递的程序和时间等;

(4)凭证审核。指定专人负责凭证的审核,以发现和纠正凭证上的错误;

(5)手续控制。业务批准人,资产保管人,凭证的编制人、审核人应在凭证上签字,以明确责任;

(6)凭证更正规程。数据处理部门(电算部门)发现原始数据有错应交用户部门更正,用户部门更正后再将凭证传递到数据处理部门再处理;

(7)批量控制。为每批凭证编号以便凭证的交接(用户部门送电算部门或其他部门)计算批量总数(如业务总数、数量总数、金额总数等),以便检查凭证传递、输入、处理中的错误。

2.数据输入控制。数据输入控制是为防止输入数据时的遗漏或重复,检查输入数据是否有错误的控制措施。计算机会计信息系统中,数据输入的依据可以是原始凭证,也可以是记账凭证,还可以是这两者的合并。其中以记账凭证作为输入主要依据的方式在目前使用的系统中较为常见,这里就介绍以记账凭证为输入依据的控制。

以记账凭证为依据输入数据时可能发生的问题和错误主要有:会计科目输入错误,如输入了没有设置的科目或误用其他会计科目;借贷方向输错;金额输错,如未计、多计或少计;对应关系搞错;由于是键盘输入,输入的速度较慢等。

对于可能发生的问题和错误可采用以下控制措施:

(1)顺序校验。检查凭证号码的顺序是否连续,有无重复和遗漏,这项工作可由程序自动控制完成。例如,如果用户输入重复或不连续的凭证号时,程序自动向用户提示凭证输入错误信息。

(2)设置会计科目代码与名称对照文件。当输入科目代码时,系统先在对照文件中进行查找,如果找到可以给用户汉字提示以确认是否为正确科目,如果找不到应提示"科目不合法",并要求重新输入正确的科目代码;

(3)设置对应关系参照文件。会计科目输入正确不能保证对经济业务的处理就是正确的,还有可能发生账户对应关系错误。对应关系参照文件根据业务间的相互关系事先确定对应的会计科目,当输入一张记账凭证后,查询对应关系参照文件,检查和判断输入的科目之间是否存在正确的对应关系;

(4)合理性校验。对某些输入的数据确定合理的范围,若输入数据超出合理范围,系统就会给予提示,要求检查输入的数据,如材料的最

高、最低储量等可作为合理范围的标准;

(5)平衡校验。通过数据间应有的平衡关系检查数据输入是否有错,如当一张凭证输入完毕后系统自动进行"借方科目金额合计＝贷方科目金额合计"的检查;

(6)人工校验。由计算机会计信息系统将输入的数据打印出来或在屏幕上再次显示供输入操作人员或审核人员根据原始数据进行检查核对;

(7)重输入控制。将同样数据向计算机系统输入两次,由系统自动核对两次输入的结果,并对不一致的记录做标记,核对完毕后由输入员对所标记错误的记录进行修改。

可见,在系统程序设计中,将控制关系考虑进去,既方便用户操作,又提高输入数据的正确性和可靠性。

二、处理控制

数据输入计算机后,按照预定的程序进行加工处理,在数据处理过程中极少人工干预,一般控制和输入控制对保证数据处理的正确和可靠起着非常重要的作用。但是针对计算错误、用错文件、用错记录、用错程序、输入数据错误在输入过程中没检查出来等情况,还必须在处理过程中设置处理控制。这些处理控制措施大都为纠正性和检查性控制,而且多是程序控制。

(一)业务时序控制。

会计业务数据处理有时序性,某一处理过程的运行结果取决于若干相关条件过程处理的完成,所以可以在程序中增加业务时序控制,例如凭证输入计算机后不经审核直接记帐,系统程序不予处理。

(二)数据有效性检验。要保证所处理的数据来自正确文件和记录,可采用的控制措施主要有:

1.文件标签校验。在处理数据文件之前,操作员要认真检查文件的外部标签,确认所要处理的文件;计算机在对数据文件处理前,检查文件的内部标签。外部标签的设置是手工控制,内部标签属于程序化控制。

2.业务编码校验。业务数据文件包含各种类型的业务数据,业务类型可由业务编码识别。在应用程序中,先读出业务编码,以决定由相应的程序处理,业务编码校验控制可提高程序处理不同业务的准确性。

3.顺序校验。应用程序通过比较每一项业务或记录的主关键字与前一项业务或记录的主关键字来检查文件记录是否有错误,防止因使用了错误的文件或出现排序与合并错误而导致的业务记录丢失。

(三)程序化处理有效性检验。

硬件、系统软件或应用软件的错误可能导致数据处理的错误,发现数据处理错误的有效性检验方法是:

1.计算正确性测试。可以采用重复运算的方法,即重复进行同一计算,比较计算结果是否一致、也可以采用逆向运算、溢出测试(如检测计算结果是否超过确定的数据项长度)等方法来发现运算中的逻辑错误;

2.数据合理性检验。数据处理前,首先预测处理结果,随后将处理结果和预测结果做比较,通过比较结果来分析数据处理是否正确;

3.错误更正控制。根据错误处理的方式建立相应的控制。对于数据有效性检验发现的错误,将错误数据先写入待处理文件,更正后与同批或其他批次业务数据一起再输入、处理。对于处理过程结束后发现的错误,不能采用直接删除原有错误记录的方式,要输入两次数据更正错误,一次输入冲销原有的错误,一次输入正确的数据。应设置专门的控制日志,记录错误的传递、更正与再输入情况;

4.断点技术。断点是由一条指令或其他条件所规定的程序中的一个点。断点技术是指在这个点上,程序运行能被外部干预或为监督程序中断,程序运行中断以后,可以直观检查、打印输出或做其他分析。在断点可以通过计算,发现错误可能出在程序运行的哪一个环节,从而及时更正错误,并从断点开始继续处理数据;

5.数据合理性检查。可以将余额合理性标准编入程序,一般来说,在借贷记账法下,资产类账户余额在借方,负债及所有者权益类账户余额在贷方,通过这些标准,可以检测数据处理是否合理。此外,还可根据试算平衡原理编制程序,对全部账户的期末余额和本期发生额进行检查,一旦发现不平衡,即说明处理有误,应进行查找和更正。

三、输出控制

计算机数据处理结果输出主要有屏幕显示输出、打印输出、存入磁性介质如磁盘等方式。在输出环节,可能会发生输出结果未经授权输出、未送给指定部门或未及时送到,输出结果不正确、不完整或不易懂等错误和问题。针对这些错误和问题设置的主要控制措施如下:

1.输出授权控制。只有经过批准的人才能进行输出操作。可以通过口令控制;

2.输入过程的控制总数与输出得到的控制总数相核对;

3.审校输出结果,检查正确性、完整性;

4.将正常业务报告与例外报告中有关数据做分析对比;

5.设置输出报告发送登记簿,记录报告发送份数、时间、接受人等事项;

6.制订输出错误纠正和对重要数据进行处理的规定;

7.在会计报表输出前,由计算机检查报表间应有的勾稽关系是否满足,若不满足,则给出错误信息。

不同的单位和不同的电算化会计信息系统内部控制的技术方法会有很大差异。应用控制大部分通过程序实现,所以选用的会计软件不同,应用控制的实现方式也不同。但是,不管系统的应用控制采用哪种技术方法,都必须保留审计线索。

第四节　网络技术对会计信息系统内部控制的影响

一、网络技术对会计信息系统内部控制的影响

会计信息系统的内部控制是内部会计控制的特殊形式。随着 IT 技术特别是以 Internet 为代表的网络技术的发展和运用,会计信息技术进一步向深层次发展,这些变革无疑给企业带来了巨大的效益,但同时也给内部控制带来了新的问题和挑战。网络技术对会计信息系统内部

控制带来的影响主要表现在以下几个方面。

（一）内部控制的主体扩大

在传统的环境下，内部控制的主体是由会计人员、财务管理人员等组成。从内部控制制度的制定、内部控制措施的实施以及内部控制的监督、内部控制的不断改进和发展，整个过程都由与企业经济管理相关的人员组成。在网络环境下，内部控制人员还包括计算机专业人才，特别是精通网络技术，能将网络技术与会计、管理等相关学科结合的高级人才的参与。因为整个会计信息系统的运行都需要人机结合来完成，由此，企业内部控制主体的人员组成由原来的会计、财务、管理等相关人员扩大到有计算机、网络等相关人员参与、监督与配合，涉及的人员范围更为广泛了。在这样的情况下，如果不通过控制操作人员的职能加强内部控制，就会使某些计算机操作人员直接对使用中的程序和数据进行修改，操纵处理结果，从而加大出现错误和舞弊的风险。

（二）网络的发展使内部控制的范围变大

网络的发展及广泛应用，使整个企业各个生产部门的工作环境得到很大的改善，会计信息的网上实时处理成为可能，业务事项也可以在远离企业的某个终端机上完成数据处理工作。原来由会计人员处理的有关业务事项，现在可能由其他业务人员在终端机上一次完成。原来由几个部门按预定步骤完成的业务事项，现在可能集中在一个部门甚至一个人完成。因此，企业的内部控制就要从原来环境下的对于账本、票据、岗位等的控制，扩大到对于网络安全、交易密码、交易授权等进行控制，使内部控制的范围延伸到了由计算机组成的网络领域，内部控制的范围和控制程序较之手工会计系统更加广泛、更加复杂。

（三）内部控制的风险更大

在网络环境下随着计算机使用范围的扩大，利用计算机进行的贪污、舞弊、诈骗等犯罪活动也有所增加，储存在计算机磁性介质上的数据容易被篡改，有时甚至能不留痕迹地篡改，数据库技术的提高使数据高度集中，未经授权的人员有可能通过计算机和网络浏览全部数据文件，复制、伪造、销毁企业重要的数据。计算机犯罪具有很大的隐蔽性和危害性，发现计算机舞弊和犯罪的难度较之手工会计系统更大，计算机舞弊和犯罪造成的危害和损失可能比手工会计系统更大。随着计算机在会计工作中的普遍应用,管理部门对由计算机产生的各种数据、报表等会计信息的依赖越来越大,这些会计信息的产生只有在严格的控制下,才能保证其可靠性和准确性。同时也只有在严格的控制下,才能预防和减少计算机犯罪的可能性。所以,加强会计信息系统的控制和自控能力就显得十分重要。

(四)内部控制对工作人员的素质要求更高

传统的内部控制只要求控制人员掌握相关的专业知识,以便于对企业内部控制工作的有序、健康发展做出贡献。网络环境下内部控制人员不但要对相关的专业知识较好地掌握,对于计算机技术也价很高的要求。因为,会计信息系统要求确保原始数据输入的准确性,一旦原始数据在输入中发生错误,计算机将无法识别,只能将错就错地进行工作,导致所有记账、分析及编制会计报表等工作均在程序的控制下自动进行错误运算。另外,由于传统核算方法复核机制的减弱,人工审核机制不完善,使得内部校核大大减弱,甚至消失。这就对内部控制提出了新的具体要求,一切数据的处理方法和过程都必须规范化并确保准确性和相对的稳定性,这样才能保证会计信息质量的真实、完整和准确。

二、网络环境下会计信息系统的内部控制

(一)网络环境下会计信息系统内部控制的完善

1.网上公证第三方牵制的形成

虽然网络环境下原始凭证仍然以数字方式进行存储,但也不能像手工系统那样对每一张凭证作痕迹检验。可是利用网络所特有的实时传输功能和日益丰富的互联网服务项目,可以实现原始交易凭证的第三方监控,即网上公证。比如每一家企业都在互联网认证机构领取数字签名认证和私有密钥。当业务发生时,一方将单据传到认证机构,由认证机构确认并将经过数字签名的加密凭证与未加密凭证同时转发给另一方,这样就得到了一笔确实经过双方认可的交易。而单独某一方因无法获得另一方的数字签名和私有密钥,不可能伪造交易凭证。同时,该凭证以加密和未加密两种形式存储于企业的数据库中,会计人员

只有可能修改其中未加密的那一份。这样一旦审计人员或主管人员对某笔业务产生怀疑,只需将加密凭证提交客户和认证机构解密并加以对照即可。

2.监控与操作的分离实现了系统内部的有效牵制

手工系统下的多方牵制也只是通过多人的重复劳动实现的牵制,因此这种传统的牵制手段已不能适应会计信息系统的要求,必须找到能够充分利用网络实时高效特点的方法。一个比较有效的办法是在会计信息系统内分出操作与监控两个岗位,对每一笔业务同时进行多方备份。当会计人员进行帐务处理时,其操作和数据也被同步记录在监控人员的机器上,由监控人员进行即时或定期审查,一旦出现数据不一致便进行深入调查。这样明确了岗位的划分,实现了有效牵制。

3.在线测试的实现使软件内部可能存在的漏洞能够得到及时解决

对于计算机软件来说,其内部错误或不足是无法避免的。因此其解决办法只有两个:一是在开发过程中加强交流,充分测试;二是在发现问题后及时解决。而在单机系统下,用户与软件供应商之间由于受时间、空间的影响无法进行充分地交流,降低了系统的可信赖性。但是在网络时代,即使万里之隔也可以在几秒钟内建立连接,进行实时高质的通讯或软件传输,这给解决上述问题带来了方便。比如在开发时期用户可以随时向供应商提出最新的要求或意见,同样,开发商也可以及时把刚修正的软件传送给用户进行测试,大大提高了软件质量和开发速度。同样在使用过程中,开发商可以通过网络对用户的系统进行定期地在线测试,一旦发现问题可以及时通知用户并进行在线升级,把漏洞的存在时间控制在最短,提高整个系统的健全性。

此外,网络还给内部会计控制带来其他一些方面的改善。

随着企业外部环境的千变万化及同行业竞争的日趋激烈,企业在其发展过程中面临着越来越多的挑战。企业管理者不仅要想方设法开拓业务渠道,扩大利润基础,而且还要加强内部成本核算,提高利润空间。基于信息及网络技术的管理信息系统可以将成本及预算管理的思想贯穿整个管理过程,使预算管理与业务同步进行,从而实现实时控制,大大提高企业的成本控制水平。

通过基于网络和信息技术的管理信息系统,企业可以实时地收集和分析业务数据,包括市场占有率、销售利润、销售成本、回款率、客户满意度,甚至竞争对手的情况。此外,企业可以进行科学的客户关系管理,包括客户订单追踪、客户档案、绩效分析、服务跟踪、退货管理等,企业决策层可以迅速准确地进行营销业务全过程的实时控制和管理,掌握营销体系的资源动态,从而决策企业营销的战略部署。

(二)网络环境下会计信息系统内部控制的新问题

传统会计系统的控制结构与方法,在网络环境下仍可沿用。然而针对电子化交易及 SET 交易协定等电子商务的开展所带来的变革,内部会计控制主要的控制重点变为交易资料的安全控管、系统应用程序的安全控管以及审计轨迹的保留与控制等,它也面临了更多的新问题,主要表现在以下几个方面:

1.社会各界对会计信息的使用要求增多

在网络经济时代,准确及时可靠的信息是企业决胜千里的基本条件,会计信息不再只局限在系统内或小区域内传递使用,不仅要向已知的、合同约定的和法律要求的信息使用者提供会计信息,同时还必须重视潜在会计信息使用者对会计信息多层次、多方位的需求。

2.电子商务给内部控制出的难题

随着电子商务的迅猛发展,网上交易愈加普遍,可以想象在不久后企业的全部原始凭证都将成为数字格式,这加强了企业对网上公证机构的依赖。但直到目前相应的技术和法规还远没有达到完善,这也给系统的内部控制造成一定的困难。

电子商务通过电子方式,在网络基础上实现商品物资、人员信息的协调,产生的商业贸易活动的范围相当广泛:电子邮件(E-mail)、电子数据交换(EDI)、增值网(VAN)、快速反应系统、电子转帐(EFT)、交易事务处理(Transaction Processing)、联机服务、智能卡、电子监视、多媒体导购等。这些方式对信息的发生、发布、处理及收集能力和效率都有所提高。电子商务发挥网络跨越时空的特性和优势,将企业、供应商以及其他商业和贸易所需环节连接到现有信息系统上,改变企业以往对外联系交往的方式,同时也必然引起企业内部运行方式的变化,使企业更加充分地利用有限资源,减少流通环节、缩短周期,降低成本、从而达到提高经济效益和服务质量的企业目标。

3.内部稽核难度加大

若要对信息系统进行审核,则必须克服下列几项问题:

(1)企业可能会担心相关内部资料暴露于外,影响其竞争能力;

(2)稽核必须运用更复杂的查核技术,会计师必须培训具备复杂电脑资料处理能力,必须胜任此项工作;

(3)稽核将大幅增加查核所需的时间与成本。

这些都增加了内部稽核的难度。

4.网络财务的应用扩大了企业会计核算范围

网络财务是运用网络财务软件,以整个电子商务为核算对象,基于网络技术,帮助企业实现财务与业务协同、远程报表、报账、查帐、审计等远程处理,事中动态会计核算的在线财务管理。企业实施网络财务以后,会计核算环境发生了很大的变化。

(1)会计部门的组成人员结构发生变化,由原来的财务、会计人员转变为由财务、会计人员和计算机操作员、网络系统维护员、网络系统管理员等组成。

(2)会计业务处理范围变大,除完成基本的会计业务外,网络财务同时还集成许多管理以及财务的相关功能,诸如网上支付、网上催账、网上报税、网上报关、网上法规及财务信息查询,以及网上询价、网上采购、网上销售、网上服务、网上银行、网上理财、网上保险、网上证券投资和网上外汇买卖等等。

(3)网络财务提供在线办公等服务,从而使会计信息的网上实时处理成为可能,原来由几个部门按预定步骤完成的业务事项可集中在一个部门甚至一个人完成。因此,要保证企业会计系统对企业经济活动反映的正确可靠,达到企业内部控制目标,企业内部控制制度的范围和控制方法较原来系统将更加广泛和复杂。

5.网络财务使企业面临的安全风险加大

网络财务的应用使原来封闭的局域会计系统面临开放的互联网世界,给财务系统的安全提出了严重的挑战。

（1）网络是一个开放的环境，在这个环境中一切信息在理论上都是可以被访问到的，除非它们在物理上断开连接，大量的会计信息通过开放的互联网传递，途经若干国家与地区，置身于开放的网络中，存在被截取、篡改、泄漏机密等安全风险，很难保证其真实性与完整性。

（2）由于互联网的开放特性，给一些非善意访问者以可乘之机。网络下的会计信息系统很有可能遭受非法访问甚至黑客侵扰。这种攻击可能来自于系统外部，也可能来自系统内部，而且一旦发生将造成巨大的损失。目前黑客肆虐，世界上的各类网站每天都受到成千上万次攻击，网络财务系统无疑也面临巨大的安全风险。

（3）计算机病毒的猖獗也为互联网系统带来更大的风险。在互联网中，计算机病毒可以通过 E-mail 或用户下载文件进行传播，其传播速度是单机的 20 倍。有效地防治计算机病毒对保障网络财务系统的安全性至关重要。因此，网络财务系统的内部控制不仅难度大、复杂，而且还要有各种控制的先进技术手段。

（三）网络环境下会计信息系统内部控制的内容

1. 组织与管理控制

组织与管理控制包括：

（1）适当的职责分离。这就是设置网络管理中心，由网管中心全盘规划，合理布局，采取措施确保各工作站、终端和人员之间适当的职责分离；

（2）优化配置人力资源。良好的人力资源管理政策对于企业内部控制的顺利实施起着关键性的作用。因此要制定措施，确保人力资源的合理利用；

（3）发挥内部审计的作用。内部审计的本质是一种特殊的组织控制，通过内部审计部门对网络会计系统信息的质量和完整性进行独立和公正地监督与评价，有利于系统内部自我约束，自我激励机制的建立与健全。

2. 系统开发控制

系统开发控制是为保证网络会计系统开发过程中各项活动的合法性和有效性而设计的控制措施，它应贯穿于系统规划、系统分析、系统设计、系统实施和系统运行测试与维护的各个阶段。其主要内容包括：

(1)明确开发目标,制定项目管理计划,进行项目的可行性研究与分析,控制开发进度,监督开发质量,检查各功能模块设置的合理性及程序设计的可靠性,提高系统的可审性;

(2)利用网络在线测试的功能,检验整个系统的完整性,并应对非法数据的容错能力、系统抗干扰能力和应对突发事件的应变能力以及系统遭遇破坏后的恢复能力进行重点测试:做好人员和设备等资源的整合配置以及初始数据的安全导入,保证新旧系统地转换有序进行;

(3)一旦发现网络系统各类软件可能存在安全漏洞,应立即进行在线修补与升级,并将所有与软件修改有关的记录报告及时存储归档。

3.日常操作系统管理控制

日常操作系统管理控制包括:

(1)制定上机操作规程。主要包括软硬件操作规程、作业运行规程和用机时间记录规程等;

(2)加强系统人员的操作管理。人作为系统主体是网络发展的基本动力和信息安全的最终防线,人员操作管理的重点是权限控制。系统管理员被赋予超级用户管理权限,主要负责系统硬、软件的管理维护和网络资源分配,操作人员应按照被授予权限严格作业,不得越权接触系统,系统程序员不得进行业务操作,以避免人为因素或操作不当给操作系统带来不必要的损失和风险;

(3)建立计算机资源访问授权和身份认证制度。即明确每个用户的安全级别和身份标识,并分别定义具体的访问对象;

(4)建立安全稽核机制。对系统操作的事件类别、用户身份、操作时间、系统参数和状态以及系统敏感资源进行实时监控和记录,进行必要的权限设置,以便能够对各种不同的权限进行用户识别和远程请求识别;

(5)设置安全检测预警系统。即实时寻求具有网络攻击特征和违反网络安全策略的数据流,实时反应和报警,阻断非法的网络连接,对事件涉及的主机实施进一步跟踪,创造一种漏洞检测与实时监控相结合的可持续改进的安全模式。

4.网络系统安全控制

网络系统安全控制包括：

(1)硬件设备安全控制。硬件设备安全主要涉及计算机机房环境和设备的技术安全要求。应制定网络计算机机房和设备的管理制度、岗位职责和操作规程,严格禁止无关人员接触系统,专机专用。计算机机房应充分满足防火、防潮、防尘、防磁和防辐射及恒温等技术要求,关键性的硬件设备可采用双系统备份;

(2)系统软件安全控制。严格控制系统软件的安装与修改,对系统软件进行定期的预防性检查,系统被破坏时,要求系统具备紧急反应、强制备份、快速重构和快速恢复的功能;

(3)会计信息安全控制。会计信息安全的基础是密码学。按加密盒解密算法所用的密码是否相同。如通信线路上的数据流加密,数据库中的数据文件加密,访问者身份认证,数字签名等。除密码学之外,模式识别的方法也在网络信息安全方面得到应用。如指纹识别、面容识别在身份认证中具有很好的作用;

(4)系统入侵防范控制。为了防止非法用户对网络会计系统地入侵,应采取设置防火墙、身份认证和授权管理等安全技术,用以限制外界对主机操作系统的访问,隔离开局应用系统与外界访问区域之间的联系,限制外界穿过访问区域对网络应用系统服务器尤其是对会计数据库系统的非法访问,加强原有的基于帐户和口令的控制,提供授权访问控制和用户身份识别;

(5)交易安全控制。为了保证交易者的交易信息不被他人窃取或破译,主要应采用数字加密、数字认证等核心技术。

5.应用控制

应用控制是指在网络会计系统的数据输入、通讯、处理和输出环节所采用的控制程序和措施。

(1)输入控制。输入控制的重点在于建立适当的授权和审批机制,并对输入数据的准确性进行校验,如总数控制校验、平衡校验、科目代码校验和逻辑关系测试等。

(2)通讯控制。通讯控制的重点在于批量控制、业务时序控制、数据编码控制与发放和接收的标识控制等。

(3)处理控制。处理控制的重点在于处理过程的现场控制、数据有效性检测、预留审计线索控制和错误纠正控制等。

(4)数据输出控制。输出控制的重点在于数据稽核控制,授权输出控制和打印程序控制等。

本 章 小 结

内部控制是防范及降低风险的一种有效途径。电算化会计信息系统相对于手工会计信息系统存在更多的安全隐患。会计信息系统的内部控制可分为一般控制和应用控制。一般控制指那些保证计算机环境安全的控制手段;应用控制是针对特定的、具体的应用环节所采取的控制。网络技术的发展对企业内部会计控制产生了重要的影响。即在一定程度上完善了内部控制但也产生了以一系列急需解决的新问题。

思 考 题

1.风险的含义是什么? 在电算化会计信息系统中存在着哪些风险?

2.一般控制的作用有哪些作用? 审计人员在研究和评价一般控制时,应考虑哪些因素?

3.会计信息系统的安全控制包括那些方面? 如何保证信息系统的安全?

4.为什么说输入控制是应用控制中最为严格的?

5.一般控制和应用控制之间是否存在着严格的区别?

6.你认为网络环境下会计信息系统内部控制的重点有哪些?

第十一章 计算机审计与信息系统审计

计算机审计作为一种提高审计效率和质量的重要方法,其应用的范围正越来越广泛。计算机审计是与传统的手工审计相对应的概念,是审计人员用手工的或电算化的审计方法、技术和程序对计算机或手工会计信息系统所进行的审计。开展计算机审计,对于促进我国审计工作的规范化和现代化,扩大审计的覆盖面,丰富审计理论和方法体系,防止计算机舞弊和犯罪,提高我国审计工作的水平均具有重大意义。

第一节 计算机审计目的、内容和步骤

一、电算化会计信息系统对审计的影响

电算化会计信息系统对传统审计的影响主要表现在以下几个方面:

(一)对审计线索的影响

实施了会计信息化,审计线索会发生很大的变化,传统的审计线索在电算化会计信息系统中中断甚至消失。在手工会计系统中,从原始凭证到记账凭证,由过账到财务报表的编制,每一步都有文字记录,都有经手人签字,审计线索十分清楚。审计人员进行审计时,可以根据需要进行顺查、逆查或抽查。但在电算化会计信息系统中,传统的账簿没有了,绝大部分的文字记录消失了,由存储会计信息的磁盘和磁带取而代之,因此,肉眼所见的线索减少。此外,从原始数据进入计算机,到财务报表的输出,这中间的全部会计处理集中由计算机按程序指令自动完成,传统的审计线索在这里中断甚至消失。传统的查账方法,对电算化的会计主体已不完全适用。为了能够有效地审计电算化的会计主

体,在电算化会计系统的设计和开发时,必须注意审计的要求,使系统在处理时留下新的审计线索,以便审计人员在电算化条件下也能跟踪审计线索,顺利完成审计任务。

(二)对审计内容的影响

在会计信息化的条件下,审计的经济监督职能并没有改变,但由于电算化的特点,审计的内容要发生相应的变化。在电算化会计信息系统中,由于会计事项由计算机按程序自动进行处理,诸如手工会计系统中因疏忽大意而引起的计算或过账错误的机会大大减少了。但如果电算化会计信息系统的应用程序出错或被人非法篡改,则计算机只会按给定的程序以同样错误的方式处理有关的会计事项,错误的结果将是不堪设想的。电算化会计信息系统也可能被神不知鬼不觉地嵌入非法的舞弊程序,不法分子可以利用这些舞弊程序大量吞没企业的财物。系统的处理是否合法合规,是否安全可靠,都与计算机系统的处理和控制功能有关。这是在传统的手工审计中所没有的。因此在会计信息化条件下,审计人员要花费较多的时间和精力来了解和审查计算机系统的功能,以证实其处理的合法性、正确性、完整性和安全性。另外,当一个电算化会计信息系统已经完成并投入使用后,要对它进行改进,这比在系统设计和开发阶段进行改进困难得多,代价也要昂贵得多。因此,除了要对投入使用后的电算化会计信息系统审计外,应提倡在电算化系统的设计和开发阶段,审计人员要对系统进行事前和事中审计。

(三)对审计技术方法的影响

实现会计信息化以后,电算化会计信息系统与传统手工会计系统相比,在许多方面发生变化,必须采用新的审计技术方法才能适应这种变化。例如,传统的记账方法是每登记一笔账,便可以从账上看到相应一笔记录,而电子计算机却不能每登记一笔记录就打印一笔记录,供工作人员阅读,一般是经过一个阶段,于一个月或一季打印一次。平时,记录输入到计算机以后,在尚未打印以前,若想看这些记录,只能凭借机器阅读,倘若想同时在几笔记录中对照查看,则很难做到。这样一来,审查取证的方法,对证据进行检验和审核的方法必须相应地改变。又如,传统的手工记账一般可以从字迹上辨认出登记人,从而明确责任,但是计算机只能提供统一模式的输出资料。没有记录人的笔迹,无法从记录上辨认登记人,可以使在电算化的记录中建立、更新、消除一切资料而不留痕迹,这就需要审计人员对会计信息化部门的内部管理制度、职责的划分情况进行审查和评价。

(四)对审计作业手段的影响

在手工会计系统的情况下,审计人员进行审计,一般都是手工操作。但是,在电算化会计信息系统的情况下,审计人员如果仍用手工操作的方式来进行审计,是很难达到审计目标的。因此,审计人员的作业手段也应由手工操作向电子计算机转变,即审计人员应掌握电子计算机知识及其应用技术,把电子计算机当作一种提高审计质量和效率的有力工具来使用。

(五)对审计人员的影响

实现会计信息化后,由于电算化会计信息系统的环境比手工会计系统更为复杂,审计对象也更多更复杂,审计人员只依靠原有的知识和技能是无法胜任对电算化会计信息系统的审计工作的。因此,审计人员除了要具有丰富的财务会计、审计等方面的知识和技能,熟悉有关的政策、法令依据以及其它的审计依据外,还应掌握一定的电子计算机知识和应用技术。此外,在审计组织中,还应培养一批计算机审计的系统开发人员,从事设计和开发审计应用软件的工作,建立自己的计算机审计系统。

(六)对审计标准和准则的影响。

各国的审计界在以往的审计工作中已经建立了一系列的审计标准和准则,如审计人员标准、现场作业标准、审计报告标准、职业道德规范等等。实现会计信息化以后,由于审计对象和审计线索发生了重大变化,审计的技术和手段也相应地发生了变化,显然,应在原有的审计标准和准则的基础上,建立一系列与新情况相适应的新的审计标准和准则,如电算化会计信息系统开发的审计准则、内部控制审计准则、审计应用软件标准等,否则无法适应新形势的需要。

二、计算机审计的目的

对具体的审计项目,其主要目的各不相同。财务审计的目的是保护资产安全,保证财务信息的质量;财经法纪审计是揭发违法乱纪行为,维护社会利益和国家利益;经济效益审计是通过对被审计单位经济活动的效率、效果和效益等方面进行检查和分析,提出建议,促使其经济效益提高。一般而言,计算机审计的目的包括以下内容:

(一)保护系统资源的安全和完整

资产和资源包括计算机硬件、软件设备,电子数据处理系统有关的各种文件、程序和数据。计算机审计应能通过对内部控制的研讨、评价,通过符合性测试和实质性测试,发现内部控制的弱点、数据处理中的问题,为被审计单位财产物资的安全问题提出建议;通过数据与资产实物核对、查证,证实各项资产的安全性;通过审计,杜绝或防止损坏和盗窃资产及其他资源的现象,为资产的安全提供合理的保证。

(二)保证信息的可靠性

计算机审计要通过各种有效的方法、程序,审查和证实系统所提供的信息是否正确,是否恰当、公正和全面地反映了被审计单位的财务状况和经营成果。

(三)维护法纪,保护社会和国家利益

审计人员通过对电算化信息系统的审计,对揭露并防止利用计算机进行舞弊、犯罪行为起着重要作用。随着电子计算机应用的广泛及应用水平的提高,计算机犯罪越来越多,其手段和方法也越来越高明,给国家和社会带来的损失也越来越大,审计人员努力达到这一目的,具有重大的法律和社会意义。

(四)促进计算机应用效率、效果和效益的提高

计算机在管理信息处理方面的运用,技术性强、环境复杂、代价昂贵,被审计单位的计算机应用效率、效益和效果如何,是审计人员应当注意的一个重要方面。计算机处理速度快、计算精度高、存储量大不表明计算机信息系统的效率高,效率高要求计算机应用系统运行速度快,各项资源得到充分利用,系统提供的报告能便利地被信息使用者和决

策者使用;效果好要求系统能提供令各方面用户(包括审计人员)满意的信息服务;效益佳要求系统的成本与系统给被审计单位带来的利益之比是最佳的,一个高效益的计算机系统是耗用最少资源取得所需要的信息输出的系统。通过审计,应能对这些方面进行评价并提出改进建议。

(五)促进内部控制系统的完善

同手工审计一样,计算机审计也是以研究和评价系统的内部控制系统为基础的。电算化信息系统比手工操作的信息系统更为复杂,没有完善的内部控制,它所产生的信息就难以保证其可靠性,就难免发生舞弊、犯罪行为;反之,则可以减少或杜绝舞弊和犯罪的机会和可能性。计算机审计人员研究和评价电算化信息系统的内部控制,一方面为进一步确定审计性质、范围和时间提供依据,另一方面通过了解内部控制的强弱,为改善内部控制提供意见;促使被审计单位强化电算化信息系统的内部控制。

三、计算机审计的基本内容

为达到审计目的,审计人员需进行多方面的审计活动。由于审计的具体目的不同,审计的内容也有所不同,但总的来说,电算化会计信息系统审计包括内部控制系统审计、系统开发审计、应用程序审计、数据文件审计等内容。

(一)内部控制系统的审计

对电算化会计信息系统的内部控制系统进行审计,是为了在对内部控制系统进行审计的基础上对电算化信息系统的处理结果进行审计,从而加强内部控制,完善内部控制系统。在了解了电算化信息系统的内部控制系统后才能对其评审。电算化信息系统的内部控制系统由两个子系统构成:一般控制和应用控制。一般控制是对系统运行环境方面进行控制,为应用程序的正常运行提供外围保障,包括组织控制、硬件和系统软件控制、系统安全控制、系统开发与维护控制等方面。应用控制是针对具体的应用系统程序而设置的各种控制措施。由于各应用系统有不同的目的、任务和运行规律,因此,需要根据特定的应用系统设置相应的控制措施。尽管各应用系统所需的控制措施不同,但每个应用系统均由输入、处理和输出三个部分构成,所以可以把应用控制分为输入控制、处理控制和输出控制。

(二)系统开发审计

系统开发审计是指对电算化信息系统开发过程进行的审计,是一种事前审计,它具有积极的意义。内部审计人员最适宜进行这种审计,因为,他们在地理、人事关系、本单位的地位等方面都有很多有利条件。系统开发审计实际上是审计人员参与系统的分析、设计和调试。审计人员可以借此熟悉系统的结构、功能和控制措施,了解系统控制的强弱。设计人员可以参考审计人员的建议,使系统更可靠,更具有可审性。审计人员可以在设计过程中嵌入审计程序段,便于今后开展审计。系统开发审计一方面要检查开发活动是否受到恰当地控制,以及系统开发的方法、程序是否科学、先进和合理;另一方面,还要检查系统开发过程中是否产生了必要的系统文档资料,以及这些文档资料是否符合规范。

(三)应用程序审计

计算机是人与机器联系的纽带,对计算机应用程序进行审计,一是要测试应用控制系统的符合性,即对嵌入应用程序中的控制措施进行测试,看它们是否按设计要求在运行中起作用;二是通过检查程序运算和逻辑的正确性达到实质性测试的目的。

应用程序决定了会计数据处理的合规性、正确性。对应用程序的审计,可以对程序直接进行审查,也可以通过数据在程序上的运行进行间接测试。对程序进行直接审查,可借助流程图作为工具;在对程序进行间接测试时,往往需要设计测试数据,测试数据可以是真实的,也可以是模拟的数据。

(四)数据文件审计

在电算化会计信息系统中,会计凭证、明细账、总账及会计报表的内容都以数据文件的形式存储在磁盘中。对数据文件进行审计,可以将文件打印输出进行检查,也可以在计算机内直接进行审查。数据文件是计算机处理的对象和结果。数据文件的审计主要是对数据文件进行实质性测试,包括两方面的内容:一是对各会计账户余额和发生额直接进行检查,确定项目是否漏记、资产计价是否正确、会计分录是否适当、会计事项的分期是否妥当、总账余额与明细账余额是否相等;二是对会计数据进行分析审核,即通过比率分析、趋势分析,检查有无例外情况和异常变动,从中找出不符合会计制度、原则的或错误的会计处理。

四、计算机审计的步骤

计算机审计的步骤与普通审计的步骤基本相同。审计过程一般可划分为准备阶段、实施阶段和终结阶段。这里主要介绍在计算机审计中各阶段的工作要点。

(一)准备阶段

计算机审计的准备阶段是整个审计程序的重要环节,这个阶段是整个审计过程的基础阶段。准备工作做的全面、具体、细致,就能为实施阶段创造一个良好的开端。根据计算机审计的特点,准备阶段的主要工作有以下几个方面:

1.明确审计任务

首先要明确审计的目的和范围,即要审计什么问题,进行什么类型的审计,但最主要的是了解计算机将在这次审计任务的哪些方面发挥作用。

2.组成计算机审计小组

当审计任务确定以后,应根据任务的繁重程度,配备计算机审计人员,成立计算机审计小组。审计小组中应有计算机技术人员,应选择审计技术业务较强的审计人员担任主审或审计小组负责人,必要时可邀请被审单位的内部审计人员参加。

3.了解被审系统的基本情况

计算机审计小组成立后,应对被审系统的基本情况做进一步的调查和了解,为拟定计算机审计方案打好基础。

如果是对手工系统进行审计,应着重了解审计过程中还需要采集哪些类型的数据,这些数据是如何处理的,数据的输出格式是什么,是否需要审计软件才能完成各审计数据的处理,能否利用数据库管理系统、实用程序等对审计数据进行处理,以及利用计算机审计的效益如何等。

如果是对电算化会计信息系统进行审计,应着重了解被审系统的以下内容:

硬件设备:包括主机的机型,所配置的外围设备、辅助设备等;

系统软件:包括所选用的操作系统、数据库管理系统等;

应用软件:包括软件的取得方式,是购买的商品化软件还是单位自行开发的软件,软件的主要功能和模块结构;

文档资料:包括系统的操作手册、维护手册、系统和程序的框图等。

根据了解的情况,决定需要测试的项目;是否需要聘请计算机专家参加系统的审计;准备采用哪些计算机审计技术;是在被审单位计算机上进行审计,还是在审计人员自己的计算机上进行审计;被审单位的计算机与审计人员的计算机是否兼容等。

4.制定计算机审计方案

通过调查了解,在熟悉和掌握被审手工会计系统或电算化会计信息系统的基础上,确定计算机审计的范围和重点,拟定计算机审计方案。审计方案的内容包括:

(1)被审计单位和被审系统的名称和概况;

(2)计算机审计的范围和重点;

(3)审计实施步骤和时间安排;

(4)审计方式;

(5)人员分工;

(6)运用的计算机审计方法;

(7)审计实施注意事项等。

5.发出审计通知书

审计通知书是审计机关对被审计单位进行审计的书面通知,也是计算机审计小组进驻被审单位执行审计任务、行使审计监督权的依据和证件。审计通知书应写明被审单位的名称,审计范围、内容、时间和方式,审计组长及成员名单,对被审单位配合工作的要求。

(二)实施阶段

实施阶段是在上述各项准备工作就绪后,审计人员到达被审计单位进行具体工作的阶段。其主要任务是按照计算机审计方案所确定的审计目标、范围、重点和方式等要求,采用相应的审计方法,查明情况,对取得的各种证据进行鉴别、分析,判明是非和问题的性质,做出客观公正的评价,并酝酿处理意见和改进建议。它包括以下工作环节:

1.对被审计系统的内部控制制度进行健全性调查和符合性测试

对内部控制制度进行调查和测试,是现代审计区别于传统审计的重要特征之一,是对账、表、单证或数据文件进行审查的前提和基础。对内部控制制度的测试应在调查的基础上进行。审计人员一般可以通过与被审计单位有关人员座谈、实地观察、查阅系统的文档资料,并跟踪若干业务处理的全过程,了解被审计的手工会计系统和电算化会计信息系统的处理过程和内部控制,然后把它描述出来。常用的对内部控制描述的方法有:书面描述、内部控制问卷、流程图。这三种方法既适用于对手工会计系统的计算机审计,也适用于对电算化会计信息系统的计算机审计,同时也适用于手工审计。

在了解并描述了被审计系统的内部控制后,审计人员要对系统关键的控制功能进行测试,以证实系统的控制功能是否恰当、有效。对手工会计系统内部控制或电算化会计信息系统的内部控制的测试,可采用人工测试的方法,如询问、观察、调查、查阅有关文件等。通过调查与测试,最后对被审计系统的内部控制进行评价。评价时主要考虑以下三个问题:

(1)经过测试,对审计系统现行的内部控制制度中有哪些满意或比较满意的控制制度;

(2)各项控制制度是否确实发挥作用,其符合程度如何;

(3)各项控制制度是否可以依赖,其符合程度如何。

2.对账表单证或数据文件的实质性审查

在计算机审计中,实质性审查的目的与手工审计一致,都是要通过审查以证实被审计系统的会计记录和财务报表的真实性与合法性。实质性审查的重点和范围由审计人员对被审计系统的内部控制制度的审查和评价决定。如果被审计系统内部控制是健全有效的,则可以减少实质性审查的范围和数量,反之,应扩大实质性审查的范围和数量。

在计算机审计中,许多实质性的审查工作与手工审计相同,都要进行检查、取证、分析和评价。例如,进行账证、账账、账表、账实核对,复核各种计算,如折旧计算、成本计算、利息计算等,对财务报表进行分析等。所不同的是,上述工作主要是由计算机来进行,审计人员可通过审计软件和被审计电算化会计信息系统的查询、分析等模块进行实质性审查。

(三)终结阶段

终结阶段,是审计小组向审计机关报告审计结果,总结审计工作,写出审计报告,出具审计意见书,作出审计决定的阶段,主要工作包括:整理归纳审计资料、撰写审计报告、做出审计结论和决定、审计资料的归档和管理等。

第二节　计算机审计技术方法

计算机审计方法就是完成计算机审计任务所采取的手段。在计算机审计工作中,要完成每一项审计任务,都应选择合适的审计方法。认真研究计算机审计的方法与技术,是开展计算机审计的必要条件,是整个审计工作实现现代化的重要内容之一。

电算化会计信息系统审计的基本方法可归纳为四种:绕过计算机审计、通过计算机审计、利用计算机审计和网络审计。

一、绕过计算机审计的方法

绕过计算机审计又称为"黑盒"审计或间接审计,这种审计模式把计算机仅仅看成存储和处理数据的机器,审计人员在审计时只对输入资料和打印输出资料及其管理办法进行审查。这种审计模式的原理是"黑箱原理",即审计人员追查审计线索到黑箱外部的输入和输出,通过对这两种变量的研究,得出黑箱内部情况的推理:如果输入与输出不相符,则推定电算化会计信息系统的处理过程是错误的,反之亦然。

（一）绕过计算机审计的方法主要优点

1.审计技术难度低,容易被审计人员理解和采用。

2.对审计人员的计算机水平要求较低。

3.较少干扰被审系统的正常工作,易于得到被审单位理解与支持。

（二）绕过计算机审计的方法主要缺点

1.如果系统无适当的审计线索,该法就不适用。

2.要求输入与输出联系比较密切。审计结果的可靠性较低。

3.当审计人员发现核查结果与预想存在差异时,无从知道问题出在何处。

4.对网络系统或其他复杂结构的计算机系统来说,很多审计线索必须使用计算机程序得到。

5.这种方法并未发挥计算机的优势,因此,审计效率不高。

（三）绕过计算机审计方法的适用范围

由于此审计模式的上述缺点,运用此审计模式审计时,要求被审单位经济业务简单,业务处理过程比较单一,计算机输入资料与输出资料联系比较密切而且内部控制制度健全。因此,绕过计算机审计模式适用于对内控比较健全的中小企业的审计。

二、通过计算机审计的方法

通过计算机审计又称"白盒"审计或直接审计,这种审计模式不仅要求审查被审单位的输入与输出数据,还要审查被审单位电算化会计信息系统的系统程序、应用程序、数据文件以及计算机硬件等配置,以实现在对被审系统的控制与处理功能的可靠性进行评价的基础上确定实质性测试的性质、时间与范围。

（一）通过计算机审计的方法主要优点

这一审计模式的显著优点是审计风险低。审计人员利用这一模式进行审计时,直接对被审单位的电算化会计信息系统的程序、数据文件进行审查,在对系统内控可靠性进行科学评价的基础上确定实质性测试的性质、时间与范围,而不再仅仅依靠被审单位提供的打印资料对系统内部控制进行推理。这既增强了审计人员的独立性,又使得审计结论、可靠性提高,从而提高了审计报告质量,并可以把审计风险控制在可接受的范围内。

(二)通过计算机审计的方法主要缺点

1.审计技术复杂。运用这一审计模式时,审计人员要对被审单位电算化会计信息系统内部控制的可靠性进行评价,而在计算机信息系统环境下,内部控制大多是通过程序化的方式实现。这就要求审计人员必须掌握计算机知识及其应用技术、数据处理及其管理技术,熟悉通用审计软件的操作,并能根据审计过程中出现的问题编写各种测试审查程序,否则若依赖计算机技术人员协助工作会减弱审计人员的独立性。

2.易干扰被审系统的正常工作。因为这一审计模式要审查被审单位系统的程序、数据文件以及计算机硬件等配置,因此会占用被审系统较多的正常工作时间。

(三)通过计算机审计方法的适用范围

由于这一审计模式对审计人员素质提出了更高的要求,而且审计成本无论是对被审单位还是对审计单位都很高。因此这一审计模式适用于大中型会计师事务所对大中型企业的审计工作。

三、利用计算机审计的方法

利用计算机审计又称为计算机辅助审计,是指利用计算机技术和审计软件对会计信息系统所进行的审计。审计软件一般有两种:一种是通用审计软件,它是一组能够帮助审计人员获取、计算、分析电算化信息记录的程序,适用于多种审计工作。例如,利用通用审计软件可实现数据获取、数据重计算、数据分类、文件格式转换、文件合并等功能;另一种是专用审计软件,它是为了某个特定的系统或某个审计项目而编写的程序。例如工程预决算审计软件、计算机审计抽样软件等。

(一)利用计算机审计的方法主要优点

1.扩大了审计范围,使审计结论更可靠。计算机抽样技术使得对被审对象的全面审计成为可能,手工审计中以样本推断总体的常规做法已不必要。利用计算机技术,审计人员在对重点项目进行审计时,可以扩大审计范围,甚至可以在一定范围内进行逐笔审计。审计范围的扩大,使审计结论更可靠,从而在一定程度上提高了审计质量。

2.提高了审计效率。例如,手工抽样是一项复杂耗时的工作,而利用计算机抽样软件,只需审计人员对可信赖度、重要性水平等参数进行设置,计算机便会自动进行计算样本量、选择样本、推断总体误差等一系列工作,快速而准确。同时,计算机在数据计算、综合与分析方面也具有强大优势。

(二)利用计算机审计的方法主要缺点

利用计算机进行审计时,审计人员应具备计算机方面的相关知识,以便使用审计软件、编写特定审计程序进行计算机辅助审计。同时,审计机关要出资购买审计软件或请人开发专用软件为审计之用。因此,这一审计模式也存在着审计技术复杂和审计成本高的缺点。

(三)利用计算机审计方法的适用范围

由于是"辅助"审计模式,因此这一审计模式在审计实务中一般与其他审计模式相结合。其中,直接审计模式与辅助审计模式关系最为密切,因为直接审计模式涉及对系统程序化控制的测试、数据文件的实质性测试等内容。在间接审计中,对一些原始数据不多、计算过程费时易错但运用计算机强大的计算功能可以大幅度提高审计工作效率与质量的工作,可利用计算机辅助审计模式,如:执行分析性程序、计算折旧、匡算各种应计项目的计提等。

四、网络审计方法

随着计算机网络的发展,出现了会计联机实时报告系统,传统的事后审计、就地审计方式将逐渐被在线实时审计模式所取代。所谓在线实时审计是指通过审计机关和被审单位的网络互联,即时审查被审单位会计信息系统的审计模式。

(一)网络审计方法的主要优点

这一审计模式拓展了审计时空,加强了审计监督职能。审计单位和被审单位的网络互联,使得审计人员足不出户就可以对被审单位进行远程审计,可以分散或实时连续地抽取审计数据,使传统审计的时空向更为广阔的信息化电子时空拓展,从而变定时实地审计为实时远程审计,变事后审计为事前、事中审计,变静态审计为动态审计,既提高了审计效率也使审计的监督作用得到了加强。

(二)网络审计方法的主要缺点

网络安全问题使在线实时审计面临着固有风险、控制风险以外的风险——信息风险。由于网络化会计信息系统自身的设计缺陷以及黑客袭击等原因,用户错误操作时有发生。在网络环境下,信息系统的安全、稳定和有效成为审计部门关注的重点。同时,审计人员在利用网络进行数据、信息地收集、分类、管理、存档时,也要有可靠的技术手段和管理技术,以保证网上审计系统和审计信息的安全,从而把网络审计的信息风险降低到可接受的程度。

(三)网络审计方法的适用范围

在线实时审计模式无论是对企事业单位的内部审计、动态审计,还是对上市公司的事中、事前审计都是必不可少的。网络审计模式代表着未来审计的发展方向。

第三节　计算机审计软件

计算机审计软件是为审计人员提供的一种审计作业工具,是审计工作全过程的索引。从 1990 年 11 月山西省审计局开发的工业企业财务收支审计软件成为第一个通过审计署鉴定的审计软件至今,我国已有 40 多个审计软件通过了审计署组织的鉴定,逐步实现审计软件的市场化。审计软件的开发从在特定条件下完成特定任务的各种专用审计程序,逐渐向集审计管理、数据转换、审计处理、文字处理等功能于一体的大型审计系统过渡,并具有向网络化发展的趋势。

一、审计软件分类

(一)审计法规管理系统

该类软件能完成法规的录入、修改、删除、检索、打印等功能。检索功能不仅可以为用户按各种条件查找审计法规的目录,而且可以根据目录查找法规全文,可以按要求摘要其中的内容并打印输出,审计法规管理系统已成功地用于审计工作的第一线,是我国开发和应用较成功的审计软件之一。较早通过审计署组织鉴定的有审计署法规司与原计算机室联合开发的、北京市审计局开发的、审计署科研所开发的多个审计法规管理系统。

(二)审计抽样软件

该类软件能按用户要求的可靠程度、精确度和所选用的统计抽样方法计算样本量,能按计算出的样本量随机选取样本,能按所选用的抽样方法,根据样本的审查结果推断总体。审计抽样软件不仅可以在电算化会计信息条件下使用,也可在手工会计条件下辅助抽样。最早通过审计署组织鉴定的审计抽样软件,是审计署原计算机室开发的 PPS 抽样软件。

(三)表格法审计软件

该类软件能完成审计表格及有关参数的增、删、改等维护,能输入审计表格中要抄录的数据,能计算并填入审计表格中由计算得到的数据,能按预定的格式打印输出审计表格。表格法审计软件可用于对手工会计系统的审计,也可用于对电算化会计信息系统的审计。在审计手工会计系统时,计算机通过人机对话,提示审计人员输入要求输入的数据。在审计电算化会计信息系统时,审计人员只要事先定义好取数关系,审计软件即可实现按规定自动取数,当然,对审计人员审查发现问题的数据,仍要人工输入。最早通过审计署组织鉴定的表格法审计软件是山西省审计局开发的工业企业财务收支审计软件。

(四)基建工程预决算审计软件

该类审计软件有两种,一种用于已利用计算机辅助工程设计、设计图纸已存储在计算机内的工程,这种审计软件可自动根据图纸计算各部分的工程量并自动查找以机器可读开工存储在计算机内的定额指标,计算并汇总各部分的造价金额,再按规定的利润率和税率计算出工程预决算金额。同济大学等单位开发并应用了这类审计软件。另一种软件适用于计算机内没有工程设计图纸的审计。软件中包含了各种基建工程中常见结构的工程量计算公式。

(五)工具箱式通用审计软件

该类软件提供了计算机审计中常用的工具和手段,就好象工具箱一样,其主要功能包括:审计环境建立、查询、抽样、汇总与计算、排序与分类、财务与效益分析、编制与输出工作底稿、打印种类审计文件等。该类软件主要用于对电算化会计信息系统的审计。由中山大学管理学院开发的通用审计软件,由北京通审软件公司开发的98通审软件,都属于这一类软件。

(六)专用审计程序

该类程序是为了完成某些特定的审计任务。例如,公路费审计程序、工会经费审计程序、材料成本差异审计程序等。

二、计算机审计软件的功能

(一)审计整理功能

通过未审会计报表、科目明细表和审计人员编制的调整分录输入,软件将自动生成科目导引表、试算平衡表、审定的会计报表和会计报表附注,能根据使用者的要求,归类排序,排出重要账项,使审计者一目了然。

(二)审计分析功能

通过输入科目明细表和企业未审报表,能自动产生总体财务指标和变动趋势,并可做重要性标准的确定与分配工作,为项目负责人从总体上把握被审计单位财务状况和审计重点提供方向。同时,软件能自动产生科目导引表,导引表根据每一科目特点设置分析内容,为审计人员在科目查证时,提供分析性测试数据。

(三)审计查证功能

通过输入科目明细表,软件将会自动加计,审计人员可将结果与客户提供的资料进行核对,并同时与输入的未审会计报表进行核对,从而完成账表、账账核对工作。在输入的明细表左方或右方,根据每个科目明细表特点,展现一系列的审计查证栏,审计人员可在这些栏中记录审计痕迹,表明已实施过的审计程序。

(四)综合功能

主要是为审计人员提供一些范本,比如:审计计划、审计小结等,供审计项目负责人修改使用,同时提供审计人员的工时记录表,可准确迅速地完成审计用工的统计工作,并可以自动产生审计报告。

(五)合并功能

合并报表及合并报表附注是审计工作重要内容,也是手工操作时最为繁杂且最易出错的部分。合并软件从单体软件引入审定的报表和科目明细表数据,进行简单加总,生成汇总的报表和明细报表,然后自动生成或由用户手工输入合并抵销分录,将抵销分录过录到汇总报表和明细表中,就能得到合并会计报表和合并会计报表附注

三、审计软件的发展趋势

(一)由定期审计向实时审计方向发展

随着计算机网络技术和电子商务的发展,未来的计算机审计人员可以将自己的计算机与被审计单位的会计信息系统联网,通过在被审单位的信息系统中嵌入为执行特定审计功能而设计的程序段,收集审计人员感兴趣的资料,并通过网络系统将这些资料及时传送到审计人员的计算机中,进行实时审计。实时审计可以弥补事后审计线索不充分的缺陷。

(二)审计软件将由查账型向分析型和专家系统方向发展

目前的计算机审计软件,其主要功能是对存贮在磁性介质或光介质上的数据文件进行查询、抽样、复核、核对等,执行查账的功能。但是,随着计算机审计范围的不断扩大,仅仅具有查账功能的审计软件是远远不能满足计算机审计要求的。未来开发的计算机审计软件,将由查账型向分析型方向发展,并进一步发展为审计专家系统。分析型审计软件是在对磁性数据文件内容进行真实性和合法性审计的基础上,通过建立适当的审计模型,对各种经济指标进行定量的计算、分析与评价;审计专家系统则是模拟审计专家在审计中所做的思维和推理,代替审计人员完成部分审计任务的计算机软件。

四、办公自动化软件 Word 和 Excel 在审计工作中的广泛应用

目前我国国内很多审计机构没有应用通用的或专门的审计软件，在审计工作中利用计算机技术主要是应用计算机进行文字、数据与图表的加工、处理，以形成支持审计认定的审计工作底稿。办公自动化软件中的字处理软件 Word 和表处理软件 Excel，具有强大的文字、数据与图表的编辑、处理功能，特别是 Excel 具有强大的表格处理、数据库管理与图表曲线三位一体的处理功能，是常用的办公自动化软件，其不少功能与通用审计软件有异曲同工之效。审计人员可以根据审计的要求灵活地使用它执行各项审查工作。这类软件具有易于掌握、辅助审计成本低、效率高、灵活方便、实用有效等特点，因此成为在实务中辅助审计的工具。

在审计工作中，可利用 Excel 辅助完成下列工作：

编制审计表格。所谓审计表格是指采用表格形式编制的审计工作底稿。审计工作需要编制一些审计表格，例如，固定资产与累计折旧分类汇总表、生产成本与销售成本倒轧表、应收账款账龄分析表等都可以用表格的形式编制；

利用 Excel 编制试算工作底稿与调整后的会计报表。审计人员在完成了各项审计工作后，要根据发现的问题及其重要程度确定要调整的项目，并作出调整分录。一般审计人员要先编制试算工作底稿，然后根据试算工作底稿编制调整后的会计报表。这项工作在报表金额较大、调整项目较多的情况下，要做很多枯燥而又必须保证计算正确的填列工作。如果利用 Excel，就可以辅助审计人员大大加快编表速度，而且可以提高计算的准确性；

利用 Excel 读取电子账，进行查询、排序、分类、汇总和统计等工作。Excel 有强大的数据处理功能和很多特有的财务函数，审计人员可以直接调用这些功能和函数辅助执行各项具体的审计处理。Excel 支持非常丰富的外部数据源，包括 DBF 格式、TXT 格式等，审计人员可以利用 Excel 读取被审单位会计数据文件，进行查询、排序、分类、汇总和统计等工作。

本章小结

计算机信息技术和会计信息化的发展,一方面使审计的对象发生了变化,另一方面推动了审计技术和方法的变革,从而产生了计算机审计。计算机审计的目标、内容和具体实施步骤同手工审计相比,产生了相应的变化。电算化信息系统审计的基本方法可归纳为四种:绕过计算机审计、通过计算机审计、利用计算机审计和网络审计,每一种审计方法都有自己的优点和缺点。本章最后对审计软件的分类、功能和发展趋势做了简单介绍。

思 考 题

1. 会计信息系统对审计的影响表现在那些方面?

2. 计算机审计的内容是什么?

3. 计算机审计的具体实施步骤是什么?

4. 常用的计算机审计基本方法有哪几种? 各自的优缺点和适用范围是什么?

5. 审计软件的基本功能有那些?

6. Excel 在审计工作中有那些具体应用?

第十二章　网络财务与企业资源计划(ERP)

第一节　网络财务概述

自 1979 年我国将电子计算机应用于财会领域以来,国内财务软件从无到有,经过 20 多年的发展,已逐步走向成熟,形成一定的产业规模。随着企业经营管理模式的变革和网络经济时代的来临,企业的生存环境、经营和管理模式都发生了重大变化,传统的财务软件已无法适应企业发展的要求。企业需要的是一种能实现财务动态核算与在线管理以及各种远程操作,最终实现财务、业务一体化管理的全新财务管理信息系统,这便是网络财务。

一、网络财务的涵义

在会计信息化阶段,信息技术只是改变了财务核算的技术手段。随着计算机的普及以及网络技术的出现,特别是随着 Internet/Intranet (国际互联网/企业内部网)在全球范围内广泛普及,信息技术不仅改变了会计核算、财务管理的技术手段,而且改变了会计核算和财务管理的方法,进而财务管理的思想也随之发生了深刻的变化。"网络财务"正是在这种环境下应运而生的。

(一)网络财务的概念

所谓的"网络财务"是基于 Internet/Intranet 技术,以财务管理为核心,业务管理与财务管理一体化,支持电子商务,能够实现各种远程操作(如远程记账、远程报账、远程查询、远程审计、远程报关、远程监控等)和事中动态会计核算与在线财务管理,能够处理电子单据和进行电子货币结算的一种全新的财务管理模式,是电子商务的重要组成部分。

(二)网络财务的意义

1.在空间上,在网络财务环境下,企业的事务可以进行远程处理,因而可以对企业实行集中管理。利用网络财务构建集团会计信息系统,可以有效降低投资和运行成本,快捷便利地获取下属机构的财务信息,并且可以保持集团内财务信息的一致性,提高管理效率。

2.在时间上,网络财务使会计核算从事后达到实时,财务管理从静态走向动态,大大丰富了会计信息内容并提高了会计信息的价值。企业主管和财务主管能够基于网络财务软件提供的动态会计信息,及时做出反应,并部署经营活动和做出财务安排。

3.在技术上,采用了 Internet/Intranet 技术,为财务信息系统由核算型向管理型、决策型转变并最终形成以财务管理为核心的企业全面管理信息系统提供了技术上无限的空间。

4.网络财务是电子商务的重要组成部分。在网络时代,电子商务已成为企业的重要经营方式和生存方式。网络财务作为企业在电子商务条件下进行会计核算和财务管理的工具,将能够提供从财务上整合实现电子商务的各项功能。

二、网络财务的基本框架

网络财务是随着企业网络信息化和电子商务的产生而发展起来的,信息化社会、电子商务时代,意味着知识经济、网络经济和创新经济的到来。与之相适应,未来的会计核算与财务管理模式必将以网络财务的形式出现。一种可能的模式是:企业首先建立以财务系统为核心的企业内部网,然后基于国际互联网与社会各职能服务部门、供应商、消费者等连成一个整体,公众投资者可以通过上网访问企业的主页,浏览查询所需企业最新的和历史的财务信息。网络财务的基本框架如图12.1 所示。

图 12.1 所示的基本框架形成以财务系统为中心,实现财务和企业内部各业务的协同、与供应链销售链的协同、与社会各职能服务部门的协同;能够实现远程处理、网络计算、动态核算、在线管理等功能。

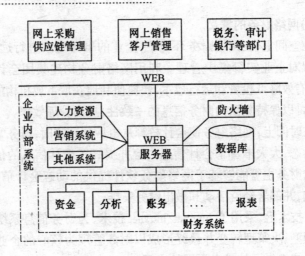

图 12.1　网络财务系统基本框架

三、网络财务的功能

(一)财务与业务协同

1.与企业内部各业务的协同。即对于企业内部信息可以通过网络传递实现内部的协同。如采购和销售部门的业务员可以使用手持信息设备输入各种商品或劳务数据,并实时或批量送给财务系统;公司职员借助联网的信息终端进行考勤、申请借款、填报各项收支;财务人员可以坐在计算机前等待各种经济数据传过来,自动生成各种账表,进行事中控制和事后分析。

2.与供应链、销售链的协同。即通过四通八达的商业网络和国际互联网实现供应商、客户和企业之间的协同和电子商务。电子商务活动如网上订货、网上采购、网上销售的物流信息和资金流信息瞬间传递到财务系统;网上服务、网上咨询使供应链的协同更加默契。

3.与社会各部门的协同。即通过国际互联网实现企业、银行、审计、税务、证券公司、海关等的协同。与银行联网,可以随时查询企业最新银行资金信息,并实现网上支付和网上结算;与审计联网,可以实现网络远程审计;与税务联网,可以实现远程报税;与海关联网,实现网上报税、报关;与证券公司联网可以实现在线证券投资等。

(二)远程处理。在互联网之前对异地机构的财务管理通常采用邮件、传真、电话等形式,由于受传统方式的空间局限,其技术难度和管理成本都是高昂的。基于互联网的财务管理系统,尤其是网络财务、突破了这一空间局限,使管理能力能够延伸到全球任何一个网络结点,做到"运筹帷幄,决胜千里"。众多的远程处理功能得以轻易实现,如远程报表、远程报账、远程查账、远程审计等多种远程处理功能,大力强化主管单位对下属机构的财务监控,对于集团型等多分支机构的企事业单位现实意义更大。

(三)网络计算。网络计算是网络财务的基本功能和核心动力,是网络财务软件借以实现各项功能的技术基础。企业通过互联网可实现资源共享,可瞬时汇集世界各地的海量数据,并由计算机生成所需的计算结果。例如,国际连锁超市对世界各地的连锁店存货进行盘存,只需将超市的各个收银机联入互联网,在总部设置一位会计就可知其进、存、销,无需在各家连锁店重复设置仓库会计进行核算,并且能及时掌握超市的存货情况,根据成本最小原则进行集体进货、就近进货或超市间进行调剂。

(四)动态核算。如果说 PC 时代的财务系统主要解决了工作量的问题,那么网络财务将在此基础上显著突破速度的问题。网络财务下的会计核算将从事后的静态核算达到事中的动态核算,极大地丰富会计信息内容并提高会计信息的价值。网络财务系统将能够便捷地产生各种反映企业经营和资金状况的动态财务报表、财务报告,年报、季报、月报和日报可以即时生成。如与网上银行连接,通过建行网上银行的对公业务,可以进行账户余额查询、明细账页查询、账户到达日期查询,即随时查询企业最新的银行资金信息。

(五)在线管理。基于动态会计信息,财务主管将能够及时地做出反应,部署经营活动和做出财务安排。在线管理主要表现为在线反映、在线反馈、实时分析比较功能。利用在线反映,企业内外部信息需求者可动态得到企业实时财务及非财务信息。利用在线反馈,可动态跟踪企业的每一项变动,予以必要揭示。实时分析比较即指财务人员依靠网络环境下在线数据库,得到同行业其他企业的有关财务动态指标,进行比较分析,正确预测企业今后趋势。在线管理有别于传统管理模式,是新的网络管理模式,能使企业在网络经济竞争中立于不败之地。

(六)集成化管理。随着市场竞争的加剧,企业为了整合财务资源,提高竞争力,越来越多地采用集成化的财务管理模式。集成化财务管理是网络化财务的理想模式。集成化财务管理是利用现代网络技术和信息集成方法,将财务与业务、供应链集成起来,追求整体效率和效益的提高,实现缩短生产前置时间、提高产品质量和服务质量、提高企业的整体柔性、减少库存等好处,使企业具有低能耗、低物耗、高效益、高应变能力,实现企业物流、资金流和信息流的高度统一以及财务的实时管理,以适应柔性生产、组织扁平化和产品个性化的市场需求。实现从传统财务管理模式到集成化财务管理模式的目标有三个阶段:第一阶段,实现企业内部财务的集成。在企业内部所有财务部门实现联网后,总部的财务部门可以随时了解下属机构的财务信息,将所有下属机构的财务信息集中到总部统一核算、集中管理,下属机构则成为一个财务报账单位。第二阶段,实现企业内部财务与业务的集成。重组企业内部工作流程,精简中间环节,建立跨职能型群体等,实现财务管理与业务管理相结合。第三阶段,实现企业与整个供应链的集成。网络经济时代,市场不仅是单个企业之间的竞争,而是多个企业之间的整体竞争。如海尔集团1999年对整个供应链进行业务流程改造,利用网络与不同实力的供应商建立不同层次的联系,同时,零距离地满足客户的需求,推行对供应商——厂商——顾客价值链的管理。

(七)网上理财。网上理财是以专营网站方式,具备数据安全保密机制,在网上提供的专业应用服务。一些最终用户将不再购买软件自行应用,而是购买财务处理服务,由服务提供商直接在网上提供会计处理和财务管理服务。最终用户直接得到理财服务,并按服务项目和数量付费。这种服务方式,正好能够为那些缺乏会计主体特征或生存期短的虚拟企业或不愿购买财务软件的小型企业提供数字化的财务会计服务。

第二节　网络财务的实施

一、网络财务实施的条件

网络财务的兴起以当代先进的信息技术为基础,以企业完善的基础管理工作为前提,以节约整个企业内部的财务资源为出发点,以充分实现整个企业内部的、全面及时的管理为目标。但是,构建"网络财务"并不是一件容易的事,更不是所有的企业都适合采用的,企业必须对此有清醒的认识。企业要想成功地实施网络财务,必须具备技术条件和现代管理基础两个条件。

(一)技术条件

现代信息技术的进步日新月异,基于 Internet/Intranet 的 WEB 技术、网络数据库技术和三层结构组织技术的成功应用为网络财务管理软件的开发提供了坚实的技术基础。其中大型数据库技术提供了高达 TB(1TB = 1000GB)级的数据处理能力,不但能海量储存数据,同时实现了对数据的高速安全处理;三层结构(即将应用分为数据库层、中间层、客户层三个层次)这一先进成熟的数据应用结构,也为开发处理数据量庞大的财务软件提供了条件。另外,防火墙技术、WindowsNT 用户安全机制等,也为网络财务软件的运用提供了一定的安全保障。

(二)企业管理条件

1.企业的每个业务环节必须实施网络化作业

企业的信息化建设往往将财务作为切入点,因为财务部门是企业的"心脏",财务信息化程度完善了,才能带动其他部门顺利地实现信息化。但要实现"网络财务",前提是企业其他部门都必须进行网络化作业,各部门、各环节的实时信息都能通过网络传给财务部门,由财务部门统一核算管理。否则,网络财务就成了无源之水。这一点对于国内某些大型企业来说不是问题,但对众多的中小型企业来讲,目前还很难做到。

2.领导观念的转变和员工素质的提高

　　实施网络财务最大的阻力来自固有观念和习惯作法。企业本身的运作机制和企业领导对网络财务系统的认可程度是决定其实施成功与否的重要因素。对于企业的领导来说,实施网络财务系统将在很大程度上改变领导者多年来形成的、固有的管理观念,这无异于动一次大手术,企业领导必须有面对挑战的勇气和决心。网络财务系统的实施,使企业的整个运作过程变得透明,任何一次差错、失误都有据可查,避免了暗箱操作,也使每个人的责任更加明确。同时,网络财务的实施需要管理人员具备更高的管理水平和技术水平,这势必会影响到某些中低层管理人员在企业中原有的地位。由于网络财务软件与其他应用软件最显著的区别在于,它很大程度上是作为企业管理主体的人决定了网络财务系统应用的质量。为此,企业应培养自己的软件开发和维护力量,使系统更加适合本企业的实际情况,也使企业可以在应用网络系统中不过分依赖软件商。

　　3.强有力的安全保护措施

　　网络财务使原来单一电算化会计信息系统中的会计信息变成一个开放的大陆,而会计业务的特点又要求其中许多数据对外保密,因此,安全问题就成为网络财务中倍受用户关注的问题。在现今黑客猖獗的情况下,仅仅通过文件加密,不能有效避免信息的泄露,所以,如何做到财务数据在网络上安全传递,是软件商最为注意的问题,也是用户倍加关注的。在市场竞争日趋激烈的今天,若因企业上马网络财务而泄露了企业的财务信息,让对手抢先取得商机,可谓得不偿失。

　　网络财务对企业来说是一项大的系统工程,涉及的面比较广,以上提到的几项条件只是成功实施网络财务的必要条件。在实际中,企业一定要结合自己的具体情况多方进行调研,参考成功者的经验,吸取失败者的教训,让网络财务的实施真正做到有的放矢,运行畅、见效快。

二、网络财务实施方案

　　对于网络财务的实施,除了企业自身以外,财务软件开发公司也担当着重要角色。对于大中型企业而言,如果有条件自己建立完善的企业内部网 INTRANET,可以自己确定网络财务的实施方案;对于许多中小企业而言,如无条件或没必要自己建设,可以求助于财务软件公司。

一般而言,企业网络财务的实施方案为:

(一)企业根据自身的实际情况进行需求分析,确定企业到底要利用网络财务系统完成什么工作、网络财务系统应用要达到什么目标和要求。一般而言企业要根据自身业务发展情况,确定其开展网络财务应做的工作和要求,例如要使财务管理和业务管理紧密配合,全面实现财务业务管理一体化;要实行集团财务集中监控;支持电子商务,能提供方便的网上应用,可以同时使用浏览器界面和 GUI 界面;具有良好的可扩展性和融合性;软件功能适用。

(二)选择或开发网络财务软件。

(三)根据企业需求进行网络方案设计。目前常用的高速网络技术包括以下几种:1.快速以太网;2.FDDI(分布式光纤数据接口);3.ATM(异步传输模式);4.千兆位以太网。前两种技术价格较低,性能也不错,适用于一般企业;后两种技术性能远远超过前两种,但价格较高,投资很大,适用于有实力的大型集团企业。对于一般企业,可以采用快速以太网或 FDDI 技术建立自己的局域网,远程子网可用 DDN 专线连接,移动用户群可以用电话连接。

(四)要根据需要采用合适的技术建立自己的网站和自己的电子邮件系统。在网络设计时应采用(C/S)的三层结构技术,使得处理分布较为平衡。

(五)进行系统实施。

对于许多中小企业来说,它们可能既想推行网络财务,又不想花太多的投资,这时候财务软件公司就可从以下几个方面去帮助企业推行网络财务:1.提供网络财务软件。2.提供基于互联网的服务业务:提供网络财务软件的在线支持和内容服务;建立专业网站,提供网上理财服务,用户无需购买软件,可通过专业网站获取理财服务并按服务项目和数量付费。3、为企业用户提供全套服务:帮助企业设计和构建网络体系,提供软件并帮助安装和维护等。

三、网络财务的安全技术对策

(一)网络财务系统的安全风险分析

1.财务信息面临安全风险

会计信息是反映企业财务状况和经营成果的重要依据,不得随意泄漏、破坏和遗失。在网络环境下,过去以计算机机房为中心的"保险箱"式安全措施并不适用,大量的会计信息通过开放的 Internet 传递,途经若干国家与地区,置身于开放的网络中,存在被截取、篡改、泄漏等风险,很难保证其真实性与完整性。例如,企业的信用卡号在网上传输时,如果持卡人从网上拦截并知道了该号码,他也可用这个号码在网上支付。随着采购范围的扩大,尤其是通过互联网的电子采购范围的扩大,会给犯罪分子提供新的机会,其作案范围不再受时间和空间限制,互联网环境下会计信息的安全受到了严峻的挑战。

2.网络系统面临安全风险

由于互联网的开放特征,能够上互联网的计算机系统可共享信息资源,同时也给一些非善意访问者以可乘之机。首先,黑客是危害互联网系统的主要因素。其次,计算机病毒的猖獗也为互联网系统带来更大的风险。从原始的木马程序到先进的 CIH、梅丽莎病毒、熊猫烧香病毒的肆虐,病毒制造者的技术日益高超,破坏力越来越大。再次,网络软件自身的 BUG 程序、后门程序、通信线路不稳定等因素,也为网络系统的安全带来隐患。

3.企业内部控制面临失效风险

传统会计系统非常强调对业务活动的使用授权批准和职责性、正确性、合法性,但是在网络财务软件中,会计信息的处理和存储集中于网络系统,大量不同的会计业务交叉在一起,加上信息资源的共享,财务信息复杂,交叉速度加快,使传统会计系统中某些职权分工、相互牵制的控制失效。原来使用的靠账簿之间互相核对实现的差错纠正控制已经不复存在,光、电、磁介质也不同于纸张介质,它所载信息能不留痕迹地被修改和删除。

4.会计档案面临保存失效风险

网络财务软件的实施必然是对现有单机版、局域网络版财务软件和硬件系统的全面升级,但此时网络财务软件不一定兼容以前版本或其他财务软件。由于数据格式、数据接口不同,数据库被加密等原因,以前的会计信息可能无法被及时录入网络财务系统。对于隔代保存的会计档案更不可能兼容,因而原有会计档案在新的网络财务系统中无法查询。因此,企业所保存的磁带、磁盘等数据资料面临失效风险。

5.企业面临人才缺乏风险

企业实施网络财务软件以后,如果没有高层次、高技术复合人才的支持与运作,网络财务、电子商务始终是一句空话,企业在竞争中必然处于劣势。

(二)网络财务安全防范对策

1.会计信息安全对策

保障会计信息安全的措施有三个方面的内容:一是采用有效的安全技术,网络财务软件应采用两层加密技术。为防止非法用户窃取机密信息和非授权用户越权操作数据,在系统的客户端和服务器之间传输的所有数据都进行两层加密。第一层加密采用标准 SSL 协议,该协议能够有效地防破译、防篡改、防重发,是一种经过长期发展并被实践证明安全可靠的加密协议;第二层加密采用私有的加密协议,该协议不公开、不采用公开算法,并且有非常高的加密强度。两层加密确保了会计信息的传输安全。二是制定和实施安全管理措施。企业应按照会计信息化的要求,按责、权、利相结合的原则,建立健全和实施会计信息化岗位责任制度、安全日志制度等。三是国家适时进行社会立法和法律保障,使企业在计算机信息安全工作中有法可依。2000 年 4 月我国公安部制定了《计算机信息系统安全保护等级划分准则》,将计算机信息系统安全保护等级分为用户自主、系统审计、安全标记、结构化和访问验证五个保护级,企业应根据系统重要程度确定相应的安全保护级别,并针对相应级别进行建设。

2.网络系统安全对策

为保护企业网络系统的安全,首要的措施是防火墙技术。防火墙是一个由软件系统和硬件设备组合而成的,在内部网防止非法入侵、非法使用系统资源,执行安全管理措施,记录所有可疑事件。防火墙产品主要有包过滤型和应用网关型两种类型。第二,在网络系统中应积极采用反病毒技术。在系统的运行与维护过程中,应高度重视计算机病毒的防范及相应的技术手段与措施。如采用基于服务器的网络杀毒软件进行实时监控、追踪病毒;采用防病毒卡或芯片等硬件,能有效防治病毒;财务软件可挂接或捆绑第三方反病毒软件,加强软件自身的防病毒能力;对外来软件和传输的数据必须经过病毒检查,在业务系统中严禁使用游戏软件。第三,及时做好备份工作。备份是防止网络财务系统意外事故最基本、最有效的手段,它包括硬件备份、系统备份、财务软件系统备份和数据备份四个层次。

3.网络系统内部控制对策

网络环境下会计信息系统必须针对网络的特点,建立适应网络系统的控制体系及相应的岗位责任制和内部控制制度。控制范围应由原来单一的财务部门转变为财务部门和计算机管理部门共同控制。控制方式应由单纯的手工控制转化为组织控制、手工控制和程序控制相结合的全面内部控制。在网络财务软件中实行新的程序控制方法包括:采用用户名/口令体系安全技术方法,它可以在开机口令、网络用户名/口令和应用系统名/口令三个层次上使用。实行用户级控制、数据库级控制和网络系统级控制相结合的多级权限控制机制。用户级能对网络用户进行合理的权限分工,实现操作权限的集中化管理,强化系统管理员对软件各模块操作的统一授权,防止非法用户获得使用权;数据库级能防止不道德的软件人员对财务资料进行非法篡改;网络系统级能防止因断电、通信线路故障等意外所引起的资料损毁。通过程序控制,网络财务系统应能实现如下功能:限制财务系统用户工作站点;限制财务系统用户工作时间;限制财务系统用户工作权限。

4.会计档案管理对策

为解决好网络财务软件对现有财务软件的升级换代问题,为保证会计档案数据存储形式的连续性和一致性。第一,必须制定和执行标准的财务软件数据转换接口,使不同开发商的软件能够相互兼容会计数据,便于财务软件的升级,也便于网络传送的数据、报表在银行、财政部门相互兼容。第二,为解决隔代数据兼容问题,应采用多种形式的会计数据备份策略,既要输入光盘、磁盘等光电介质,又要按规定打印输出,便于日后查询和故障恢复需要。第三,财务软件的升级尽量选择年初作为升级的起始期,因为年初客户和数据量较小,易检查,部分基础资料可根据实际需要进行修改,是软件升级的最佳时机。

5.企业人才策略

企业要顺应市场的竞争,必须重视人力资源的竞争。为解决人才缺乏问题,首先要引进高层次会计人才。所谓高层次人才,一是指懂外语、熟悉计算机操作、有实际工作能力及组织才能、善于攻关的人才;二是指懂经营管理、能运用会计信息协助企业领导人进行筹划决策的开拓型人才。其次,为适应时代要求,必须有计划、有步骤、有针对性地组织开展现有会计人员的继续教育和培训工作。主要是改善会计人员的知识结构,不断进行知识更新;提高会计人员的计算机应用水平,特别是计算机网络技术;提高会计人员的外语水平,培养熟悉科技与管理知识的复合型会计人才,使企业适应国际竞争需要。此外,还要加强会计人员职业修养和道德建设,培养会计人员依法理财、秉公办事的意识。

第三节　企业资源计划(ERP)概述

一、ERP 的概念

ERP(Enterprise Resources Planning)即企业资源计划,是以市场和客户需求为导向,以实行企业内外资源的优化配置,最大限度消除生产经营过程中的一切无效劳动和资源,实现信息流、物流、资金流、价值流和业务流的有机集成和提高客户满意度为目标,以计划与控制为主线,以网络和信息技术为平台,集客户、市场、销售、采购、计划、生产、财务、质量、服务、信息集成和业务流程重组(BPR, Business Process Reengineering)等功能为一体,是一种面向供应链管理(SCM, Supply Chain Management)为核心的现代企业管理思想和方法。

企业资源计划 ERP 可以从管理思想、软件产品、管理系统三个层次上对其进行理解。

(1)它是一整套企业管理系统体系标准,其实质是在 MPRⅡ基础上发展而成的面向供应链的管理思想。

(2)是综合应用了客户机/服务器体系、关系数据库结构、面向对象技术、图形用户界面、第四代语言(4GL)、网络通讯等信息产业成果,以ERP管理思想为灵魂的软件产品。

(3)是整合了企业管理理念、业务流程、基础数据、人力物力、计算机硬件和软件于一体的企业资源管理系统。

二、ERP 的产生及发展

从19世纪40年代至今,企业资源管理系统的发展经历了以下几个主要的发展阶段:

(一)管理信息系统(MIS,Management Information System)

它产生于40年代,其本质是企业的信息管理系统,主要功能是记录大量原始数据,支持查询、汇总等方面的工作。对企业来说,库存太多会占用太多资金,库存太少又会导致订货总次数太多订货成本太高,因而在这时期产生了在两者之间进行协调找出最佳订货点的需求,以使企业订货成本最低。其缺点在于未考虑市场对企业产品需求的动态变动。

(二)物料需求计划(MRP,Material Requirement Planning)

它是由美国库存协会在20世纪60年代初提出的。在这以前,企业的物资库存计划通常采用定货点法,当库存水平低于定货点时,就开始定货。这种管理办法在物资消耗量平稳的情况下适用,当按照定单来生产时,则会出现问题。由于在生产中使用物资的前提不一样,而同时采购所需物资,就可能使物资积压,占用大量资金。计算机的发展,有可能将物资分为相关需求和独立需求来进行管理。相关需求根据物料清单、库存情况和生产计划制定出物资的相关需求时间表,按所需物资提前采购,这样就可以大大降低库存。当一个产品有数万个零件或材料组成时,没有计算机是不可能这样管理的。

(三)闭环 MRP

MPR 也称制造业的方程式,由于它没有考虑生产能力,所制定的生产计划在能力不足时,可能无法完成,因此,必须把企业的生产能力考虑进来,才有可能制定出切实可行的生产计划。当生产能力不够时,调整生产计划,重新制定物料需求计划,再次进行生产能力平衡,直到生产计划、生产能力和物料计划相适应为止,这样不断调整有反馈的MRP 称为闭环 MRP。

(四)制造资源计划 MRPⅡ

企业生产的目的在于为企业获得利润,因此,生产计划的制定必须考虑产品的生产成本。事实上,物料的转化过程也就是资金的运转过程,即物流与资金流相统一。闭环 MRP 没有考虑生产成本。为了计算生产成本,需要包括总账、应收账、应付账管理等。1977 年 9 月,美国著名生产管理专家奥列弗·怀特(OliverW·Wight)提出了一个新概念——制造资源计划,英文为 Manufacturing Resources Planning,为区别于闭环 MRP,同时考虑它是 MRP 发展过来的,因此人们就称其为 MRPⅡ。

(五)ERP(企业资源计划)

产生于 90 年代初,在 MRPII 的基础上,采用了更先进的 IT 技术,如 INTERNET 网络技术、图形界面、第四代计算机语言、关系型数据库、客户机服务器型分布式数据库处理、开放系统和简化集成等。在功能方面,ERP 的功能更强大,能够支持多种制造类型和混合制造,集成更多的功能模块包括供销链,ERP 集成了整个供应、制造扣销售过程,并将系统延伸到供应商和客户。同时,系统集成能力更强,能够支持企业的全球运作。随着 ERP 作为企业管理工具功能的不断加强,其应用领域也扩展到金融、通信、零售和高科技等第三产业。

三、ERP 系统的管理思想

ERP 的核心管理思想就是实现对整个供应链的有效管理,主要体现在以下三个方面:

(一)体现对整个供应链资源进行管理的思想

在知识经济时代仅靠自己企业的资源不可能有效地参与市场竞争,还必须把经营过程中的有关各方如供应商、制造工厂、分销网络、客户等纳入一个紧密的供应链中,才能有效地安排企业的产、供、销活动,满足企业利用全社会一切市场资源快速高效地进行生产经营的需求,以期进一步提高效率和在市场上获得竞争优势。换句话说,现代企业竞争不是单一企业与单一企业间的竞争,而是一个企业供应链与另一个企业供应链之间的竞争。ERP 系统实现了对整个企业供应链的管理,适应了企业在知识经济时代市场竞争的需要。

(二)体现精益生产、同步工程和敏捷制造的思想

ERP 系统支持对混合型生产方式的管理,其管理思想表现在两个方面:其一是"精益生产 LP(Lean Production)"的思想,即企业把客户、销售代理商、供应商、协作单位纳入生产体系,企业同其销售代理、客户和供应商的关系,已不再简单地是业务往来关系,而是利益共享的合作伙伴关系,这种合作伙伴关系组成了一个企业的供应链。其二是"敏捷制造(Agile Manufacturing)"的思想。当市场发生变化,企业遇有特定的市场和产品需求时,企业的基本合作伙伴不一定能满足新产品开发生产的要求,这时,企业会组织一个由特定的供应商和销售渠道组成的短期或一次性供应链,形成"虚拟工厂",把供应和协作单位看成是企业的一个组成部分,运用"同步工程(SE)",组织生产,用最短的时间将新产品打入市场,时刻保持产品的高质量、多样化和灵活性,这即是"敏捷制造"的核心思想。

(三)体现事先计划与事中控制的思想

ERP 系统中的计划体系主要包括:主生产计划、物料需求计划、能力计划、采购计划、销售执行计划、利润计划、财务预算和人力资源计划等,而且这些计划功能与价值控制功能已完全集成到整个供应链系统中。另一方面,ERP 系统通过定义事务处理(Transaction)相关的会计核算科目与核算方式,以便在事务处理发生的同时自动生成会计核算分录,保证了资金流与物流的同步记录和数据的一致性,从而实现了根据财务资金现状,可以追溯资金的来龙去脉,并进一步追溯所发生的相关业务活动,改变了资金信息滞后于物料信息的状况,便于实现事中控制和实时做出决策。

第四节　ERP 的实施过程

ERP 作为企业经营管理的整体解决方案,它不仅仅是一套软件,更多的是管理思想和理念的结晶和体现,是信息时代企业实现现代化、科学化管理的有力工具,从某种意义上说是衡量企业管理现代化的一个标尺。

但是,ERP 和现代企业管理之间,虽然是必由之路,但不会是坦途。ERP 系统的选型要慎之又慎,实施要精心准备,科学组织,一抓到底,方能达到目的,其中对产品的选择、对项目实施的准备以及项目的实施是必须要走好的三大步。

一、如何选择 ERP

目前市场上提供的 ERP 产品很多,它们各有侧重,各有所长,所以企业在选择 ERP 软件的时候,要考虑多方面的问题。

(一)明确的需求

在选择 ERP 软件之前,首先要明确企业的需求,即管理要达到的目标,实际管理中存在的问题,这些问题的急迫程度如何,需要用什么手段解决,应达到什么目标;另外要考虑对此需求,企业内部是否已经形成共识,主要决策人是否给予足够的重视。

(二)软件的功能

商品化 ERP 软件功能模块很多,适用范围较广,这就需要针对不同的企业,选择不同的功能模块。软件功能应满足企业当前和今后发展的需要,多余的功能只会造成使用和维护的复杂性。软件可用部分的比率,取决于软件对用户的适用程度,而不是以进口或国产来区分。另外要考虑系统的开放性,预留各种接口。

(三)开发工具

任何商品化软件都不能完全适用于企业的需求,都或多或少有用户化和二次开发工作。所以,商品化软件应提供必要的开发工具,并同时保证该开发工具简单易学,使用方便。

(四)软件文档

商品化软件必须配备齐全的文档,其全面详尽程度应达到用户能够自学使用,如用户手册、不同层次的培训教材(如 ERP 原理与概念、产品模块、开发工具等等)以及实施指南等。

(五)售后服务与支持

售后服务与支持非常重要,关系到项目的成败。售后服务工作包括各种培训、项目管理、实施指导、二次开发及用户化,可由专业的咨询公司或软件公司承担,由熟悉企业管理、有实施经验的专家组成顾问组做售后的支持与服务工作。在国外,服务与支持的费用和软件价格之比一般为 1:1 或更高,由此也可以看出售后服务与支持的重要性。

(六)软件商的信誉和稳定性

选择软件时要考虑供应商的实力和信誉。软件供应商应当有长期的经营战略,能够跟踪技术的发展和客户的要求,不断对软件进行版本的更新和维护工作。

(七)价格问题

价格方面要考虑软件的性能、功能、技术平台、质量、售后服务与支持等,另外也要做投资效益分析,包括资金利润率、投资回收期。要考虑实施周期及难度,避免造成实施时间、二次开发或用户化时间过长而影响效益的兑现。所以软件的投资一般包括:

软件费用+服务支持费用+二次开发费用+因实施延误而损失的收益。

二、做好准备工作

ERP 在企业的实施,必将迅速提升企业的管理水平,增强企业的竞争能力。但是,必须认识到,ERP 与现代企业管理之间不是一件简单的因果关系,不是说只要有钱买来软件,安装上就可以万事大吉,还需要企业做大量的工作。

(一)知识更新

ERP 是信息技术和管理技术的完美结合,这就需要企业决策人和管理者甚至普通员工,要不断学习、研究、掌握现代企业管理思想、方法以及计算机技术和通信技术的最新发展,用现代管理理论和信息技术武装头脑,开阔眼界。

(二)数据规范

ERP作为一种管理信息系统,处理的对象是数据,因此,要求数据必须规范化,也就是必须有统一的标准。数据规范化是实现信息集成的首要条件,在此基础上,才能保证数据的及时、准确、完整。

(三)机构重组

ERP中的信息实现了最小冗余和最大共享,传统需要几步或几个部门完成的工作,可能在ERP中一次就可以完成。ERP软件模块虽然按功能划分,但是每个模块中的应用程序并不限定在某个部门使用,也就是说,ERP是面向工作流,而工作流可以因企业、因时间而异。这样,企业就有可能和必要在业务流程和组织机构方面加以调整和变革,实行机构重组。而这点正是ERP系统实施难度最大的环节。

(四)全员动员

ERP是对企业级的信息集成,它应用到企业的方方面面,涉及到每个员工,其包含的全面质量管理思想,更要求全体员工的积极参与、各负其责。另外,企业最高领导人的亲自参与,也是保证ERP系统成功实施必不可少的因素。

(五)风险控制

ERP系统内容庞大,模块繁多,模块间的关联也较复杂,其实施周期长、难度大,相应的系统实施风险也很大。很多企业在ERP产品的选型、项目的管理、费用的控制以及未来企业业务的重组等等方面考虑不足,造成ERP系统的实施往往半途而废,不但浪费大量金钱、时间,而且还对ERP本身发生怀疑,对现代企业管理产生畏惧情绪。

三、ERP项目实施的方法和步骤

ERP项目是一个庞大的系统工程,涉及面广,投入大,实施周期长,存在一定的风险。所以应建立一套科学的实施办法和程序来保证项目的成功。总结国内外众多ERP项目的实施经验和教训,一般要经过以下步骤:

(一)总体规划,分布实施

ERP项目包含内容很广,如财务、分销、生产、人力资源、决策支持、质量管理等等。每一部分中又包含很多模块,如 UFERP 财务系统又包括了总账、应收、应付、存货核算、工资等 13 个模块。所以在上一个 ERP 系统的时候,一般要有总体规划,按管理上的急需程度、实施中的难易程度等确定优先次序,在效益驱动、重点突破的指导下,分阶段、分步骤实施。总之,科学的实施方法可以起到事半功倍的作用,保证 ERP 项目的顺利推行。

(二)专项机构

为了顺利实施 ERP 系统,在企业内部应成立完善的三级组织机构即领导小组、项目小组和职能小组。ERP 系统不仅是一个软件系统,它更多的是先进管理思想的体现,关系到企业内部管理模式的调整、业务流程的变化及相关人员的变动,所以企业的最高决策人要亲自参加到领导小组中,负责制定计划的优先级;资源的合理配置;重大问题的改变及政策的制定等。项目小组负责协调公司领导层和部门,其负责人员一般应由公司高层领导担任,要有足够的权威和协调能力,同时要有丰富的项目管理和实施经验。职能小组是实施 ERP 系统的核心,负责保证 ERP 系统在本部门的顺利实施,由各部门的关键人物组成。

(三)教育与培训

ERP 作为管理技术和信息技术的有机结合,其在管理上所反应出的思想和理论比实际运作中的要先进,这就首先要求企业各级管理层要不断学习先进的管理理论如精良生产、准时制生产、全面质量管理等,对 ERP 项目涉及的人员分不同层次、不同程度做软件具体功能的培训。

(四)原型测试

通过培训后,了解了 ERP 系统能干些什么,再结合自己的需求,即想要解决哪些问题,进行适应性实验,来验证系统对目标问题解决的程度,决定有哪些用户化的工作,有多少二次开发的工作量。原型测试的数据可以是模拟的,不必采用企业实际的业务数据。

(五)数据准备

ERP 系统实现了企业数据的全局共享,它只有运行在准确、完整的数据之上,才能发挥实际作用。所以在实施 ERP 项目时,要花费大量时间准备基础数据如基本产品数据信息、客户信息、供应商信息等。

(六)模拟运行

在完成了用户化和二次开发后,就可以用企业实际的业务数据进行模拟运行。这时可以选择一部分比较成熟的业务进行试运行,以实现以点带面、由粗到细,保证新系统进行平稳过渡。

(七)切换

经过一段时间的试运行后,如果没有发生什么异常现象,就可以把原来的业务系统抛弃掉。只有这样,整个 ERP 系统才能尽快走出磨合期,完整并独立地运做下去。

四、ERP 实施中的管理咨询

前面我们已经提到了很多关于 ERP 实施应用中的问题,而这些问题的彻底解决,一方面来自于企业的不断努力,另一方面,我们也应看到,仅仅依靠企业内部自身的力量,有时是无法有效地解决它所面临的所有问题。这时,就有必要借助一定的外部力量,如管理咨询公司的专业化服务,来帮助企业成功实施 ERP 系统。这一部分里我们就要针对 ERP 系统的应用与管理咨询的关系进行一下详细的分析。

(一)ERP 实施中到底需不需要咨询方的参与

ERP 是个大型的企业管理软件,它的应用实施涉及到企业的各个部门,从最高的领导层到最底层的操作人员。而对于这样一项耗资巨大、费时费力的系统工程,企业大都没有这方面的实施应用经验。尽管有些企业本身拥有自己的内部参谋和决策者,企业可以自己组织业务人员、管理人员和 IT 人员进行需求调研、方案设计、软件选型或者拥有强大的 IT 人员可以自行开发软件,自行实施。当然,我们也不否认他们对于企业具体问题和需求比较了解,尤其对企业的各项管理制度和企业文化的知晓更为透彻,但是他们在实施中遇到的阻力是相当大的。具体有:

1.利益相关者太多,内部参谋难以有效推动项目的进行;

2.由于怕承担决策风险,内部参谋做出的决策往往不是最优的,有时甚至连次优的选择也达不到;

3.受思维定势和各种条件制约的影响,内部参谋往往忽略或未意识到企业中的问题,对企业的需求不能清晰地定义和描述;

4.对 ERP 产品的接触面有限;

5.内部参谋对项目管理的经验也是不够的,对实施 ERP 系统缺乏成熟的方法论指导;

6.当涉及到调整薪水的时候,内部参谋毫无底气来同自己的上司坚持己见。

所以,基于以上企业自身所根本无法克服的问题,在 ERP 实施中,专业的 ERP 咨询公司的产生和存在是有其必然性的,而且是必需的。

(二)管理咨询在企业中应扮演的角色

成功的 ERP 实施需要 ERP 系统知识和企业管理思想的紧密结合,这一点往往是企业内部参谋和 ERP 厂商产品咨询人员中任何一方难以单独完成的,而咨询公司的咨询顾问作为独立客观的"第三方"身份出现,具有较好的跨学科的知识结构,辅以正确的实施方法论的指导,在帮助企业管理现代化和信息化建设中能够发挥很大的作用。在这样的 ERP 实施过程中,企业、咨询方、软件厂商之间的关系可以用图 12.2 来表示:

图 12.2　EPR 实施过程中三方关系

实施三方是相互独立又相互联系的,咨询方既不是使用方,又不是提供商,它处于一个中立的地位,如果这三方能够很好地合作,那么咨询方就能给双方合理的建议及解决方案。而若企业撇开咨询方与厂商而单独进行实施,很可能会由于相互之间的利益冲突而影响实施的进展甚至可能导致失败。

(三)管理咨询在 ERP 实施中的作用

一般的小型应用软件,软件开发、经销、技术支持与运行维护一般可以由软件开发商一体完成,但是像 ERP 这样规模巨大的企业管理软件,软件开发商一般只能完成软件开发和经销工作,而像软件实施、技术支持与运行维护则需要交给一支专业化咨询服务队伍,来为企业的应用提供专业咨询服务。这就是我们所说的管理咨询公司通常所提供的服务了。一般来说,管理咨询公司培训和拥有一支专业化实施顾问队伍,他们具有多方面的综合能力与素质,可以为多家企业管理软件组织实施,这样可以掌握各家企业管理软件产品的特点,从而能根据企业特定的业务需求为企业选择合适的软件产品。

管理咨询公司作为企业管理软件开发商与应用企业之间的桥梁,不仅对企业管理软件开发商在推出软件产品之后的进一步发展起推动作用,而且对于推动企业管理软件能够在企业中进行成功应用,从而实现企业管理规范化与现代化也是非常必要的。

第五节 ERP 在会计与财务管理中的应用

一、ERP 中的财务管理

无论在传统的 MRPⅡ 或是在 ERP 中,财务管理始终是核心的模块和职能。会计和财务管理的对象是企业资金流,是企业运营效果和效率的衡量和表现,因而财务信息系统一直是各种行业的企业实施 ERP 时关注的重点。

从 90 年代中后期开始,为了确立竞争优势,各国企业更加关注进入市场的时间、产品的质量、服务的水平和运营成本的降低,并且为适应市场全球化要求,组织结构和投资结构也趋向于分布式和扁平化。企业家们意识到,企业不仅需要合理规划和运用自身各项资源,还需将经营环境的各方面,如客户、供应商、分销商和代理网络、各地制造工厂和库存等经营资源紧密结合起来,形成供应链,并准确及时地反映各方的动态信息,监控经营成本和资金流向,提高企业对市场反应的灵活性和财务效率。与此相对应,一方面企业开始重组组织结构和管理模式,即所谓业务流程重组(BPR);另一方面重视利用先进信息技术的促进作用,在 MRPⅡ 的基础上,实施 ERP 系统,以求更有效地支持新的供应链和战略决策。可以说,供应链的概念和集成的财务管理是 ERP 对传统的 MRPⅡ 进行改造和超越的两个核心,总体上讲,ERP 在会计与财务管理中的应用有两个特点:一是宏观层面的 ERP 的架构在扩张;二是微观层面,即 ERP 物理模块在不断细化。这两者的互动,推进了会计作业模式的变化。

从宏观层面讲,会计财务的作业方式,长期以来主要体现在事后收集和反映会计数据上,在管理控制和决策支持方面的功能相对较弱,不论是时效性上,还是针对性上,都难以展现它的作用。当企业发生危机时,它又总是首先反映在财务危机上,不是缺少现金,就是缺乏持续经营所需的资本。在引入 ERP 以前,随着电脑的普及,会计系统的信息处理一般都是应用电脑作业,或是引入其它硬件来提高其自动化水平,这对满足会计核算的一般要求来说已是一大进步。但在业务流程的临近和与其它系统的集成上,则受到技术与功能不足的限制。因此,ERP 在会计与财务管理中的应用,不仅相当程度上反映了上述缺陷,而且,依托这一平台,可以进行更广泛的,包括客户、供应商、分销商和代理网络、各地制造工厂等的各种经营资源、各种信息的集成,从而为企业科学决策提供更好的服务。

从微观层面讲,即 ERP 物理模块走向细分化。现阶段在会计领域,主要涉及以下方面:

(一)ERP 系统在会计中的应用

会计核算主要是记录、核算、反映和分析资金在企业经济活动中的变动过程及其结果。它由总账、应收账、应付账、现金、固定资产、多币制等部分构成。因此,从物理层面看,ERP 的会计核算模块,涉及总账模块、应收账模块、应付账模块、现金管理模块、固定资产核算模块、多币制模块和工资核算模块等等。

以现金管理模块为例,它主要是对现金流入流出的控制以及零用现金及银行存款的核算。它包括对硬币、纸币、支票、汇票和银行存款的管理。在 ERP 软件中,一般都具有票据维护、票据打印、付款维护、银行清单打印、付款查询、银行查询和支票查询等和现金有关的功能。此外,它还和应收账、应付账、总账等模块集成,自动产生凭证,过入总账。

(二)ERP 系统在财务管理中的应用

财务管理的功能主要是基于会计核算的数据,再加以分析,从而进行相应的预测、管理和控制活动。它侧重于财务计划、控制、分析和预测,强调事前计划、事中控制和事后反馈。然而,ERP 系统中的财务管理模块已经完成了从事后财会信息的反映,到财务管理信息处理,再到多层次、一体化的财务管理支持。这种转变体现在,它吸收并内嵌了先进企业的财务管理实践,改善了企业会计核算和财务管理的业务流程。它在支持企业的全球化经营上,为分布在世界各地的分支机构提供一个统一的会计核算和财务管理平台,同时也能支持各国当地的财务法规和报表要求。如:提供多币种会计处理能力,支持各币种间的转换;支持多国会计实体的财务报表合并;支持基于 Web 的财务信息处理;支持企业发展电子商务和基于 Internet 的应用系统(如销售订单处理等),部分财务信息还可以通过 Web 方式收集和发布等。总之,这一切倘若在非 ERP 的环境下,其效果是可想而知的。

(三)ERP 系统在成本管理中的应用

现代成本管理需要一个能协调地计划、监控和管理企业各种成本发生的全面集成化系统,从而协助企业的各项业务活动都面向市场来进行运作。在典型的 ERR 系统中,所有的成本管理应用程序都共用同样的数据源并且使用一个标准化的报告系统,用户界面的同一结构使这个系统具有容易操作的特点,成本与收入的监控可贯穿所有职能部门。差异或有问题的项目一旦出现就能被分离出来,并可采取措施去纠正。具体说来,典型的或高层次的 ERP 成本管理涉及以下几个方面:成本中心会计、定单和项目会计、获利能力分析等系统。

以定单和项目会计为例,它是一个全面网络化的管理会计系统,带有定单成本结算的详细操作规程。该系统收集成本,并用计划与实际结果之间的对比来协助对定单与项目的监控。系统提供了备选的成本核算及成本分析方案,从而有助于优化一个企业对其业务活动的计划与执行。

再以获利能力分析为例,哪一类产品或市场会产生最好的效益?一个特定的定单利润是怎样构成的? 这些都是获利能力分析必须涉及的问题。获利能力分析模块将帮助找到答案。同时,销售、市场、产品管理、战略经营计划等模块也将根据从获利能力分析所提供的第一手来自市场的信息来进行进一步地分析处理,因而能判断它目前在现存市场中的位置,并对新市场的潜力进行评估。

归纳上述三个方面的具体应用,有以下特征:

其一,即时性。在 ERR 的状态下,资料是联动的而且可以随时更新,每个有关人员都可以随时掌握即时的资讯,这在过去只能依赖大量的人力与时间才能完成。一般说来,影响企业竞争力固然有许多因素,但一个很重要的因素,在于它对企业内部各种信息的把握,以及对外部市场的资讯、现状变化的了解。在当今信息社会里,不仅要知己知彼,还要贵在"即时"。能否如此,其效果迥异。以外汇市场为例,企业的国际化经营,对外币结算业务的不仅增多,而且还面临一个如何规避多元货币、汇率变动的风险的问题。如果不能对各种货币的汇率消长变化、各国客户订单、各种交易,包括应收账、应付账、总账等进行即时运作,那么,即使到手的企业利润,也会因汇率的波动或缓慢的作业而缩水。

其二,集成性。在 ERP 状态下,各种信息的集成将为决策的科学化提供必要条件。在 ERP 尚未导入之前,知识库的信息资讯是属于过时的,更多的是局部的信息、片面的信息,乃至失真的信息。导致这种现象的原因,除了其它因素外,信息的集成机制不完善,无疑是一个重要因素。另一方面,以往的会计信息系统在面临组织增减变化时,需要花比较多的时间去修改与串联。在导入 ERP 之后,面对这样的变化,便可以很轻松地进行衔接,预算规划更为精确,控制更为落实,也使得实际发生的数字与预算之间的差异分析、管理控制更为容易与快速。

其三,远见性。ERP 系统的会计子系统与 ERP 系统的其他子系统融合在一起,会计子系统又集财务会计、管理会计、成本会计于一体。这种系统整合,及其系统的信息供给,有利于财务做前瞻性分析与预测。

二、ERP 中的会计人员角色转变

导入 ERP,实施 ERP 系统管理,对会计人员角色的影响是显而易见的。

(一)资料的收集和键入

ERP 系统的最大特点是财务信息和业务信息的集成,实行财务和业务的一体化管理,从信息的采集方式来看,ERP 环境中的信息是由完成业务过程的各部门一次采集完成并通过网络实现自动化传递,企业中的全部业务活动的全部数据,包括财务信息和非财务信息的收集,都不需要人为干预或认为干预很少,这样,许多原本由会计人员来完成的基础工作已被取代。

(二)会计信息处理过程自动化

ERP 环境中会计凭证不是都由会计人员填制,各部门在完成各自业务的同时,ERP 系统会根据事先的设置,先由有关业务人员完成相应的业务凭证填制工作,再传输到会计信息系统,由会计信息系统自动生成会计凭证,会计人员只是对这部分会计凭证进行审核。

(三)账簿、报表等信息输出的自动化

在传统的会计信息系统中,会计人员要根据审核无误的记账凭证登记各种总账、明细账、日记账,并距此填制会计报表,工作量非常大,会计人员的核算角色在此体现很充分,但在 ERP 环境中,会计数据大多以原始的、不经处理的方式存放,在需要输出时就可以按照用户的信息需求,任意组合,准确地报告会计信息,基本不需要会计人员做什么工作。

从表面上看,ERP 的导入对会计人员来说,确实是一大冲击,或者说是一种"会计人员无事可做"的危机。但从深层次看,ERP 的导入,本质上是会计工作内涵的新发展,是会计工作的重心转移,即从以往对数字的计量与纪录,转向对信息的加工、再加工、深加工。对这一会计作业新模式,如果借用美国 IMA 的话说,就是"未来会计人员将不再扮演账房,而是企业咨询者的角色。同时,会计人员提供企业咨询、分析的

价值将愈来愈受到重视。会计人员在组织中所占地位及扮演的功能也日益重要"。

从对信息加工的层面讲,由于导入 ERP 不仅是一个硬软件的引进与安装的问题,而且是实施 ERP 系统所取得的效益,而这效益的取得及其增值,相当程度上取决于会计人员对信息进行加工的层次性,所以"再加工——深加工"是会计新模式的基本特点。

以前,管理人员需要从财务报表中获取信息来做经营及绩效上的管理,如今的信息科技已转为可随时提供管理人员有用的信息,如此的转变强调了管理会计的贡献及重要角色。总之,随着 ERP 在会计领域应用的发展,将赋予新的会计作业模式以更丰富的特色。

三、ERP 环境下会计人员职能转变趋势

在实施 ERP 的环境中,会计人员的相当一部分工作由计算机来代替,这是否会真的验证美国会计学者提出的"21 世纪是否还需要会计"的质疑呢? 或者会计人员的工作将会发生哪些变化呢? 实质上,会计作为一种高知识含量的工作,经济越发展,会计就越重要,会计人员的地位具有不可替代性。只是会计人员要不断提高自身素质,掌握多方面技能,将只对会计问题的重视转移到企业业务问题上来,实时、动态地为用户提供信息半成品、产成品或相关的参考框架,而将真正的决策权赋予信息使用者自身。企业导入 ERP 后会计人员的工作或主要角色应体现在以下几方面:

(一)在收集、加工、披露会计信息过程中发挥自我优势,实现会计的记录、报告等基本职能。企业导入 ERP 后会计所需的原始信息由各业务部门填制并通过网络适时传递给财务系统,由财务系统按照预先设定的程序和格式自动生成会计凭证,并按选定的会计政策和报告格式自动生成不同类型的会计报表。但这并不意味着会计可以完全被 ERP 系统所取代,仍有许多重要的"后台"工作需要会计人员完成。例如在信息收集阶段需要会计人员对数据的真实性进行审核与确认;在加工与披露阶段需要会计人员面向信息使用者,按需提供信息产品,也就是说除提供通用会计报告外,会计人员还要按信息使用者的不同需

求,选择相应的会计政策,提供适合不同决策需要的会计信息,充分发挥会计人员的专业优势和主观能动性。

(二)针对企业管理的需要,突出会计人员参与企业管理、辅助经营决策的职能。ERP 系统中的财务管理模块已经完成了从事后财会信息的反映,到财务管理信息处理,再到多层次、一体化的财务管理支持。它侧重于财务计划、控制、分析和预测,强调事前计划、事中控制和事后反馈。与传统的财务管理模式下只注意会计的记录和报告职能,而忽视了其参与管理、辅助决策的职能相比,ERP 时代企业会计人员除了发挥会计的基本职能外,更重要的是发挥其参与管理、辅助决策的职能。会计人员要基于会计核算的数据,再加以分析,从而进行相应的预测、管理和控制活动,更好地参与到企业的整个管理系统中。

(三)在 ERP 环境下,更多的会计人员将改变工作场所,直接进入生产经营部门工作,并发挥重要作用。按传统观念,会计人员在远离生产经营部门的会计部门工作,但随着 ERP 的导入,不论企业规模大小,均有相当部分的会计人员走出会计部门,进入生产经营部门工作,作为这些部门的重要成员。他们利用自己的专业经验、分析能力与其它技能(预算、预测与成本会计等),在生产经营部门中扮演领导者、组织者、顾问、规划与业务整合方面的专家等各种角色,促使各部门人员协调工作,保证过程有效、决策正确。

(四)会计人员既是会计信息系统的使用者同时也是系统的维护者。在系统开发初期,会计人员应充分考虑本单位经济业务与管理活动发展的需要,参与会计信息系统的需求分析和设计,在考虑成本效益的基础上进行系统优化,兼顾会计信息系统的通用性与专用性。在系统建成并投入使用之后,应由专职会计人员进行系统维护以保证系统安全、高效运行。此外,ERP 时代加强内部控制具有更加紧迫和现实的意义,ERP 中的财务带来内部审计工作的变革,给审计工作带来了新的挑战,从而对企业会计人员提出了更高的要求。

(五)ERP 时代的会计人员应该具有全局观念,要从企业战略全局出发,实现财务与企业整个管理系统的协调一致,发挥财务战略与研发战略、采购战略、生产战略、营销战略、人力资源战略的协同效应。会计人员将主要从事:长期战略计划、过程改进、产品与顾客的盈利分析、会计系统和财务报告、短期预算、合并与收购、财务和经济分析、外部财务报告、计算机系统运作等工作,为实现企业价值链各环节的一体化和提高企业的整体竞争优势,发挥会计人员的作用。

(六)最后,随着 ERP 系统的不断运用和发展,决策支持系统将会成为企业未来发展的重要工具和管理思想,同时企业联盟、虚拟企业等组织形式不断的出现,未来的企业决策形式不断呈现出动态的、个性化的决策,这不仅带来企业组织理论与管理理念的巨大变化,而且对传统会计与审计理论和方法都带来巨大冲击。这些变化和冲击都为会计提出了新的研究课题。安全会计、人力资源会计、绿色会计、无形资产会计、R&D 会计、衍生金融工具会计、诉讼会计等都需要企业会计人员和学者来从事相关的理论研究和实务工作。

本 章 小 结

本章分两部分:第一部分对网络财务进行了阐述,介绍了网络财务的内涵、网络财务的基本框架及网络财务的功能,讨论了网络财务实施条件、实施方案及网络财务的安全技术对策。

第二部分对企业资源计划(ERP)进行了阐述,介绍了 ERP 的概念、ERP 的产生与发展及 ERP 系统的管理思想,重点讨论了企业实施 ERP 的过程及实施中管理咨询,最后对 ERP 在会计与财务管理中的应用、ERP 中的会计人员角色转变和 ERP 环境下会计人员职能转变趋势等进行了阐述与展望。

思 考 题

1.什么是网络财务?

2.网络财务系统实现的功能有那些?

3.企业实施网络财务应考虑的因素有那些?

4.什么是 ERP?

5.ERP 系统的管理思想是什么?

6.阐述企业实施 ERP 的过程。

7.阐述 ERP 环境下会计人员职能转变趋势。